<u>Du même Auteur :</u>

À partir de 7 ans :

Wibo. Conte de noël genre fantastique

À partir de 9 ans :
Androlia. Genre voyage Utopique, Magique.

À partir de 9 ans :

<u>La série Perline : Genre Féérique fantasy</u>

1) Exotia
2) À venir…

À partir de 9 ans :

La série l'Orbitaorlus : Genre Fantasy DRAGON

1) La communauté de l'œil
2) Swagg
3) La forêt de Souad

À partir de 14 ans et plus :

La série À l'aube des temps nouveaux : Science Fantasy

1) Le mystérieux héritage de Diéla
2) Sombre Destinée
3) Bouquedor
4) Le peuple Yiins

AUTEUR

Ghislain Fernandez est né en 1972, dans le sud de la France. Auteur notamment du somptueux livre d'Androlia et de la série l'Orbitaorlus qui l'ont propulsé dans le monde de l'édition, il nous embarque toujours plus loin en utilisant de la science Fantasy, de l'utopie, de l'héroïc Fantasy, du fantastique ou encore, en écrivant des contes pour enfants avec le même objectif : nous faire rêver, nous proposer des voyages incroyables dans son imaginaire sans limite. Il nous interpelle par l'originalité de ses ouvrages, où il est question de sens à la vie, de respect avec l'environnement, avec les liens sociaux, par des voyages initiatiques qui conduit les lecteurs à se poser les bonnes questions mais aussi pour lâcher prise avec son quotidien. Il nous balade dans des décors somptueux, mettant la magie, sous toutes ses formes, en action pour nous permettre de retrouver notre âme d'enfant.

ILLUSTRATEUR

<u>Vinz El tabanas</u> Après ses études de storyboarder publicitaire, il s'est formé sur diverses techniques graphiques, du Print à la maquette en passant par l'animation, le motion design, et la 3D. Il a publié quelques bandes dessinées : Le Miroir des templiers tome I et II chez Tartamudo Éditions, The French Crow vol 4 et 5 chez Réflexions, The Creeps (éditeur US).

En parallèle, il contribue sur divers projets d'illustrations et concepts notamment Urban Rivals, la licence Alien pour Legendary Encounters (Upperdeck et Fox), Marvel 75th anniversary (Upperdeck), Existenz X610z trading card, Hammer light FX, dont des couvertures pour Grim Fairy tales Wonderland de Zenescope ainsi que pour Coffin comics sur Lady Death... Freelance dans le jeu vidéo pour diverses sociétés : FDJ, Wireless Generation, Collision Studio, Canal +, Millimages, Golden moustache pour Microsoft X-box one...

De 2015 à 2018, il part au Canada pour travailler chez Ludia Inc en tant que Concept Artist 2D/3D/Storyboarder et a contribué aux jeux : Battle Star Galactica, TMNT Legends, WYS, Dungeons and Dragons : Wariors of Waterdeep et un jeu sous licence Disney.

Depuis 2018, il travaille pour BEHAVIOUR en tant que Concept artist et Storyboarder sur le Jeu à succès DEAD BY DAYLIGHT sur les plateformes PS4, XBOX, nintendo Switch et PC.

Schwengelrecht

Hans-Peter Boer

Schwengelrecht

Kommissar Kattenstrohts
zweiter Fall

Landwirtschaftsverlag

„Wer Grenzbäume oder Marksteine aufstellt,
der soll denjenigen dabei haben,
dem das Land auf der anderen Seite gehört.

Wer einen Zaun zieht,
der soll die Äste zu seinem Hof wenden."

(Eike von Repgow)

Der Sachsenspiegel,
2. Buch des Landrechts, Kap. 50
(um 1230)

Der Geographischen Gesellschaft
zur Erforschung des münsterländischen Tieflandbusens
zu Münster von 1884

in Freundschaft gewidmet

Kapitel 1

Johannes Lüer erwachte aus einem Schläfchen, zufrieden mit sich und der Welt. Er lupfte das große flauschige weiße Frotteetuch ein wenig, das er sich irgendwann über den Kopf gezogen hatte, und lugte vorsichtig in die Schwimmhalle. Geweckt hatten ihn wohl die Kinder, die mit einem enormen Lärm zurückgekehrt waren und einen „Arschbomben-Wettbewerb" begonnen hatten. Die Wellen in dem Zwölfmeter-Becken, das aus bunten Scheinwerfern unter der Wasserlinie indirekt beleuchtet wurde, schlugen heftiger, spritzten und leuchteten auf, das Rufen und Quietschen der Kinder hallte durch die mit edlen Steinen und buntem Glas geschmückte Halle. Natürlich liefen alle Strudel, Gegenstromanlagen und Schwallduschen auf Hochtouren; der ein oder andere unter den Ruhe suchenden Gästen des Landhotels Gasthof Edelbroick war jetzt sicherlich verärgert. Selbst schuld! Warum mussten sie auch ihre Enkel in diese edle Oase der Entspannung mitnehmen!

Lüer war es egal. Er hatte seinen zweiten Saunagang hinter sich gebracht und sich dann gemächlich entspannt. Draußen pladderte, von kleinen Pausen unterbrochen, ein sanfter Frühsommerregen die Fensterscheiben hinab, Wolken schoben sich am Himmel entlang und ein leichter, kühler Wind ging durch das erste zarte Grün von Bäumen und Sträuchern des Hotelgartens. Irgendwo von weiter her aus dem Dorf hörte man das gedämpfte Heulen einer Kreissäge, die sich wie nach einem vorgegebenen Takt immer wieder in Klafterhölzer zu fressen schien und durch ihre Rhythmik schon fast beruhigend wirkte. Vor Wohlbehagen grunzend kuschelte sich der kurzgewachsene, wohlbeleibte Kleinunternehmer in seinen riesigen weißen Bademantel, den das Hotel seinen Gästen zur Verfügung zu stellen pflegte. Wie gut, dass man sich trockene Badetücher nehmen konnte, so viele man wollte. Der Service war eben eine Spur exquisiter, wie das Landhotel Edelbroick in seinen Prospekten und auf seiner Internetseite stets zu betonen pflegte. Der kostenlose Kaffee beim morgendlichen Frühschwimmen im edlen Ambiente war zum Beispiel solch eine Extraleistung der Sonderklasse. Aber all das konnte man bei dem Pensionspreis ja eigentlich auch erwarten.

Das zweite Badetuch war inzwischen von seinen Füßen geglitten. Lüer war einfach zu faul, es aufzuheben; er schaute völlig entspannt auf seine breiten Füße, die er in dicke Tennissocken gesteckt hatte. Marga hatte immer etwas gegen diese weißen Socken zu maulen, aber in der Ruhezeit nach einem Saunagang waren sie wirklich gut zu gebrauchen. Lüer wackelte ein wenig mit seinen Zehen und versuchte dann, trotz des schlechten Blickwinkels, die genaue Uhrzeit zu erkunden. Das Zifferblatt konnte er so eben hinter einem der Pfeiler aus Marmor erspähen, der mehrere Lampen mit antikisierten Schirmen aus buntem Glas trug. Unmittelbar davor erhob sich unmittelbar am Beckenrand eine der großen Schwallduschen, geformt wie ein Schwanenhals. Gerade sprangen wieder ein paar Kinder durch die tosenden Fluten. Es war gleich ein Viertel nach fünf Uhr.

Die Schwimmhalle fand man im Kreis der Stammgäste allgemein etwas zu protzig. Aber es war Edelbroicks ureigenste Idee gewesen, sich ausgerechnet einen Innenarchitekten aus Oberbayern kommen zu lassen. Dessen Lebenskatastrophe bestand nach Meinung seiner Kritiker wohl darin, nicht im 18. Jahrhundert und nicht in Venetien leben und arbeiten zu können. Das ganze Hotel hatte nämlich von der Rezeption über die große Hotelhalle bis zum Schwimmbad und dem Saunazentrum mit seinen drei Kabinen inklusive Dampfbad einen hochherrschaftlich italienischen Anstrich bekommen: bunt, malerisch, verspielt, wenn auch nicht ohne einen gewissen Charme und eine ebenso gewisse Eleganz.

Dieses Ambiente war eigentlich etwas für Jungvermählte; aber die Zimmer im Landhotel Gasthof Edelbroick waren ständig von wohlhabenden Rentnern und Pensionären belegt, die es sich mit einem Anflug von Selbstverständlichkeit leisten wollten, vom Morgen bis zum Abend vom Kopf bis zu den Füßen verwöhnt zu werden. Natürlich war der Wellness-Bereich eine Klasse für sich. Lüer seufzte vernehmlich: Die Masseurin am frühen Nachmittag war in der Tat in jeder Hinsicht exzellent gewesen. Das hatte er allerdings gegenüber Marga nicht verlauten lassen, sondern nur hervorgehoben, dass schon die erste Massage die Verspannung in seiner rechten Schulter behoben habe. Dieser formidable „Maus-Arm" war wohl das Ergebnis der wochenlangen Vorbereitungen für die Steuerprüfung seines Unternehmens, einer Spezialfräserei für Maschinenbauteile. Immerhin 18 Arbeitnehmer hatte Lüer inzwischen sowie einen studierten und diplomierten Sohn als potenziellen Nachfolger; sein Betrieb hatte sich in 25 Jahren der Aufbauarbeit zum anerkannten Zulieferer für den Spezialmaschinenbau mit weltweiten Kontakten entwickelt. Die Zahlen stimmten.

Nachdem die Steuerprüfung inzwischen erfolgreich absolviert worden war, mussten jetzt aktuell weitere schwerwiegende Entscheidungen umgehend getroffen werden: Sollte Lüer nun sofort aufstehen und den dritten Saunagang starten mit dem Risiko, dem doch ziemlich schwatzhaften Gast aus Köln zu begegnen, mit dem man es bei 92 Grad Celsius bestimmt nicht lange aushielt? Lüer räkelte sich unschlüssig auf seiner Liege. Oder sollte er noch einige Minuten abwarten, bis der zungenfertige Rheinländer ebenfalls auf einer Liege hier am Pool oder im benachbarten, durch eine große Glastür abgeteilten Ruheraum auftauchte und somit die Gefahr einer unerwünschten Begegnung in der Saunakabine ausgeschlossen war?

Als suche er die Hilfe einer höheren Instanz, wandte Lüer seinen Blick gen Himmel, zur länglichen, sechseckigen Glaskuppel, die sich in etwa drei Meter Höhe ziemlich genau über seinem Ruheplatz aufwölbte. Der Architekt hatte den Ruhebereich der Schwimmhalle im Erdgeschoss um einige Meter aus dem eigentlichen Hotelkomplex in den Garten herausgezogen, so dass man, wenn bei warmer Witterung die großen Fenster versenkt wurden, fast den Eindruck eines Freibades gewinnen konnte. Den überwiegend in Glas gehaltenen Vorbau krönten eine größere und zwei kleinere Kuppeln. Mochten sie auch an der Oberseite in weiß ummantelten Stahlprofilen normale Doppelglasscheiben vorweisen, hatte der Architekt im Inneren doch eine bunte Bleiverglasung montieren lassen, die mit ebenfalls sechs Feldern der inneren Form der kleinen Kuppel folgte: Fantasieblumen waren dort zu sehen, Flamingos ähnliche Fabeltiere reckten erstaunlich lange Hälse und eine bunte Abfolge von kleinen Quadraten und Rauten bildete die Umrandung. Die Farben wirkten entspannend und der Hotelier ließ es sich auch nicht nehmen, die aufwendige Verglasung bei Dunkelheit sogar von außen anstrahlen zu lassen. Lüer fand den Himmel beruhigend und wandte sich in seiner wohligen Entspannung dem nächsten Problem zu, wie man die bevorstehende Zeit vom morgigen Himmelfahrtstag bis zum kommenden

Sonntag am angenehmsten würde gestalten können. Natürlich müsste er mit Marga durch die benachbarten Forste wandern, aber nach körperlicher Ertüchtigung konnten Küche und Keller des Hauses Edelbroick auf schöne Aufträge der Familie Lüer hoffen.

Plötzlich barst der Himmel. Ein dumpfer Schlag erschütterte die Schwimmhalle, große Teile der bunten Glasgewölbeherrlichkeit lösten sich und stürzten herab, exakt auf den Ruheplatz des Johannes Lüer. Irgendetwas Schwarz-Weißes kam durch die Stahlträger herabgesaust und klatschte unmittelbar neben der Liege des Kleinunternehmers auf. Etwas Hartes knallte auf seinen Oberschenkel. Lüer indes hatte zunächst nichts Genaues gesehen, denn in einer reflexartigen Reaktion hatte er sich die Arme mit einem der dicken Frotteetücher vor das Gesicht gezogen. Rings um ihn herum prasselten Fragmente der Glaskuppel auf den Boden, zerschellten Scherben auf den harten Fliesen, spritzten gefährliche Splitter in alle Richtungen.

Für einen Augenblick herrschte in der Schwimmhalle fast Totenstille, nur das Rauschen der Wasserstrudel und Schwallduschen war zu hören, dann aber schrien alle durcheinander. Lüer zog Arme und Frotteetuch vom Gesicht weg, Scherben rieselten herab; er richtete sich leicht auf, bemerkte einen heftigen Schmerz in seinem linken Oberschenkel und schaute verblüfft in das Gesicht eines Menschen, der unmittelbar neben ihm auf dem Boden lag, jedoch den linken Arm auf seiner Liege platziert hatte und ihn mit starren Augen aus einem merkwürdig verdrehten Kopf anstarrte.

Johannes Lüer traf der Schock. Er schrie unkontrolliert los.

Von den Liegen sprangen die Menschen hoch, die Kinder krabbelten aus dem Wasser, aus dem benachbarten Ruheraum und der Sauna kamen Neugierige, teils nur mit einem Saunatuch bedeckt, um nach dem Herd der Unruhe zu suchen. Mehrere beherzte Männer näherten sich dem Ort des Geschehens, wobei sie trotz ihrer Saunalatschen sorgfältig darauf achteten, nicht in die Scherben zu treten, die sich überallhin verteilt hatten. Sie kümmerten sich nach einigen unsicheren Blicken auf den hereingestürzten Mann um den zitternden und fassungslosen Lüer, den man umgehend aus der Halle führen wollte. Eines der jungen Mädchen im Dress des Hauspersonals hatte derweil per Haustelefon die Geschäftsführung alarmiert. Sie und der für Schwimmbad und Sauna zuständige Techniker hielten nun die Neugierigen zurück, die sich nach anfänglicher Scheu in der Schwimmhalle zu sammeln begannen.

Fast zeitgleich erschienen der Hotelbesitzer Hans-Josef Edelbroick und sein Chefportier, Herr Alfons. Beide baten die Anwesenden nachdrücklich, die Schwimmhalle zu verlassen. Der Portier, bei dem nicht einmal die Stammgäste wussten, ob Alfons sein Vor- oder Nachname war – er war die eigentliche graue Eminenz des Hauses und Herr über die Verteilung der Zimmer und Termine –, hatte aus der aufgeregten Meldung seiner Mitarbeiterin sofort eine Notlage erkannt und bereits von der Portierloge aus per Haustelefon einen der Stammgäste, Professor Dr. Ahlers, in Bewegung gesetzt. Der pensionierte Mediziner reiste auch jetzt noch mit einem Arztkoffer und eilte aus seiner bequemen Ferienwohnung im Nebenhaus in die Schwimmhalle, um nach nur kurzer Untersuchung des Verunglückten seinen Tod zu konstatieren: „Mein lieber Edelbroick, das lassen wir jetzt mal alles so, wie es ist, das hier ist eine Sache für den Polizeiarzt und die Polizisten!“ Auf ein kurzes Handzeichen des Hotelbesitzers wandte sich Alfons ohne jede Verzögerung um, ging zu einem der Haustelefone, das an der Wand der Schwimmhalle angebracht war, und ließ sich aus der Zentrale die Notrufleitung geben.

„Wer ist denn der Unglückliche überhaupt?“, fragte der Mediziner und rollte sein Stethoskop wieder ein. „Ein Hausgast?“ Als wäre schon dies ein Verstoß gegen die Diskretion eines Hoteliers, musste Edelbroick sich räuspern: „Tja, das ist wohl Rechtsanwalt Weltermann junior aus Münster! Das ist ja was! Um Gottes willen! Ich muss sofort seinen Vater anrufen.“

„Und die ganze Situation hier rühren wir besser nicht an. Ich denke aber, wir dürfen das Gesicht des Toten bedecken.“ Ahlers ging wenige Schritte zu einem der Regale, die in der Schwimmhalle verteilt waren, und holte ein großes, blütenweißes Frotteetuch hervor, in dessen Flor Wappen und Name des Landhotels eingewebt waren. Er bedeckte Gesicht und Oberkörper des Toten und richtete dann seinen Blick durch die geborstene Kuppel nach oben. Die meisten Scheiben der sechs Flächen waren beim Aufprall zerbrochen und herausgefallen, Teile der Bleiverglasung hingen noch an den Seiten herunter, durch die Öffnungen wehte der Wind und stäubte einen feinen Nieselregen herein. Von weit her glaubte Ahlers ein Martinshorn zu hören.

„Wo hat denn der arme Mann logiert?", wollte der Mediziner wissen, während sein Blick durch die derartig gewaltsam geöffnete Kuppel an der rückwärtigen Hotelfassade mit ihren drei Stockwerken hochwanderte.

„Herr Weltermann bevorzugte eine unserer Maisonnetten in der dritten Etage", seufzte Edelbroick. „Und dabei ist er uns wohl über die Balkonbrüstung gegangen. So ein Ärger, ausgerechnet am Vorabend von Himmelfahrt!"

„Und noch dazu in der falschen Richtung!", stellte Ahlers mit leicht ironischem Unterton fest. „Wir überlassen das Feld hier jetzt besser den Kollegen von der Polizei. Ich nehme an, dass Sie das Schwimmbad und den Saunabereich für heute schon mal schließen können. Und wie ich sehe, läuft der Freund und Helfer auch schon ein!"

Gerade wurde jenseits der Gartenhecke ein Polizeiauto mit zuckendem Blaulicht geparkt. Den beiden Beamten der Schutzpolizei folgte zwanzig Minuten später eine ganze Schar Uniformierter unter der Leitung von Kriminalhauptkommissar Schücking von der Kreispolizeibehörde. Der musste sich bereits nach einer weiteren Viertelstunde mit der Frage auseinandersetzen, ob der so jähe Tod des Münsteraner Rechtsanwalts Ralph Hubertus Weltermann nur ein Unfall war.

Zunächst schien Schücking alles im Griff zu haben. Jetzt kam es erst mal darauf an, auf den Polizeiarzt zu warten und den Ort des Geschehens abzusichern. Er ließ den Garten vor der Schwimmhalle weiträumig absperren und untersagte nach einem kurzen Besuch im Apartment des Verstorbenen das Betreten der gesamten 3. Etage sowie der Zimmer unterhalb des Balkons, von dem aus der junge Rechtsanwalt in die Tiefe gestürzt war. Dann erkundigte er sich nach den näheren Umständen dieses Gastes und seines Aufenthaltes. Als er gerade mit Portier Alfons die Daten Weltermanns an der Rezeption durchgehen wollte, kam der Hotelbesitzer mit einer gewissen Hast aus seiner angrenzenden Privatwohnung gestürzt und bat den Kommissar dringend um Gehör: „Kommen Sie mal ganz schnell mit, Bünickmanns Fritz hat was gesehen!" Und ohne weitere Erläuterungen eilte er Schücking voraus durch die Hotelierswohnung in die Garage, die sich an Flur und Haushaltsraum unmittelbar anschloss. Einer der jungen Beamten aus Schückings Team folgte den beiden verdutzt nach.

Das große Tor war hochgefahren und Edelbroicks Kombi, versehen mit der fantasievollen Dekoration seines Landhotels, stand auf einem der Plätze dieser Doppelgarage, auf dem anderen standen zwei Männer, einer etwa 50 Jahre alt, der andere erheblich älter. Schücking fragte sich schon, womit er hier wohl konfrontiert werde, als der Hotelier ihm die beiden formvollendet vorstellte: „Hermann Bünickmann, unser Nachbar! Und hier Bünickmanns Fritz! Der hat uns was zu erzählen!"

Der Polizeibeamte musterte die beiden Männer: Der Jüngere groß, stattlich und in ordentlich ländliches Grün gekleidet, der andere klein, krumm und in Arbeitskleidung. Dessen Beine steckten in hohen Gummistiefeln, an denen Lehmspuren klebten. Eine dicke braune Kordhose schob sich aus den Stiefeln heraus. Dazu trug der Alte über einem Flanellhemd eine regenabweisende Weste. Sein Hut mochte vor dreißig oder vierzig Jahren eine sonntägliche Kopfbedeckung gewesen sein: Jetzt war er nur noch speckig anzusehen. Unter dem Hut lugten eisgraue Haarsträhnen hervor. Aus einem faltigen Gesicht mit Bartstoppeln blickten zwei etwas verträumt wirkende Augen durch die Gläser eines älteren Kassengestells. Schücking fiel auf, dass viele kleine Sägespäne auf der Kleidung des Mannes hafteten.

„Sie sind also Fritz Büninckmann?", fragte der Kommissar. Fast ruckartig wandte sich der Alte seinem jüngeren Begleiter zu und schaute ihn vertrauensselig, fast demütig an. „Fällig? Watt will den?" Der Jüngere räusperte sich, stellte sich selbst noch einmal als Hermann Büninckmann vor und antwortete: „Nein, das ist Fritz Weischer, der lebt seit 60 Jahren und mehr auf unserem Hof. Deswegen nennen ihn die Leute nur Büninckmanns Fritz. Er hat was gesehen heute Nachmittag und das hat er mir gleich erzählt. Deswegen kommen wir zu Ihnen."

„Na dann mal los, Herr Weischer!" Schücking begann, ungeduldig zu werden, und drängte: „Was haben Sie denn gesehen?"

Wieder drehte sich der Alte zu seinem Hofherrn und sprach ihn an, so als wären die Polizisten gar nicht anwesend: „Men, ick wass je bi't Holtsaagen unner usser Affdack! Faots nao drei Uhr sin'k dao anfangen te saagen! Ick draff je nich fröher, wieldat de fienen Lüde in't Hotel üöhre Unnerst haollen müett't."

Schücking lächelte, als er den lispelnd westfälischen Akzent vernahm und wies seinen Kollegen an: „Schreiben Sie mal mit!" Der junge Mann reagierte fast panisch: „Ich verstehe doch gar kein Plattdeutsch! Und Platt schreiben?"

„Sie müssten eigentlich wissen, dass man im Leben mit Sprachkenntnissen weiterkommt, auch in unserem Beruf, zumal bei uns in Westfalen." Schücking gab sich gleichwohl gönnerhaft: „Ich will dann mal übersetzen!"

Bauer Büninckmann mischte sich ein: „Sie müssen verstehen, unser Fritz kann praktisch kein Hochdeutsch. Und wenn er es versucht, wird es ganz schwierig! Lassen Sie ihn Platt reden, dann erfahren Sie auch was. Das Protokoll kann er dann ja wenigstens unterschreiben!"

„Geht in Ordnung!", entgegnete Schücking, jetzt wieder geduldig. „Er hat also kurz nach drei Uhr angefangen mit dem Holzsägen. Er darf nicht früher laut werden, weil die feinen Leute im Hotel ja ihren Mittagsschlaf halten müssen. Richtig?" Weischer hörte intensiv zu, nickte und fuhr dann in seinem Plattdeutsch fort. Er erzählte ausführlich, präzise und gar nicht einfältig, wie Schücking beiläufig dachte: „... un dann staonnen de beiden up den Balkon un den Blaoen gaff den Schwatt-Witten ümmer so'n Staut vöer de Buorst und up eenmaol faong de an't holstern un is stracks üöwer dat Stankett stuort't nao unnen in't Hallenbad!" Der Alte unterstrich das, was er sagte, mit weit ausholenden Gesten.

Schücking, der mit wachsender Aufmerksamkeit zugehört hatte, diktierte dem Kollegen ins Notizbuch: „und dann standen die beiden auf dem Balkon und der Blaue gab dem Schwarz-Weißen immer so einen Stoß vor die Brust und auf einmal fing der an zu taumeln und ist direkt über die Brüstung nach unten ins Schwimmbad gestürzt! – Oh Mann, Herr Weischer, wissen Sie, was Sie da sagen?"

Der Alte schaute verständnislos auf den Beamten, dann wieder auf seinen Bauern und schwieg. Büninckmann mischte sich ein: „Lass mal gut sein, Onkel Fritz. Geh du schon mal mit dem anderen Polizisten zur Scheune, dass wir uns das mal angucken, ich spreche noch kurz mit dem Kommissar." Der Alte zog mit dem zweiten Beamten ab.

Büninckmann schaute ihnen nachdenklich hinterher: „Sie haben natürlich gemerkt, dass unser Onkel Fritz im Kopf nicht so stark ausgestattet ist. Er ist so eine Art Kalfaktor bei uns auf dem Hof, so nennen das die Leute hier. Wissen Sie, mein Vater war in angeblich großer Zeit hier mal Ortsbauernführer. Und Fritz war so ein Kind aus dem Dorf, das keinen Vater hatte, dazu war er noch Hilfsschüler. Die Nazis hätten Gott weiß was mit ihm gemacht. Mein Vater hat ihn bei uns auf dem Hof aufgenommen, auch auf Drängen unserer Mutter. Er gehört dazu. Und heute bin ich auch sein Vormund! Ich hab ihn gewissermaßen geerbt. Er war gut zu uns, als wir noch Kinder waren, und er war es auch zu meinen Kindern, als sie klein waren."

„Tja Herr Büninckmann, dann wollen wir uns das mal draußen ansehen." Gemeinsam verließen Polizist und Bauer die Garage und machten sich längs der Hainbuchenhecke des Hotelgartens auf den Weg hinüber zum nachbarlichen Hof.

Schücking fragte: „Können wir uns denn auf die Aussage von Onkel Fritz, pardon: Herrn Weischer, überhaupt verlassen?" Büninckmann wiegte seinen Kopf leicht hin und her: „Wenn es um komplizierte Sachverhalte geht, brauchen Sie Fritz nicht zu bemühen. Er ist eben ein ganz schlichtes Gemüt. Aber die Geschichte hier, dass ein Mann einen anderen vom Balkon geworfen hat, die glaube ich ihm. Was um ihn herum geschieht, beobachtet er aufmerksam und seine engere Umgebung kann er genau einordnen: Natur, Tiere, Menschen. Sie glauben gar nicht, wie sensibel so schlichte Menschen sein können! Allerdings muss alles für ihn überschaubar bleiben." Schücking signalisierte Verständnis.

Zum Glück hatte es aufgehört zu regnen. Der Wind blies noch immer leicht und der Himmel klarte auf. Späte Sonnenstrahlen ließen die Natur funkeln. Die Männer bogen um die Ecke des Hotelgartens in einen der kleineren Dorfwege ein und gelangten längs einer Apfelbaumwiese zur Auffahrt des Hofes Büninckmann. Rechts vom Hoftor stand eine große, alte Scheune, ein Schollenmauerwerk mit drei Einfahrtstoren für Erntewagen. An ihrer Rückseite war sie mit einem großen Schleppdach versehen. Darunter stand im Trockenen eine moderne Kreissäge, Stapel von gesägtem und ungesägtem Holz sowie ein Berg von Sägespänen zeugten von Onkel Fritzens Fleiß. Schücking schnupperte den angenehmen Duft frisch gesägten Holzes. Offensichtlich Eichen und Buchen. Der alte Weischer sägte sie auf Maß, um sie anschließend ordentlich in Gitterkästen zum Verkauf zu packen.

Schücking stellte sich hinter die Säge und ließ seinen Blick zum Landhotel schweifen. Das dreistöckige Gästehaus des Gasthofes mit seinem konturierten Fachwerk ragte hinter den im frischen Grün stehenden Apfelbäumen auf, aber just von Onkel Fritzens Arbeitsplatz konnte man wie durch eine Schneise einen Längsschnitt des Landhotels sehen, von der Dachwohnung in der 3. Etage bis hinunter auf das Hallenbad. Von dem sah man jedoch nur die Kuppeln, da die Hecke das Parterre und die Ruheflächen der Gäste bewusst den Blicken Neugieriger entzog.

„Das wäre also geklärt", nickte Schücking dem alten Mann zu. „Sie konnten also tatsächlich den Vorgang beobachten. Prima, und mit der Brille haben Sie wahrscheinlich die beiden Männer gesehen und können Sie uns genau beschreiben!"

„Näh, näh!" Der Alte wurde agil. „Ick draff doch miene rechte Brill bi't Holtsaagen nich up de Niäse hebben. Drümm giww't doch düsse!" Er zog aus der Seitentasche seiner dicken Kordhose eine Augenschutzbrille, wie sie bei bestimmten Arbeiten vorgeschrieben ist. Einfaches Glas, dicke Bügel, Seitenschutz. Der Polizist ärgerte sich.

„Aber es hilft alles nichts. Der Mann hat genug gesehen. Dann melden wir mal unseren Verdacht auf ein Kapitalverbrechen nach Münster." Schücking wandte sich dem zweiten Beamten zu. „Rufen Sie bitte gleich die Kollegen von der Bereitschaft, dass sie alles in Gang setzen sollen. Auch die Spurensicherung, das ganze Tamtam. Mann, werden die sich freuen. So ein Job am Feierabend vorm Feiertag!" Der Polizist zog ab.

Schücking überlegte laut: „Von hier bis zum Hotel sind es etwa 150 Meter Luftlinie. Es war wegen des Regens irgendwie dunkler, als es passierte. Und das Licht der Maisonnette war offensichtlich schon eingeschaltet. Müssen wir also vermessen. Der konnte das Geschehen tatsächlich beobachten!"

Büninckmann und sein Kalfaktor verabschiedeten sich von Schücking, der gemächlich zum Hotel zurückschlenderte. Aber auf halbem Weg beschleunigte er doch seine Schritte. Ihm war etwas eingefallen. Aus einem der Dienstwagen holte er eine Kamera und fuhr sofort mit dem Personalaufzug hoch ins dritte Stockwerk. Auf dem Flur ließ er sich von den Kollegen Plastiküberzüge für seine Schuhe geben und betrat vorsichtig das Apartment des toten Rechtsanwalts.

Auf dem Tisch stand ein Laptop, dessen Bildschirmschoner gleichmütig einen lateinischen Vers vor sich her schob. Daneben auf altsilbernem Tablett ein Kännchen Kaffee mit Tasse, Milch und Zucker. Schücking ignorierte das Ambiente und trat an die Balkontür. Tatsächlich, er hatte sich nicht geirrt. Der Boden des Balkons war zu etwa einem Drittel nass gewesen, als er vor mehr als 30 Minuten schon einmal hier oben gewesen war. In den trockenen Dritteln der gefliesten Balkonfläche waren eben noch deutliche Schuhspuren sichtbar gewesen, die jetzt, bei leichter Wetteränderung etwas getrocknet, nur noch in Andeutungen erkennbar waren. Der Polizist fotografierte dennoch aus allen möglichen Winkeln und achtete auch darauf, Bezugsgrößen mit aufs Foto zu bekommen.

Danach stürzte Schücking die Hoteliersfamilie in tiefe Verzweiflung, ließ er doch das Haupt-Treppenhaus, den großen Gästelift, die beiden kleineren Versorgungslifte und das Versorgungstreppenhaus an der Rückseite des Gästehauses schlicht sperren. Er könne es zwar nicht versprechen, dass noch am selben Abend die Zugänge alle wieder geöffnet werden könnten, meinte er, man wolle es aber wenigstens versuchen. So lange müssten sich die Gäste nach dem Abendessen eben in der Hotelhalle vergnügen.

Währenddessen lief der Polizeiapparat auf vollen Touren. Schon kurze Zeit nach dem Eintreffen des Polizeiarztes lief auch die Spurensicherung auf und stürzte sich mit sechs Mann auf den Fall. Schücking stand gerade im Garten und verfolgte, wie die Spurensucher in ihren weißen Plastik-Overalls auf den Balkonen und auf dem Dach der Schwimmhalle aktiv wurden. Da es trotz der Sommerzeit nun doch langsam dämmerte, zog der Kommissar in Betracht, einen Lichtwagen anzufordern. Als er gerade dabei war, die Vor- und Nachteile dieser Maßnahme abzuwägen, rollte der Wagen aus Münster vor das Hotel. Hauptkommissar Klaus Kattenstroht hatte es tatsächlich noch geschafft, seine Assistentin Kathrin Eilers zu aktivieren, und sah sich nun, in unübersehbar schlechter Stimmung, im Landhotel Gasthof Edelbroick um.

Schücking informierte seinen Münsteraner Kollegen über die ersten Erkenntnisse und die laufenden Maßnahmen. Kattenstroht hörte zu, stellte nur wenige Zwischenfragen und meinte, zuerst sei mal zu klären, was denn der Rechtsanwalt überhaupt im Hotel gewollt habe. Immerhin sei es der Vorabend des Feiertags und wenn der Jurist trotzdem ein Laptop mitgebracht und eingeschaltet habe – so jedenfalls besagte es Schückings Bericht –, röche das doch sehr nach Arbeit.

Nach einem kurzen Gespräch mit dem Hotelbesitzer und seinem Portier führte man Kattenstroht und Eilers in einen der kleinen Salons des Hotels, die die Familie Edelbroick bestimmten Gästen für stille Begegnungen und diskrete Verhandlungen bereithielt.

Kapitel 2

Der kleine Raum mochte kaum 25 Quadratmeter groß sein und wirkte anheimelnd. Die beiden großzügigen Fenster mit antiker Sprossenteilung, umrahmt von schweren Vorhängen, gaben den Blick auf den Vorplatz des Hotels und das Ufer der munter vorbeifließenden Brinke frei. Obwohl dieser Teil des Landgasthofes erst vor wenigen Jahren errichtet worden war, hatte man sich bei der Einrichtung Mühe gegeben, den Charakter eines Landhauses aus dem 18. Jahrhundert entstehen zu lassen. Der Parkettfußboden gab dem Raum Farbe und Akustik, eichene Lambris bedeckten bis zu einer Höhe von etwa einem Meter die Wände. Die Wandflächen darüber waren mit einer elfenbeinfarbigen Seidentapete bespannt, auf der einzelne Blaker symmetrisch verteilt waren, die ein weiches Licht spendeten. Zwischen den Lampen hingen einige sorgfältig gerahmte Kupferstiche. Sie zeigten verschiedene Jagdszenen aus barocker Zeit, darunter die Parforcejagd auf den Hirsch und die Beizjagd mit Falken. Unwillkürlich blieb Kattenstrohts Blick für einige Sekunden an den Stichen hängen.

Zentral im Raum unter einem blank geputzten Kronleuchter saßen an einem gepflegt gedeckten runden Tisch drei distinguiert wirkende Herren im Gespräch, die sich erhoben, als der Hotelier Kattenstroht und Eilers in den Raum führte: „Meine Herren, ich darf Ihnen Herrn Kattenstroht von der Kripo Münster vorstellen. Und seine Assistentin, Frau Eilers. Herr Landgerichtspräsident Dr. Schulte Zurverth, Herr Dr. Öding vom Oberlandesgericht in Hamm und Herr Dr. Spoede, ebenfalls aus Hamm. Die Polizei hat einige Fragen an Sie.“ Der Hotelier stutzte und ließ seinen Blick über den Tisch schweifen. „Haben Sie noch gar nicht gegessen? Hat man Sie etwa vergessen?“

„Keine Sorge, mein lieber Edelbroick, angesichts der Tatsache, dass wir eigentlich zu fünft essen wollten und der sehnlichst erwartete Herr Weltermann nun gar nicht mehr unter den Lebenden weilt, ist unser Appetit etwas gedämpft. Wir haben deshalb im Interesse unseres Vorhabens auch Herrn von der Bencke von der anderen Seite sehr kurzfristig ausladen müssen.“ Schulte Zurverths Miene zeigte echtes Bedauern. „Wir müssen zusehen, wie es mit unserer Arbeit überhaupt weitergeht. Aber“, der grauhaarige Jurist wandte sich Kattenstroht und Eilers zu, „machen Sie es sich doch erst einmal bequem, damit wir Sie über den

Grund unserer Anwesenheit hier informieren können." Edelbroick empfahl sich diskret.

Alle nahmen folgsam in größerer Runde Platz und Kathrin Eilers wandte ihr Interesse erst einmal dem sorgfältig gedeckten Tisch zu, auf dem das exakt ausgerichtete schwere Besteck für mehrere Gänge lag. Verschiedenerlei Gläser blitzten und kräftig gestärkte, straff gefaltete Servietten erhoben sich auf altsilbernen Platztellern geradezu majestätisch-selbstbewusst. Die drei großen bereits geleerten Cognac-Schwenker hinterließen zwischen dieser Tischparade der fünf Gedecke schon fast den Anschein von Unordnung. Ihr Inhalt hatte angesichts der Nachricht vom Tod des Rechtsanwalts die verstörte Juristenschaft offensichtlich trösten und stärken sollen.

„Tatsächlich waren wir für 18.00 Uhr mit den Parteivertretern zum Abendessen verabredet. Das bestellte köstliche Mahl sollte die Stimmung etwas heben. Danach wollten wir wie verabredet in die eigentliche Arbeit einsteigen. Mit etwas Glück hätten wir am Freitagabend oder am Samstagmittag über den Berg sein können. Aber jetzt? Jetzt müssen wir alles erst einmal neu sortieren." Der Landgerichtspräsident seufzte und fasste zusammen: „Schlechte Zeiten für NostRo – und keine Aussicht auf Ruhe!"

Kattenstroht hakte nach: „Darf ich Sie fragen, welchen Charakter diese Verhandlung hier überhaupt hat? Ich sehe noch nicht, worum es eigentlich geht!"

Nun übernahm Dr. Öding seinen Part: „Wir tagen hier als Schiedsgericht. Es geht um die Lösung von Nachfolgeproblemen in der Landmaschinenfirma NostRo; die kennen Sie doch bestimmt, Joseph Nosthoff & Söhne in Hegemer: Erntemaschinen, Spezialmaschinen für die Landwirtschaft. Nicht der größte, aber auch nicht ganz klein!"

„NostRo sagt mir was!", bemerkte Kathrin Eilers und ließ ihren Blick über die Standordner schweifen, die auf einem Beistelltischchen über die Länge von fast einem Meter sorgfältig aufgereiht waren und samt und sonders auf dem Aktenrücken das Emblem besagter Maschinenfirma aufwiesen. Sie kannte das einprägsame Zeichen von den Geräten auf dem großelterlichen Hof in Lahsum. „Einen Kreiselmäher habe ich in meinen Ferien auch schon an der Hydraulik hängen gehabt!"

„Fein“, freute sich Dr. Schulte Zurverth, „da wissen Sie ja, worum es geht!“

„Ich weiß es aber nicht“, knurrte Kattenstroht, „meine Großeltern waren Kötter und hatten nur einen kleinen Holder! Was also hat es mit NostRo und dieser fast schon konspirativ wirkenden Sitzung hier auf sich? Die findet angesichts von Himmelfahrt und des Brückentages übermorgen offensichtlich sogar in Ihrer Freizeit statt! Und was hat das alles mit dem seligen Herrn Weltermann junior zu tun?“

Schulte Zurverth bewies Aufklärungsbereitschaft: „In der Familie Nosthoff, bis heute 100-prozentige Besitzer und persönlich haftende Gesellschafter der NostRo, gibt es gewisse Streitigkeiten und Probleme, die die zukünftige Ausrichtung des Unternehmens zumindest erschweren. Es hat schon längere Zeit gekriselt; zum Glück hat man sich seitens der beiden streitenden Parteien im letzten Winter auf ein Schiedsgerichtsverfahren geeinigt, wobei die Anwälte beider Seiten schon über Monate hinweg schriftsätzlich hart gearbeitet haben. In diesen drei bis vier Tagen hier bei Edelbroick wollten wir eigentlich einen Vergleich erzielen, der beide Seiten zufriedenstellen kann.“ Der Jurist seufzte bedauernd: „Die Chancen standen sehr gut, aber jetzt wird wieder einige Zeit vergehen, bis man neue Grundlagen geschaffen hat. Der Tod von Herrn Weltermann ist für seine Mandantschaft zu diesem Zeitpunkt natürlich eine Katastrophe! Mit dem Verfahren kommen wir jetzt jedenfalls nicht weiter! Schade!“

„Aber geht man mit so einem Streit nicht vor ein ordentliches Gericht?“, hakte die neugierig gewordene Kathrin Eilers nach. Schulte Zurverth ging nun seinerseits in die Details: „Gewiss ist das möglich, aber man muss es nicht. Vor Gericht und auf hoher See ist man in Gottes Hand! So geht man, wenn man sich um ein so schönes Unternehmen wie NostRo sorgt, auch eher die leiseren und behutsamen Wege. Wissen Sie, viel Lärmen macht noch lange keine Hochzeit! Die Zivilprozessordnung lässt deswegen bei vielen Streitigkeiten ausdrücklich die Regelung durch ein Schiedsgericht zu. Meist geht es auch schneller als vor den Schranken eines ordentlichen Gerichtes, weil beide Seiten besondere Interessen haben. Im Übrigen hat das Ergebnis aus einem solchen Verfahren juristisch denselben Wert wie ein vom Gericht gefälltes Urteil.“

„Und billiger dürfte es auch sein, da Sie alle hier ja Ihre Freizeit investieren!“, warf Kattenstroht ein, dem irgendetwas auf die Stimmung geschlagen zu sein schien. „Zudem“, er wies mit knapper Geste auf den festlich gedeckten Tisch, „möchte ich mal vermuten, dass NostRo die Spesen übernehmen wird!“

Es war an dem feinsinnigen Dr. Öding, den Hauptkommissar in seine Schranken zu weisen: „Wissen Sie, ein Blick ins Gesetz hat noch nie geschadet, Herr Kattenstroht. Das dient der Rechtsfindung. Schiedsgerichte dieser Art sind nun mal durch den Gesetzgeber ausdrücklich erwünscht und mit gewissen Regeln ausgestattet. Gut, wir sind alle drei Beamte im Richterdienst des Landes und haben für diese Nebentätigkeit eine Genehmigung bei unserem Dienstherrn einreichen müssen. Deswegen die Sitzung in der Freizeit. Nebenbei gesagt gelten Gebührenordnungen, die sich an den in der Justiz üblichen orientieren und den Streitwert als Bemessungsgrundlage im Auge haben.“ Letzteres bemerkte Dr. Öding nicht ohne ein süffisantes, fast zufriedenes Lächeln, wie Kathrin Eilers registrierte.

„Und wieso tagen Sie nicht im Gericht, sondern hier in einem, sagen wir mal, erstklassigen Edelhotel mit fünf Sternen?“, wollte sie prompt wissen.

Der Landgerichtspräsident zeigte sich so geduldig wie großherzig: „Gemessen an der Sache, dem Streitwert und der Wichtigkeit eines angestrebten Vergleiches ist es angeraten, für die Verhandlungen einen Rahmen zu schaffen, der auf die miteinander streitenden Parteien positiv einwirkt. Die Kosten übernehmen die sowieso. Glauben Sie mir, Frau Eilers, ein gepflegter Frühsport, ein ordentliches Frühstücksbuffet, ein bisschen Wandern, Schwimmen und Saunieren bei klugen Gesprächen wirken Wunder. Und die Forellen aus der Brinke werden hier köstlich zubereitet! Außerdem, nach 1043 Absatz 2 ZPO darf das Schiedsgericht den Ort der Verhandlung festlegen und tatsächlich jeden ihm geeignet erscheinenden Ort dazu bestimmen. Nachdem die Herren Öding und Spoede, die jeweils von einer der streitenden Parteien benannt wurden, mich zum Vorsitzenden des Schiedsgerichtes bestellt hatten, habe ich aufgrund guter Erfahrungen für dieses Landhaus votiert. Bei früheren Schiedsgerichten ist diese Rechnung auch immer aufgegangen. Aber dass nun ausgerechnet hier und heute ein Parteivertreter auf solch dramatische Weise das Gericht verlässt, das habe ich auch noch nicht erlebt."

„Und Sie sind bitte so nett – jedenfalls heute Abend –, mich zu informieren, wenn Sie das Hotel verlassen möchten. Möglicherweise haben wir doch noch einige Fragen, die vor Ort geklärt werden könnten." Kattenstroht sah sich fürs Erste hinreichend informiert und bat Kathrin Eilers, die Daten der anwesenden Schiedsrichter, wie er sich ausdrückte, in den „Spielbericht" aufzunehmen. Er verabschiedete sich formlos und verließ das kleine Jagdzimmer. Die Herren allerdings zückten einvernehmlich mit Landeswappen geschmückte Visitenkarten und Kathrin Eilers beschloss für sich, besser nicht nach den Personalausweisen zu fragen. Sie fand ihren Chef wenig später im Gastraum an der Theke im Gespräch mit dem Hotelier. Der zeigte sich von Kattenstrohts Auskünften ziemlich betroffen:

„Sie glauben gar nicht, Herr Kommissar, wie uns das mit den Gästen hier geht: Sie haben jetzt die ganze dritte Etage gesperrt, das Schwimmbad, die Lifte und die Treppenhäuser. Ich kann die Leute hier unten im Gastraum und im Frühstücksraum zwar mit dem Abendessen versorgen und meinetwegen auch noch einen oder zwei Musiker in die Halle stellen. Ich kann auch Freibier ausschenken lassen, aber ich muss doch heute Abend noch eine Perspektive haben. Die Leute wollen in ihre Zimmer, sie bezahlen dafür. Und ich kann Ihnen gar nicht sagen, wie sensibel meine Kundschaft hier ist. Das sind zum Teil Stammgäste über Jahrzehnte!"

„Das sehe ich ja ein. Wir machen auch Druck, dass die Spurensicherung sich beeilt. Bitte vergessen Sie nicht: Es ist ein Mensch ums Leben gekommen und wir können ein Kapitalverbrechen nicht ausschließen! Ich gehe jetzt mit Frau Eilers hoch und ich glaube, dass die Treppenhäuser und die Lifte bald wieder freigegeben sind. Die dritte Etage wird ein Problem sein. Das dauert länger. Und das Schwimmbad? Ich denke, Sie sollten die Firma informieren, dass die das Wasser umgehend austauschen. Schließlich kann keiner ausschließen, dass Scherben aus der Kuppel nicht doch ins Wasser geraten sind. Aber das ist, wie ich es sehe, Ihr Risiko."

Der Hotelier zeigte sich etwas beruhigt: „Nun ist für morgen schon besseres Wetter angesagt und ich habe ja auch noch den Außenpool. Aber ich bitte Sie, Herr Kattenstroht: möglichst fix das alles und möglichst diskret. Unsere Lokalpresse ist auch schon neugierig geworden."

„Es ist Ihnen aber klar, Herr Edelbroick, dass wir in den kommenden Tagen noch viele Verhöre hier im Hotel durchführen werden? Wir müssen herausfinden, wer von den Gästen das Opfer kannte, wer ihm begegnet ist, ihm irgendwie verbunden war. Es sieht nach einer Gewalttat aus und da ist die Ermittlungslinie eindeutig vorgegeben."

„Herr Kommissar, wir sind voll bis unters Dach! Ich habe fast 120 Gäste im Haus! Wollen Sie die etwa alle noch verhören?" Jetzt schien der Hotelier seine Fassung zu verlieren.

Kattenstroht beruhigte ihn: „Ich will den Erholungsfaktor des Gasthofes Edelbroick bestimmt nicht ramponieren. Allerdings müssen wir wenigstens die Nachbarn aus der 3. Etage und die Gäste sprechen, die dem Herrn Weltermann begegnet sind. Das können ja nur wenige gewesen sein in den zehn Minuten. Auch das betreffende Personal werden wir befragen. Dann müssen wir sehen, ob wir uns nicht auf freiwillige Meldungen der Leute verlassen können. Vielleicht bringen wir einen Aushang mit auf die Zimmer. Aber das entscheiden wir nicht mehr heute Abend. Wichtig wäre noch, dass wir möglichst schnell einen Ausdruck aller Gästedaten von heute bekommen. Möglicherweise können wir da schon Verbindungen erkennen."

Der Hotelier seufzte gottergeben. Der Kommissar nickte ihm zu und machte sich mit Kathrin Eilers auf den Weg zum Tatort. Sie durchquerten unter den neugierigen Blicken der Gäste die voll besetzte Hotelhalle, erreichten das Treppenhaus am Eingang zum Wellnessbereich, ließen sich von dem dort postierten Beamten Überschuhe aus Plastikfolie aushändigen und stiegen zum dritten Stockwerk hoch. Dort auf dem Flur begegneten sie Schücking. Der unterrichtete sie über die aktuelle Situation. Die Spurensicherung war da oben inzwischen fast fertig, die Balkone direkt unterhalb der Absturzstelle waren ebenfalls untersucht worden und zwei Männer räumten noch auf dem Flachdach des Schwimmbadbereiches herum.

Der Kommissar sah sich in dem schönen Apartment um, das im gehobenen Stil eingerichtet war. Am Tisch saß ein junger Mann in einem knallig bunten T-Shirt und arbeitete am Laptop. Schücking berichtete, was er zusammengetragen hatte: Weltermann sei gegen 16.30 Uhr in seinem Apartment angekommen. Er habe sich beim Portier gemeldet und Koffer wie Laptop selbst hereingetragen. Die offizielle Zeit des Eincheckens habe der Computer mit 16.41 Uhr ausgewiesen. Dann habe der Rechtsanwalt zur Freude des Hausdieners den Schlüssel seines Ferraris Herrn Alfons ausgehändigt und der Hausdiener habe den Wagen – wie bei früheren Aufenthalten auch – in die reservierte Garage an der Rückseite des Hotels auf der anderen Straßenseite gefahren. Nach der Computer-Buchung habe dann der Rechtsanwalt um 16.52 Uhr ein Kännchen Kaffee bestellt, das von der Küche über den Service-Lift ziemlich genau gegen 17.00 Uhr hochgebracht worden sei. Die Servicekraft werde zurzeit noch detailliert vernommen. Den Kaffee habe Weltermann aber gar nicht mehr angerührt. Der Sturz sei dann etwa gegen 17.15 Uhr erfolgt. „Für unsere Ermittlungen ist das ein erfreulich schmales Zeitfenster!", fasste Schücking zusammen. „Das bietet allerhand Chancen!"

„Mit dem Ferrari, das halte ich für eine ungewöhnliche Großzügigkeit!", brummte Kattenstroht. Ferraris, Füllfederhalter und Frauen solle man eigentlich nicht verleihen! Gewiss sei das ungewöhnlich, erwiderte Schücking, aber Weltermann junior sei, wie schon seine Eltern, Stammgast im Hause, habe stets dieses Apartment in der dritten Etage bevorzugt und oft über Monate vorweg reservieren lassen. Er habe Haus und Personal sehr genau gekannt und sei – im Gegensatz zu seinen Eltern – wegen seiner offenen Art und seiner großzügigen Trinkgelder bekannt und beliebt gewesen. Den Hausdiener kannte er auch schon seit Jahren.

„Was Näheres über seinen Lebensstil?", wollte der Hauptkommissar wissen. Schücking räusperte sich: „Der junge Mann kam wohl auch mit wechselnden Bekanntschaften übers Wochenende hierher. Wir lassen seine diesbezüglichen Daten gerade ausdrucken. Scheint überhaupt eine lebensfrohe Nummer gewesen zu sein."

Die drei traten auf den Balkon, den die Spurensicherung inzwischen freigegeben hatte. Sie blickten zum Schwimmbad hinunter. Durch die geborstene Kuppel war auch jetzt noch die Leiche Weltermanns zu erkennen. Grell zuckende Blitzlichter erhellten sporadisch die Szenerie. Die Dämmerung war mittlerweile fortgeschritten.

„Wenn man es historisch betrachtet, dann sind Fensterstürze eigentlich so etwas wie eine Demonstration. Sie kennen doch bestimmt die Prager Defenestration von 1618, was, Frollein Eilers, das war doch mal was!" Die junge Frau fühlte sich angesichts ihrer dürftigen Geschichtskenntnisse ertappt. „War das nicht der Auslöser des Dreißigjährigen Krieges?"

„Bingo!", rief ihr Chef mit leicht übertriebener Begeisterung. „Und wo liegt der Unterschied zu heute?", setzte Kattenstroht nach. Weder Schücking noch Eilers hatten die Spur einer Idee. Kattenstroht – wieder ganz Studiendirektors Sohn – war in seinem Element: „Erstens war der Absturz tiefer, mindestens 18 Meter, das kann man sich noch heute in Prag angucken; zweitens sind die drei Herren bei jenem Fenstersturz auf einem Misthaufen gelandet. Dieses Glück hatte Monsieur Weltermann junior nicht. Andererseits hat man damals noch mit Pistolen hinter den Prager Defenestrierten hergeschossen. Auch das greift hier nicht." Kattenstroht hielt inne: „Trotzdem, unser Mann ist tot! Ihm haben keine himmlischen Mächte beigestanden! Also trotz des Feiertags morgen keine Himmelfahrt!"

Ein Leichenwagen rollte auf die Hotelauffahrt. Schücking hatte den Transport zur Gerichtsmedizin schon organisiert; Kattenstroht war für die breite Zuarbeit dankbar: „Dann wollen wir mal sehen, dass wir auch noch Feierabend kriegen. Übrigens, was haben Sie da für einen Hänfling am Computer sitzen?", fragte er Schücking und wies auf den noch ziemlich jung aussehenden Mitarbeiter am Tisch!

Der war intensiv mit dem Gerät beschäftigt, tippte auf der Tastatur und schob Datenträger in die vorgesehenen Anschlüsse und Schubladen. „Fast wie mein kleiner Bruder!", schoss es Kathrin Eilers durch den Kopf. Hauptkommissar Schücking ergriff die Initiative: „Ich darf mal unseren Jüngsten vorstellen, Maximilian Tillkamp, IT-Lehrling in unserer Behörde. Westfalens fixester Youngster am Computer! Ein Supertalent." Der Angesprochene, über dessen buntem T-Shirt ein Band mit mehreren Daten-Sticks baumelte, passte auch optisch überhaupt nicht in die Polizeitruppe. Er erhob sich von seinem Stuhl, grüßte etwas nachlässig und heftete dabei den Blick weiter auf den Bildschirm. Kattenstroht drang auf Informationen: „Na dann lassen Sie mal hören, junger Mann! Was können wir über den Computer sagen, was hatte unser Opfer auf der Platte?“

„Wir haben Glück gehabt“, erläuterte der junge Mann, „dass der Anwalt das Gerät angeschaltet, mit Passwort angemeldet und ans Stromnetz angeschlossen hatte. Ein Ordner war geöffnet und eine Datei auf dem Schirm. Offensichtlich ein Schriftsatz für die heutige Verhandlung! Ich versuche zurzeit, den gesamten Ordner, der nennt sich übrigens „Bodo-NostRo“, zu kopieren, denn irgendwann müssen wir das Gerät vom Netz nehmen und abtransportieren. Die meisten Ordner sind passwortgeschützt. Sind wohl Klientendaten. Aber das Kopieren funktioniert teilweise. Und die Passwörter? Na ja, mal sehen!“ Der junge Mann machte auf lässig.

„Haben wir schon die Konzession, die Daten für uns zu sichern?“, fragte Kattenstroht. Schücking wiegte leicht den Kopf: „Verdacht auf ein Kapitalverbrechen! Da stehen unsere Ermittlungsnotwendigkeiten gegen den Datenschutz der Mandanten. Wir haben euren Staatsanwalt Stellmacher in Münster angeklingelt und informiert. Er hat uns dann telefonisch die Erlaubnis vom Gericht durchgegeben. Schriftlich kriegen wir das morgen. Wir beschlagnahmen den ganzen Kram erst mal. Und was wir dann haben, haben wir!“

Schücking bat den jungen IT-Experten: „Zeig doch mal Herrn Kattenstroht den Bildschirmschoner unseres Opfers!“ Tillkamp lächelte, bediente ein paar Tasten und schon leuchtete eine Juristenkarikatur aus dem 19. Jahrhundert auf. Über den Bildschirm zog sich ein Spruch in etwas verschnörkelter Schrift: „Vorschuss macht die Klage schlüssig, macht den Vortrag klar und flüssig!“

Eilers bemerkte anerkennend: „Humor hatte er ja; ist doch nicht ohne Selbstironie!“

„Und die Zeichnung ist ein Klassiker von Daumier! Also Hintergrund in mehrfacher Hinsicht! Aber in erster Linie geht's ums Geld. Wollen mal schauen!“ Kattenstroht klopfte dem Jungen auf die Schulter und dann brachen sie auf.

Noch auf dem Flur zeigte sich Kattenstroht von dem jungen IT-Fachmann angetan: „Wo haben Sie den denn aufgegriffen?" Schücking antwortete prompt: „Unser Maxi ist als Schüler schon auffällig geworden: Computer-Hacken, Internetgeschichten, Trickereien und so weiter. Hat in seiner Schule alle Dateien im Sekretariat von außen geknackt, sogar die Zensuren- und Zeugnislisten. Jedenfalls unglaublich begabt, was Computer und Informatik angeht. Und dann stand er mit noch nicht mal 16 Jahren in Münster vorm Jugendgericht!"

„Und wie hat Heinrich der Gnädige reagiert? Oder war es Felix der Blutige?" Jetzt war Kattenstroht richtig neugierig geworden.

„Der Gnädige! Der hat ihm erst einmal 100 Sozialstunden bei der Caritas – oder war es die Diakonie? – aufgebrummt und hat ihm dann nach dem Ende der Schulpflicht die Lehrstelle bei uns besorgt. Ist übrigens mit eurem Präsidenten abgesprochen. Der Knabe ist jetzt im zweiten Lehrjahr und einfach brillant! Die Zusammenarbeit läuft super! Hoffentlich hält er sich!" Schücking war auf einmal Pädagoge mit Leib und Seele.

„Na dann man zu! Wir können auch Nachwuchs gebrauchen! Und unsere Klienten kennen ja wirklich Kniffe, die wir nur mit ihren eigenen Kenntnissen austricksen können!" Kattenstroht zeigte sich gnädig. „Aber wieder haben wir das alte Problem: Quis ipse custodiet custodes? – Wer bewacht und kontrolliert die Bewacher? Und so ein flotter Junge, da lockt doch die Verführung im Netz!"

In der Halle war es etwas ruhiger geworden, denn die meisten Gäste hatten ihre Zimmer wieder beziehen können. Die verschiedenen Polizeiteams waren dabei, die Schauplätze zu räumen, und verluden nach und nach ihre Einsatzgerätschaften. Die Leiche des jungen Rechtsanwalts Ralph Hubertus Weltermann wurde zum Transport eingesargt. Alles stand parat, den Tatort wiederherzurichten. Der Hotelier hatte offenbar seine sämtlichen Reinigungskräfte aufgeboten, auch der Notdienst der Schwimmbadfirma war eingetroffen. Ein Glaser besichtigte die geborstene Kuppel und wollte noch am Abend ein Notdach einsetzen.

Ein junges Pärchen tauchte mit Brille, Schnorchel und Schwimmflossen in ruhigen Bahnen durch die dem Garten zugewandte Hälfte des

Schwimmbads. Edelbrock bewies Geschäftssinn: „Ich lasse gerade den Boden des Beckens untersuchen. Vielleicht können wir ohne einen kompletten Wasseraustausch auskommen. Das Frühschwimmen morgen muss eben jeder auf seine eigene Gefahr betreiben." Der Hotelier betonte, dass das Glas aus der Kuppel bunt gewesen und deswegen im Wasser auch zu erkennen sei. Am Rand des Beckens standen zwei Schalen aus Plastik, in denen bisher aber nur wenige Bruchstücke der Kuppelverglasung zu sehen waren. „Ich denke, wir haben Glück gehabt!"

Nach 22.00 Uhr rückten die Einsatzkräfte langsam ab. Der Hotelier deutete eine Verneigung an, als der Leichenwagen von der Hotelauffahrt rollte: „Ein Stammgast weniger – und leider ein recht junger!" Nachdenklich schauten die drei Polizisten hinterher.

Kattenstroht hatte die fast unmerkliche Geste Edelbroicks bemerkt: „Wie hat eigentlich der Vater reagiert, als Sie ihm die Nachricht überbrachten? Sie haben ihn doch angerufen, oder?"

„Ja, ja natürlich. Ich habe erst mit Herrn Schücking den Einsatz eines Notfallseelsorgers mit polizeilicher Begleitung abgesprochen und später dann aus meinem Arbeitszimmer auf der Privatnummer von Herrn Weltermann senior angerufen!"

„Und wie hat er reagiert?", wollte Kattenstroht Details wissen.

Der Hotelier zögerte leicht: „Der alte Herr hat sich formvollendet für die Nachricht bedankt!"

Kapitel 3

Kattenstroht war erst tief in der Nacht nach Hause gekommen. Dort erklärte ihm seine aus dem ersten Schlaf gerissene Betty frank und frei, sie werde auf keinen Fall auf die so lang geplante Fahrt zum Schützen- und Heimatfest nach Raestrup verzichten. Er könne ja gerne am Samstag nachkommen. Auf diese Tour freue sie sich schon das ganze Jahr, fügte sie hinzu, sie habe ausnahmsweise keine Abiturprüfungen und Korrekturen mehr und seinen beiden Jungs wolle der Kommissar doch wohl nicht den sehnlichst erwarteten Aufenthalt im mütterlichen Heimatdorf verderben! Es war mal wieder einer von diesen Tagen, an denen auch Kattenstroht seinen Beruf verfluchte. Betty hatte es da besser: In weiser Voraussicht hatte ihre Schulkonferenz einen beweglichen Ferientag hinter den Himmelfahrtstag gelegt, so dass auch in diesem Jahr Kurzferien von vier Tagen dabei herausgesprungen waren. Seinen als Freizeit angemeldeten Freitag dagegen hatte ihm der abgestürzte Rechtsanwalt gründlich versaut!

Nach der Rückkehr aus Edelbroicks Landhotel hatte er noch am Abend im Präsidium in Münster den nächsten Tag vorbereitet. Zum Glück hatte er Mia Kunsleben erreicht, die per Rundruf drei Verhörteams für den nächsten Tag organisieren wollte. Schücking würde ebenfalls mit einigen Leuten aus der Kreispolizeibehörde vor Ort sein. Die Staatsanwaltschaft war auf den neuesten Kenntnisstand gebracht; Stellmacher, der schon die Beschlagnahme des Computers abgesichert hatte, hatte sich in groben Zügen über den Ermittlungsstand informieren lassen und verwies auf seine Rufbereitschaft über das ganze Wochenende. Auch der Polizeipräsident zeigte sich merkwürdig interessiert an diesem Fall und bat trotz des Feiertages um ein dringliches Gespräch direkt am nächsten Morgen. Somit waren Kattenstrohts Aussichten für ein entspanntes Wochenende in Raestrup mehr als bescheiden.

Dementsprechend war dann auch die Stimmung am Frühstückstisch. Betty hatte schon alles gepackt, die kleine Jack-Russell-Hündin Snoopy hatte die untrüglichen Zeichen eines Ausflugs längst erkannt und sprang fröhlich durch das ganze Haus. Nur Kattenstrohts Söhne Sebastian und Benedikt drömmelten noch herum und zeigten nur mäßige Anzeichen der Vorfreude auf den bevorstehenden Ausflug. Ihrer lahmen Stimmung entsprach Kattenstrohts Seelenlage ziemlich exakt. So fiel der Abschied dann auch förmlich aus. Ja, er werde spätestens am Samstagnachmittag nachkommen, versprach der Kommissar seiner Familie. Vom heutigen Vatertag habe er sowieso nichts: „Ein Vater, der seine Familie hängen lässt, verdient auch nichts Besseres!“, hatte Betty reichlich spitz dazu bemerkt.

Wenigstens hatte ihn Mia Kunsleben nicht hängen lassen. Im Büro stand die gesamte Mannschaft parat: Zu Austrup und Pötter hatte die engagierte Büroleiterin noch drei weitere Fachkräfte mobilisieren können, so dass neben Schückings Leuten von der Kreispolizei noch drei weitere Verhörteams zum Einsatz kamen. Sie sollten nach der allgemeinen Frühstückszeit die möglichen Zeugen im Landhotel der Reihe nach vernehmen. Kattenstroht informierte seine Mitarbeiter über den Stand der Dinge, wies auf aus seiner Sicht schon jetzt erkennbare Fragen und Probleme hin und drang vor allem auf genaue Inspektion des vielleicht zwanzigminütigen Zeitfensters zwischen der Ankunft des jungen Weltermann in seinem Apartment, seinem bedauernswerten Absturz und einer möglichen Fluchtzeit des Täters. Kattenstroht bat Mia Kunsleben, sich um eine genaue Dokumentation der Örtlichkeiten zu kümmern. Das Landhotel müsse aktuelle Pläne seiner Räumlichkeiten besitzen. Die Mannschaft machte sich umgehend auf den Weg ins Brinketal.

Kathrin Eilers hatte ihr Kommen erst für etwa 10.00 Uhr angekündigt, so dass Kattenstroht dem Gespräch mit seinem Chef nicht länger ausweichen konnte. Wie liebte er sie doch, die provinzial-hauptstädtische Diplomatie! Der Hauptkommissar war schon jetzt bedient.

Tatsächlich empfing ihn sein Chef in gnädiger Laune, offerierte selbst aufgebrühten Kaffee und bat um intensive Unterrichtung bezüglich der Situation im Fall Weltermann. Damit war Kattenstroht schnell fertig. Der PP hob seine Arme auf Brusthöhe, spreizte seine Pianistenhände und stieß die Fingerkuppen rhythmisch gegeneinander. Dies mochte als Übersprungshandlung, Fremden sogar als eine Geste des vertieften Überlegens erscheinen; Kattenstroht aber erinnerte sich lächelnd der „Allgemeinen Einführung in die Verhörmethodik“: Allen im Büro war bekannt, dass der Chef bei dieser Körpersprache grundsätzlich werden wollte.

Der rutschte aber erst noch ein bisschen in seinem Sessel herum, räusperte sich wiederholt, nahm einen Schluck Kaffee und meinte dann, ob sich Kattenstroht des Wespennestes bewusst sei, in dem er angesichts des Falles Weltermann werde herumstochern müssen: „Der junge Mann war nicht irgendwer in Münster. Er kam aus einem guten, angesehenen Haus und war immerhin Sozius einer der ältesten Anwaltskanzleien dieser Stadt! Ich kann Sie nur zur besonderen Vorsicht und Diskretion ermahnen." Der Behördenchef zögerte ein wenig: „Das ist eigentlich kein Fall für Sie, mein lieber Kattenstroht. Der junge Weltermann ist zwar auf dem Lande umgekommen, ausgerechnet bei Edelbroicks, aber die Sache hat bestimmt städtische Bezüge! Ich weiß gar nicht, ob Sie mit Ihren speziellen Neigungen und Ihrer Nase für die ländlichen Tatkomplexe da richtig aufgehoben sind?"

Der Kommissar stutzte, setzte aber sofort nach, da er eine vage Chance für sein Wochenende erkannte: „Also, Herr Präsident, dass Sie das mal klar sehen: Ich verbinde mit dieser Sache keinen eigenen Ehrgeiz. Für dieses Wochenende hatten wir ganz andere Pläne. Wir wollten unbedingt zu einem Familientreffen meiner Frau nach Raestrup fahren. Wenn also ein Kollege den Fall übernehmen will: Bitte, überhaupt kein Problem. Und Frau Eilers hat, wenn ich mich recht erinnere, ab Freitagabend ihren Familientag in Lahsum. Tun Sie sich also nur keinen Zwang an!"

Kattenstrohts Chef lächelte müde: „Sie wissen genau, dass Sie an diesem langen Wochenende der einzige leitende Kollege sind, den ich mit dieser Aufgabe betrauen kann. Alle anderen sind entweder im Urlaub oder anders eingesetzt. Tut mir leid wegen der Familientage, aber daran kann man nun mal nichts ändern!" Er machte eine kurze Pause und fügte etwas angestrengt hinzu: „Dennoch will ich den Aspekt der besonderen Sensibilität, die hier gefragt ist, noch einmal betonen. War gestern schon die Presse vor Ort?"

Kattenstroht erwähnte kurz die Vertreter der Lokalpresse, aber die seien angesichts des frühen Redaktionsschlusses ihrer Zeitung mit einer Meldung nicht mehr ins Blatt gekommen: „Heute Morgen steht in den Regionalzeitungen noch gar nichts drin. Morgen kommen bei uns keine Zeitungen heraus. Rundfunk und Fernsehen in der Region ehren auch ihren Feiertag. Ich weiß nicht, ob unsere landesweiten Zeitungen oder sogar das Revolverblatt mit den großen Buchstaben schon dran sind. Ich glaube es zwar nicht, aber darauf schwören könnte ich auch nicht. Die kommen schließlich morgen mit einer Ausgabe heraus. Bei Edelbroicks sitzen viele schwatzhafte Leute mit guten Beziehungen herum; die haben alle ein Handy und kennen Hinz und Kunz! Die Defenestration eines Münsteraner Promi-Anwaltes ist doch ruck, zuck herum, oder was meinen Sie?"

Der Präsident machte ein Gesicht, als unterzöge er sich just in diesem Moment einer Zahnwurzelbehandlung: „Und genau an dem Punkt müssen wir aufpassen. Wir geben heute natürlich keinen Polizeibericht heraus. Wir laden für morgen, Freitag, sagen wir mal, zum spätest möglichen Termin, also etwa 14.00 oder 15.00 Uhr, zu einer Pressekonferenz. Vorher selbstverständlich Nachrichtensperre. Damit haben wir es wenigstens zum Teil in der Hand. Und was die Überregionalen morgen bringen, kann dann nicht so viel sein. Rundfunk und Lokalfernsehen will ich von hier aus ruhig halten. Bis morgen Mittag wissen wir vielleicht auch mehr. Bis Samstagmorgen ist Ruhe – und da ist schon Wochenende!"

„Was ist denn nun so besonders an diesem Advokaten, dass Sie sich so einen Kopf drum machen?", fragte der immer argwöhnischer gewordene Kattenstroht. „Ist das wieder einer aus Ihrem Zahnrad-Verein, vom Löwenklub oder sonst ein vergnügtes Krokodil?"

„Unterlassen Sie doch bitte Ihre ständigen Anspielungen auf die gesellschaftlich wichtigen Vereinigungen dieser Stadt!" Der Polizeipräsident wirkte jetzt wirklich genervt: „Natürlich kenne ich die Familie Weltermann von rotarischen Treffen, überhaupt aus vielen gesellschaftlichen Situationen und tatsächlich vom Tanzen. Aber dahinter stehen gerade in Münster ganze Netzwerke. Wie leicht können Sie sich da drin verheddern, mein lieber Kattenstroht! Ich will doch nur erreichen, dass Ihnen und meiner Behörde nicht in irgendeiner Weise an den Karren gefahren wird. Seien Sie also um Himmels willen vorsichtig!"

Kattenstroht war verstimmt aufgestanden und hatte sich schon zur Tür gewandt: „Ay, ay, Captain! Ich habe verstanden. Wie wäre es denn, wenn Sie mich möglichst bald in Ihren Schützenverein da einführen würden? Dann hätte ich auch einmal die Woche ein Meeting mit den richtigen Leuten, ein gutes Essen dazu und mir würde viel weniger passieren!"

Die Bürotür fiel etwas lauter ins Schloss als gewöhnlich.

Auf dem Flur kam ihm Kathrin Eilers entgegen: Der erste echte Lichtblick an diesem Morgen! Die hochgewachsene, blonde Frau wirkte in der Tat frisch wie der junge Tag, trug über schicken roten Pumps eine leichte schwarze Sommerhose, ein rotes T-Shirt und darüber einen weißen Blazer aus leichtem Leinen. „Leinen knittert edel!", schoss es dem Kommissar durch den Kopf. Kattenstroht wurde wieder einmal schlagartig klar, wie sehr er die Zusammenarbeit mit der jungen Frau schätzte, die erst im letzten Herbst in der Behörde eingestellt worden war. Die beiden zogen sich zu einer Planungsbesprechung in sein Büro zurück.

Gerade waren sie sich über die geplanten Tagesabläufe einig, als das Telefon klingelte. Ein Kollege aus der Zentrale unterrichtete den Kommissar, dass in der Nacht zuvor in der Wohnung des so tragisch ums Leben gekommenen Rechtsanwaltes Ralph Weltermann eingebrochen worden sei. „Wir sind sowieso auf dem Weg aufs Land und kommen da mal kurz vorbei!", reagierte der Kommissar schnell. „Halten Sie bis dahin bitte die Stellung! Ist die Spurensicherung schon in Gang gesetzt?" Kattenstroht musste jedoch zur Kenntnis nehmen, dass man feiertagsbedingt auch in dieser Abteilung auf kleinerer Flamme arbeite. „Wir sind gleich da!", beschied er seinen Informanten abschließend.

Nach kurzer Fahrt über die wenig belebten Ringstraßen erreichten Kattenstroht und Eilers die Junggesellenwohnung des verstorbenen Anwalts. Der Kommissar stieg aus dem Wagen und warf seufzend einen Blick auf die Grünanlage, an deren Peripherie das stilvolle Apartmenthaus stand. „Ist das eine Lage! Ein Apartment hier dicht an der Promenade, wahrscheinlich im oberen Stockwerk mit Blick auf den Hörster Friedhof! Liegt verkehrsgünstig und ganz nah zur Innenstadt, kostet ein Vermögen!"

Kathrin Eilers warf einen neugierigen Blick auf den parkähnlichen Platz, dessen Grünflächen in der morgendlichen Sonne lagen. Hecken säumten den Wiesenplan, vereinzelt reckten sich alte Bäume in den Himmel und warfen Schatten, Kinderwagen wurden hin und her geschoben, Hunde balgten sich im Gras und auf den Bänken saßen vereinzelt Erholungsuchende: „Das ist ein Friedhof?", fragte Kathrin Eilers erstaunt.

„Sagen wir mal, das war einer! Der stammt aus dem 18. Jahrhundert und wurde sogar von Westfalens Erzbaumeister Schlaun angelegt." Kattenstroht holte genüsslich aus. „Immerhin 150 Jahre haben hier Pfarreien aus der Innenstadt ihre Toten begraben." Er machte eine kurze Pause: „Da hängt noch eine schöne Geschichte dran. Unmittelbar nach dem Zweiten Weltkrieg wollte man hier eine Schule draufsetzen, ein Mädchengymnasium. Können Sie sich vorstellen, wie ein einzelner Stadtdirektor alle Begehrlichkeiten abgeschmettert und die Bebauung verhindert hat?"

Die Eilers schaute versunken auf das entspannte Leben unter den schönen Bäumen. „Natürlich hat der Platz eine tolle Lage und ist als grüner Park für das Viertel ein Segen. Dass so eine Fläche Baulöwen anlockt, ist kein Wunder."

Kattenstroht nickte zustimmend: „Dieser alte Stadtdirektor, wirklich ein listiger Fuchs, hat eine Liste der Denkmäler und der bekannten Gräber aus altmünsterischen Familien aufgestellt, die hier auf dem Hörster Friedhof ihre letzte Ruhestätte haben. Diese Liste hat er klammheimlich herumgeschickt und gleichzeitig die Lokalpresse auf das Problem aufmerksam gemacht. Prompt wurde die Bebauung abgelehnt! So läuft das, wenn so etwas läuft! Und das Viertel hat auf diese Art seinen Park behalten!"

„... und Ralph Weltermann einen schönen Ausblick ins Grüne!", schloss Kathrin Eilers den Ausflug in die Stadtgeschichte.

Tatsächlich lag die Wohnung mit traumhaftem Blick in den Park im zweiten Obergeschoss. Zwei Kollegen warteten dort bereits auf Kattenstroht und Eilers, die, ohne irgendetwas zu berühren, mit Plastiküberzügen an den Füßen einen nur kurzen Blick in das ebenso teuer wie edel eingerichtete Apartment warfen: „Der Nachbarin ist heute Morgen aufgefallen, dass die Tür offen stand. Dann ist wohl auf ihren Anruf hin ein Mitarbeiter aus der Sozietät Weltermann gekommen, um nach dem Rechten zu sehen. Der hat uns alarmiert."

Kattenstroht sah sich in dem großen Wohnraum um. Hier wie auch im Schlafzimmer waren alle möglichen Türen geöffnet und Schubladen offensichtlich durchsucht worden. „Die suchten etwas ganz Bestimmtes!", meinte er zu Kathrin Eilers. Dabei warf er einen prüfenden Blick auf den Schreibtisch, dessen Arbeitsfläche mit Papieren übersät war. Die Schubladen der modernen Rollcontainer waren herausgerissen, ihre Inhalte wild auf den Boden gekippt worden. „Das Chaos hier wollen wir erst mal der Spurensicherung überlassen. Vielleicht kriegen die schon was raus. Ich denke, anschließend gucken wir uns dann alles noch mal an, heute Nachmittag oder morgen."

Kathrin Eilers zeigte Stehvermögen: „Morgen ist Freitag und an diesem Freitagnachmittag beginnt der große Familientag aller Große Eilers in Lahsum! Bitte vergessen Sie das nicht!"

Kattenstroht seufzte gottergeben: „Ich verschaffe Ihnen schon mal einen Vorgeschmack: Fahren wir also aufs Land!"

Kapitel 4

Es war schon später Vormittag, als sie das Nobelhotel im Brinketal erreichten. Die Leute um Schücking und Kunsleben zeigten sich intensiv beschäftigt. Mehrere Teams verhörten in einigen der kleineren Besprechungszimmer, die der Hotelier zu diesem Zweck zur Verfügung gestellt hatte, der Reihe nach die Augenzeugen des gestrigen Nachmittags. Ein erster Überblick zeigte Kattenstroht, dass die Spuren mehr als dürftig waren. Der Münsteraner Rechtsanwalt war bei der Ankunft gesehen worden, natürlich hatte man seinen knatschgelben Ferrari neidisch registriert und eine ältere Dame hatte sich mehr als begeistert über die durch ausgesuchte Höflichkeit geprägte Begegnung vor dem Lift im zentralen Treppenhaus geäußert. Eine wirklich prägnante Spur aber hatte sich noch nicht ergeben.

Deshalb bat Kattenstroht direkt den Hotelier Edelbroick, seinen Portier sowie Schücking und Kathrin Eilers zu einem Gespräch über die räumlichen Gegebenheiten des Hotels. Der Gastronom hatte die detaillierten Brandschutzpläne bei der Hand, die sie auf einem großen Tisch ausbreiteten und Stockwerk für Stockwerk durchgingen. „Sie müssen sich nur merken, dass wir eigentlich vier Gebäudebereiche haben: Das Museumshaus, die Schokoladenseite unseres Hauses, das ist die Fachwerk-Gaststätte aus dem 18. Jahrhundert hier an der Brinke, daneben steht Vaters Neubau aus dem Jahr 1955. Dann folgt nach hinten raus mein Neubau von 1980, wo unten das Schwimmbad untergebracht ist; von dort schließt sich dann der neue Küchen- und Versorgungstrakt an der Rückseite an."

„Und aus dem somit umbauten Hof in der Mitte haben Sie dann die große Hotelhalle und die Speiseräume gemacht, richtig?" Kattenstroht gewann eine erste Übersicht; dann gingen sie gemeinsam in die Details. Wie Weltermann ins Hotel gekommen und zu seinem Zimmer gegangen war, ließ sich leicht rekonstruieren. Herr Alfons, der Portier, rekapitulierte: „Er hat bei mir eingecheckt. Dann ist er mit dem kleinen Lift an der Rezeption in den ersten Stock unseres Altbaus gefahren. Da habe ich ihn mit seinem Gepäck einsteigen sehen. Dann muss er über den langen Flur hier durch den Altbau zum zentralen Treppenhaus im Neubau gegangen sein. Anders wäre es gar nicht möglich!"

„Vor dem Lift im großen Treppenhaus hat ihn dann Frau Hilde Tenbrock gesehen, die kommt seit Jahrzehnten zu uns. Sie haben kurz miteinander gesprochen", ergänzte der Hotelier. „Die Eltern Weltermann und die Tenbrocks sind alte Stammgäste unseres Hauses und kennen sich sehr gut."

„In Ordnung. Dann ist er in den dritten Stock des Haupthauses gefahren und hat es sich dort oben bequem gemacht, bis der Kaffee kam und mit ihm der Mörder", schloss Kathrin Eilers diesen Teil der Betrachtung.

„Sprechen wir jetzt mal über den Zimmerservice, Herr Edelbroick. Wie kommt der Kaffee auf die Bude?" Der Hotelier nahm einen Bleistift und wies mit dem stumpfen Ende auf den Plan des Erdgeschosses. „Unsere Anna, die musste gestern Nachmittag den Zimmerservice mit übernehmen. Sie hat die Bestellung per Telefon hereinbekommen, hat sie gebongt und ist nach Ausgabe mit dem Tablett aus der Kaffeeküche durch den Officeraum im Erdgeschoss zum Service-Lift gegangen. Der liegt hier in der hinteren Ecke des Hauses und ist nur für das Personal zugänglich." Er tippte mit dem Stift auf den entsprechenden Bereich an der Hausecke, die der Portiersloge auf der anderen Seite des Komplexes diametral gegenüberlag.

„Ist garantiert, dass da keiner rankommt?", hakte Kattenstroht nach. Der Hotelier wurde umständlich: „Die Türen unseres Service-Liftes liegen auf allen Ebenen innerhalb von Officeräumen. Wenn Sie mal hier auf die Karte gucken: Im Erdgeschoss und im Keller ist der Lift nach zwei Seiten zu Verwaltungs- und Lagerräumen zu öffnen. Wir müssen oft auch größere Gegenstände wie Möbel, Geräte, Ersatzteile oder sonstigen Kram auf die Etagen bringen. Ab dem ersten Stockwerk öffnet sich der Lift dann nur an einer Seite zu den Officeräumen. Ein normaler Gast kommt von den drei Fluren mit den Gästezimmern da nicht hinein. Da gibt es eine besondere Schließung und die passenden Schlüssel hat nur das Personal."

„Was muss man sich eigentlich unter einem Officeraum vorstellen?", wollte Schücking genauer wissen. „Da haben wir zu beiden Seiten Wandschränke und Regale für den gesamten Etagenbedarf: Bettwäsche, Reinigungs- und Putzmittel, auch die Putzwagen unserer Reinigungskräfte werden dort abgestellt. Die Lifttür ist ganz im hinteren Teil des Officeraums. Ich kann mir eigentlich nicht vorstellen, dass ein

Gast an diesen Lift herankommt, es sei denn, jemand vom Haus nimmt ihn mit."

Kattenstroht brummte in seinen Bart: „Also doch ein Schwachpunkt. Machen wir mal weiter und wechseln wir die Seiten. Der Weltermann junior ist oben in seinem Zimmer im dritten Stock. Welche Wege kann der Täter benutzt haben, um nach oben zu kommen und um sich nach begangener Tat wieder aus dem Staub zu machen?"

Kathrin Eilers fühlte sich berufen, die bisherigen Erkenntnisse aus dem Gespräch und dem Kartenstudium polizeischulmäßig gegliedert zusammenzufassen: „Möglichkeit A, er geht den Weg, den Weltermann selbst gegangen ist. Also hier beim Portier vorbei, Lift bis in die erste Etage, Gang über den Flur zum zentralen Treppenhaus und dann entweder die breite Treppe hoch über beide Stockwerke oder eben auch mit dem Lift nach oben. Möglichkeit B wäre der Gang von der Rezeption durch die große Hotelhalle bis zum zentralen Treppenhaus und dann per Lift oder zu Fuß in die dritte Etage."

Hier räusperte sich der Portier: „Frau Eilers, meine Herren. Leider geht es auch noch anders. Die rückwärtige Tür im Erdgeschoss unseres großen Treppenhauses ist eine Fluchttür, das heißt, die lässt sich von innen jederzeit öffnen. Da man von dort sehr bequem in den Hotelgarten und zum Swimmingpool gelangen kann, legen vor allem die Kinder immer wieder Steine, ein Stück Holz oder irgendetwas anderes in die Türfalze, so dass die Tür tagsüber fast immer offen steht. In der Nacht warnt uns eine Alarmanlage in der Portiersloge. Weil uns das auf Dauer ziemlich nervte, haben wir den Alarm in der Regel am Tag abgeschaltet."

„Also müssen wir, Frau Eilers, Ihre Möglichkeit B dahingehend ergänzen, dass sich der Täter auch vom rückwärtigen Garten durch das zentrale Treppenhaus oder den zentralen Lift nach oben schleichen konnte. Möglichkeit B-2 gewissermaßen!" Kattenstrohts Unterton war leicht ironisch. „Jetzt mal zu den Möglichkeiten C-1 bis C-10. Oder haben Sie noch mehr Angebote im Karton?" Kathrin Eilers guckte etwas angesäuert.

„Die dritte Möglichkeit wäre die Benutzung des Service-Liftes, aber das scheint ja nach dem Vortrag von Herrn Edelbroick zu schließen ziemlich abwegig zu sein. Und dann haben wir noch die Möglichkeit D, die Feuertreppe, die von der dritten Etage herunterführt und ebenfalls in einem Officeraum vor der Küche hier unten endet. Das ist übrigens nicht weit vom Service-Lift. Ist nur eine Tür dazwischen." Der Hotelier ergänzte: „Der Ausgang hier, das ist natürlich auch eine Fluchttür, die direkt auf den Hof führt. Übrigens kann man diesen Bereich aus der Küche oder dem Versorgungstrakt nicht einsehen."

„Also ein naheliegender Fluchtweg!", brummte Kattenstroht. „Wie sieht es mit Videoüberwachung aus?" Der Hotelier schüttelte den Kopf: „Nein, hatten wir bis jetzt noch nicht nötig!" Der Kommissar zog noch einmal die Pläne des Erdgeschosses näher zu sich heran: „Also gab es mindestens zwei Möglichkeiten hereinzukommen, nein drei, wenn wir genau sind: an der Portiersloge vorbei, durch die Fluchttür am zentralen Treppenhaus oder durch den Versorgungs- und Küchenbereich." Er rieb sich nachdenklich das Kinn.

Herr Alfons ergänzte: „Der Täter kann aber auch durch das Restaurant gekommen sein, das wäre die vierte Möglichkeit. Das hat nämlich vorn zur Brinke hin einen eigenen Eingang, hier!" Der Portier tippte auf den Plan. „Wenn er an der Theke vorbei zum Beispiel Richtung Toilette geht – die liegt hier im Keller –, steigt er nur zwei Stufen zur Hotelhalle hoch, geht einmal quer durch und ist auch im großen Treppenhaus oder am Lift!"

Kattenstroht seufzte mit verdrießlicher Miene: „Menschen im Hotel! Unbeschreibbar sind ihre Wege! Können wir die Pläne kopieren, Herr Edelbroick? Vielleicht fällt uns später noch was ein." Der Portier, den der Jagdeifer gepackt zu haben schien, meinte noch hinzufügen zu müssen, dass der Täter auch noch durch ein zufällig offen stehendes Fenster im Erdgeschoss eingestiegen sein könnte. Der Hauptkommissar aus Münster winkte reichlich genervt ab und bekundete mit Leidensmiene, er habe Hunger, außerdem habe er eben eine Mittagsglocke läuten hören. Der Morgen habe ihm gereicht.

Der Hotelbesitzer ließ sich nicht lumpen. Wohl um die Polizisten bei Laune zu halten und sie dann in ebendieser Stimmung nach schneller Arbeit ebenso schnell wieder loszuwerden, hatte er in einem Nebenraum ein Mittagsbuffet auffahren lassen: „Es ist mir klar, dass ich Sie nicht einladen darf, meine Damen und Herren", verkündete er in die

Runde, „aber mit fünf Euro pro Essen in das Sparschwein dort sind Sie dabei!“ Die Anwesenden klopften auf die Tische und informierten die Kollegen im ganzen Haus. Klaus Kattenstroht inspizierte das Buffet und war hoch erfreut: In großen Bain-Maries sah er verschiedene Fleischsorten in hellen und dunklen Saucen dampfen, Reis und Kartoffeln auf verschiedenste Arten zubereitet dufteten vor sich hin, während am linken Ende des Tisches ein buntes Angebot an Salatvariationen als Starter bereitstand. Außen rechts erregten zwei schwere Glasschüsseln mit verschiedenen Desserts das besondere Interesse des Hauptkommissars: „Mousse au Chocolat und Herrencreme! Nach dem Dienstrang zu urteilen, darf da keiner vor mir dran!“ Bald waren alle Kolleginnen und Kollegen am Buffet zusammengekommen. Man speiste ausgiebig in aufgeräumter Stimmung und rekapitulierte beim Kaffee danach die bisherigen Ergebnisse:

Es war wenig genug.

Zwischendurch war Kattenstroht auf einmal verschwunden. Schücking hatte derweil die Leitung der Diskussion übernommen. Kathrin Eilers machte sich die eine oder andere Notiz, aber man erkannte noch keine wirkliche Spur. Als der Hauptkommissar auch nach 20 Minuten noch nicht wieder aufgetaucht war, machte sich seine junge Assistentin auf die Suche. Im Restaurant wurde sie fündig. Ihr Chef saß im Kreise von ca. zwanzig älteren Herren, die offensichtlich ausgiebig gespeist und getrunken hatten und sich jetzt äußerst energisch um die Herrencreme bemühten. Kattenstroht diskutierte gerade intensiv mit einem älteren glatzköpfigen Herrn, dessen rundes Gesicht ein dicker Schnurrbart zierte. Es waren noch andere markante Köpfe bei dieser Gesellschaft, die alle mehr oder minder legere Wanderkleidung trugen und offensichtlich in Hochstimmung waren. Als Kattenstroht seine Assistentin sah, schien er sich ein wenig ertappt zu fühlen, zumindest aber doch genötigt, die anregende Gesprächsrunde zu verlassen. Zum Abschied winkte man ihm allerseits freundlich zu.

Als die Eilers auf dem Rückweg zum Besprechungszimmer fragend guckte, erklärte ihr Chef: „Auf dem Lokus habe ich den alten Hein Dackmar getroffen; das ist ein alter Wanderfreund meines verstorbenen Vaters. Die kannten sich Jahrzehnte. Ich darf da ‚Onkel Hein‘ für sagen.“

Neugierig geworden fragte die junge Beamtin nach: „Und die anderen Herren, was war das denn für eine abenteuerliche Vatertagsrunde?"

Kattenstroht schnaubte empört: „Vatertagsrunde! Das war der edle Konvent der Geographen aus Münster, die älteste akademische Wandervereinigung in Deutschland, und dazu noch auf der Himmelfahrtswanderung! Triple-P: Präsidenten, Professoren, Prälaten! Natürlich allesamt Gourmets! Kein Wunder, dass die hier sind. Die essen garantiert nur da, wo es gut ist. In meinen Augen ist das ein echter Stern für Edelbroicks Laden. Aber jetzt geht's für alle erst mal wieder an die Arbeit!"

Gegen 15.30 Uhr kamen die Ermittler in großer Runde noch einmal zusammen. Man hatte das Personal und alle Gäste verhört, die auf irgendeine Weise mit dem Geschehen vom Vortag in Verbindung zu bringen waren: die Gäste der oberen Etagen ebenso wie diejenigen, die sich aufgrund des Aufrufs von Edelbroick gemeldet hatten. Bis jetzt war noch wenig Verwertbares darunter, das sahen die Polizisten sofort. Kattenstroht schaute leidend in die Runde, so als hätte nach dem guten Essen seine Magensäure rebelliert: „Und nichts Besonderes dabei. Was ist denn mit unserer blauen Spur? Auch auf die Gefahr hin, dass Onkel Fritz vom Nachbarhof wohl nur schlecht sehen konnte, müssen wir dem nachgehen."

„Da haben wir was!", warf Schücking ein: „Los, Maximilian, zeig's mal vor!" Der IT-Jüngling in seinen bunten Klamotten kam mit einem Laptop an Kattenstrohts Tisch. Der hätte besser auf den Schalk in Schückings Blick achten sollen. Auch der junge Tillkamp hatte offensichtlich seinen Spaß. Er tippte etwas auf der Tastatur und drehte sein Laptop so herum, dass Kattenstroht den Bildschirm direkt vor sich hatte. Mit schelmischem Blick begann der junge Mann, das Foto zu erläutern:

„Das Bild haben wir von der jungen Dame der Lokalpresse aus Reckelsum. Die war gestern Nachmittag hier am und im Haus, um diese Leute vor ihrem abendlichen Einsatz zu fotografieren. Sie selbst hatte um 18.00 Uhr Redaktionsschluss."

Kattenstroht blickte ziemlich verständnislos auf das Schwarz-Weiß-Foto, das eine Gruppe von etwa 50 Menschen zeigte, die sich unter einem Vordach aufgestellt hatten. Das gehörte – wie man unschwer erkennen konnte – zum Landhotel Edelbroick. „Also Herr Hauptkommissar, das ist ein Kirchenchor vom Niederrhein, der gestern in voller Besetzung seinen Sommerausflug gestartet hat. Die sind am frühen Nachmittag zu Hause losgefahren, haben eine Wanderung über die Reckelsumer Berge gemacht und sind in den Regen geraten. Also sind sie vorzeitig hier im Hotel eingekehrt und haben Kaffee getrunken."

Kattenstroht beäugte die Gruppe, in deren Mitte ein kleines Herrchen mit Priesterkragen stand: „Und das ist der Dirigent, oder?"

„Nein!", antwortete Schücking, „das ist ihr früherer Kaplan, der jetzige Pastor in Reckelsum. Den wollten die besuchen und passend zum Feiertag eine Mozart-Messe in seiner Kirche singen. Die fand auch statt, gestern Abend um 18.30 Uhr in der Reckelsumer Kirche. An der Rezeption hängt noch das Plakat."

Der Hauptkommissar aus Münster verharrte in Begriffsstutzigkeit: „Und was soll mir diese fromme Botschaft sagen?" Schücking fuhr gelassen fort, der Kirchenchor sei etwa gegen 16.15 Uhr eingetroffen und eine Stunde im Hotel geblieben, und zwar im Restaurantbereich. Ziemlich genau zur Tatzeit, als sich gerade der junge Weltermann an der Rückseite des Hotels seinen Absturz geleistet hätte, seien die zum Himmelfahrts-Gottesdienst aufgebrochen. Kurz zuvor sei das Foto vor dem Hotel entstanden. Dann lächelte Schücking seinen Zögling an und meinte kurz und knapp: „Los Maxi, zeig's ihm!"

Der Bengel strahlte übers ganze Gesicht und bediente ein paar Tasten. Kattenstroht wurde ganz blau vor Augen! Er schlug sich mit einem tiefen Seufzer die Hände vors Gesicht: „Das darf doch nicht wahr sein!"

„Ist wirklich nicht gefaked!", bemerkte der IT-Jüngling fröhlich. „Tut mir leid, Herr Hauptkommissar!"

Auf dem Bild präsentierte sich in niederrheinischem Frohsinn der Kirchenchor in blauen Sakkos, blauen Blazern und beigen Hosen oder Röcken. „Das kann doch nicht wahr sein!", stöhnte Kattenstroht noch einmal.

„Ist es aber, leider!", seufzte jetzt auch Schücking. „Wir haben schon alle Adressen und Verbindungen. Die Kollegen am Niederrhein müssen da morgen ran. Wir werden sehen, ob der gesamte Chor auf dem Bild ist oder ob jemand fehlt. Irgendein blau gekleidetes Wesen haben übrigens alle Gäste und Angestellten gesehen: im Hotel, vorm Hotel, im Restaurant, an der Theke, in der Halle, auf der Toilette. Maske in Blau! Tut mir leid! Und da Onkel Fritz Weischer wegen der Balkonbrüstung nur die Oberkörper der Beteiligten sehen konnte, müssen wir auch die Damen im blauen Blazer etwas näher begucken. Vielleicht war's nur ein Eifersuchtsdrama!"

Kattenstroht machte sich Mut: „Wir lassen besser erst mal die Augen von Onkel Fritz Weischer untersuchen. Der muss doch farbenblind sein. Wenn jetzt doch nur einer den Test und diese japanischen Zahlentafeln dabeihätte! Dann könnten wir diese blöde Spur gleich begraben! Herr des Himmels, und das an Himmelfahrt!"

Die Eilers warf ein, soweit sie sich erinnere, wäre der Sehtest sogar im Internet. Das solle das IT-Genie Tillkamp mal überprüfen. Sie wollte zum Nachbarhof rübergehen und den alten Herrn befragen. Gemeinsam mit dem Jungen zog sie ab. Als sie kaum 20 Minuten später wiederkamen, erklärten beide übereinstimmend, der alte Kalfaktor vom Hofe Büninckmann habe alle Zahlen und Symbole des Tests erkennen können. Farbenblind sei der bestimmt nicht. „Dazu brauchen wir keinen Amtsarzt!", schloss die Eilers ihren Bericht. Kattenstroht grummelte etwas von „Amateur-Medizin", hielt sich aber ansonsten bedeckt.

Kurz darauf brachen die Polizisten ihre Zelte im Landhotel ab. Mia Kunsleben vereinbarte mit allen Beteiligten den schnellen Austausch der Berichte und koordinierte die weiteren Absprachen mit der Kreispolizei. Dann verabschiedete man sich von dem Hotelier und seinen Leuten. Denen war die Erleichterung ins Gesicht geschrieben, als Kattenstroht mitteilte, er werde wohl nicht noch einmal mit großer Mannschaft auflaufen müssen. Dann rollten die Fahrzeuge von den Hotel-Parkplätzen.

Die Münsteraner waren nach knapp einstündiger Fahrt wieder im Präsidium, wo sie ihre Laptops und übrigen Gerätschaften an ihre Plätze brachten. Kattenstroht telefonierte noch ausgiebig mit Stellmacher als zuständigem Kapitaldezernenten und lieferte einen längeren Bericht, ohne jedoch mit einer abschließenden Beurteilung aufwarten zu können. Wie er vom Staatsanwalt erfuhr, hatte sich inzwischen ein Team der Spurensuche eingehender mit der Wohnung des toten Rechtsanwalts beschäftigt. „Morgen hören wir dann mehr!“

Das Wetter hatte sich den Tag über gedreht. Es war wieder wärmer geworden und ein leichter Wind wehte um die Promenade, als sich Kattenstroht per Rad in der späten Nachmittagssonne auf den Weg nach Hause machte. Betty und die Jungs hatten bestimmt schönes Wetter und eine schöne Zeit in Raestrup. Zu Hause angekommen machte es sich Kattenstroht mit der Zeitung an seinem Lieblingsplatz im Wohnzimmer bequem. Er stellte den Fernseher an, um sich die Nachrichten und den Wetterbericht anzusehen, nickte aber sofort ein.

Als Kattenstroht nach fast einer Stunde aufwachte, fühlte er sich wie durch die Mangel gedreht. Nur mit Mühe konnte er aufstehen und musste sich erst gehörig recken, bevor er in Gang kam. Langsam stiefelte er in die Küche und inspizierte den Kühlschrank. Viel hatte ihm die beste Ehefrau von allen dort nicht hinterlassen. In der Mitte stand ein fröhliches handgemaltes Schildchen: „Koch kreativ, Kommissar!“ Kattenstroht seufzte tief. Auch noch Hohn und Spott obendrein, während der Rest der Familie in Raestrup an Omas gefüllten Fleischtöpfen saß.

Kattenstroht überlegte kurz, griff sich ein kühles Pils, schloss den Kühlschrank und ließ seinen Blick zur Pinnwand wandern, wo Betty gewöhnlich den Prospekt von einem besonders guten Pizza-Service angebracht hatte. Bunt leuchteten ihm die abgebildeten Köstlichkeiten entgegen und ließen seine Stimmung und seinen Appetit merklich ansteigen. Unmittelbar neben dem Pizzeria-Flyer hatte Betty wieder eine Lesefrucht, so nannte sie das Schnipselwerk, aufgespießt: Ausrisse und Ausschnitte aus Zeitungen und Zeitschriften, die ihr gefielen oder die als Botschaft für die Familie gedacht waren. Kattenstroht kratzte sich den Rücken, setzte sein Bier an, nahm einen guten Schluck und studierte Bettys letzten Lesefund, der mit der Überschrift provozierte: „Allein im Bett ist der Schlaf tiefer und erfrischender!“ Kattenstroht überflog den kurzen Text, in dem jemand die dreiste Behauptung aufstellte, das Geheimnis guter Ehen liege in getrennten Schlafzimmern. Der momentan einsame Kommissar brummte leise lesend vor sich hin und gelangte zum Fazit des Artikels, das da lautete: „Die Männer gaben an, mit Partnerin besser zu schlafen, die Frauen sagten das Gegenteil. Die Messungen zeigten indes, dass beide Geschlechter mit Partner mehr Störungen während des Schlafes erlitten. In kognitiven Tests, die an den darauffolgenden Tagen nach den Nächten zu zweit vorgenommen wurden, machten die Probanden mehr Fehler!"

„Da hat mein Mörder bis Samstag aber ganz schlechte Karten!", grunzte Kattenstroht. Dann traf er spontan wichtige Entscheidungen: Er suchte sich eine Pizza zur telefonischen Bestellung aus, er zählte die gekühlten Bierflaschen durch und beschloss, mit Betty nach ihrer Rückkehr über diesen aus seiner Sicht defätistischen Lesefund zu diskutieren.

Das gute Wetter hielt an und Kattenstroht fuhr an diesem schönen Frühlingstag wieder mit dem Fahrrad ins Büro. Wie es so seine Art war, war er früh am Platz, kochte sich einen Kaffee und schaltete seinen Lieblingssender mit klassischer Musik ein. Dann sah er die Berichte und Unterlagen des Vortags durch, erstellte und sortierte erste Infoblätter für die Pinnwand und versuchte erneut, sich ein Bild von diesem Fall zu machen. Über den blaugewandeten Kirchenchor konnte er nur noch grinsen. Da die Eilers noch nicht am Platz war, stöberte er im Internet nach den Test-Tafeln für Farbenblinde, fand tatsächlich die entsprechenden Seiten und testete sich selbst einmal durch. Er war verblüfft. Als Ergebnis hielt er für sich fest, dass er doch in naher Zukunft seinen Augenarzt im Kreuzviertel konsultieren sollte. Als bald darauf Mia Kunsleben eintraf, sortierten sie gemeinsam die Termine für den Tag: Um 9.00 Uhr waren Kattenstroht und Eilers in der Sozietät Dingerkus, Weltermann & Partner willkommen, gegen 11.00 Uhr erwartete man sie in Hegemer in der Maschinenfabrik NostRo.

Gegen 8.00 Uhr war die Mannschaft komplett. Die Besprechung hatte gerade begonnen, als sich der Polizeipräsident meldete und Kattenstroht zu sich bat. Der gab an Kathrin Eilers ab und machte sich auf den Weg in die Chefetage. Der Polizeipräsident zeigte sich besorgt, umständlich und etwas nervös. Seine Besorgnis stieg, als Kattenstroht ihm von dem geplanten Besuch beim alten Weltermann berichtete. „Vorsicht, Herr Kattenstroht, da ist höchste Vorsicht angebracht, und Fingerspitzengefühl. Der Mann hat seinen einzigen Sohn, Erben und Nachfolger verloren. Seien Sie bloß behutsam!"

„Na ja", wandte Kattenstroht ein, „ob unser Ralph Hubertus unbedingt die Freude seines Alters war, wage ich noch zu bezweifeln. Ferrari, Frauengeschichten und was wir sonst von dem Junior hören, lassen nur bedingt auf anwaltliche Seriosität schließen." Nachdenklich fügte er hinzu: „Sie wollten mich doch bestimmt auch bitten, angesichts der Verstrickungen in die stadtmünsterische Gesellschaft besonderen Takt walten zu lassen, oder irre ich mich?"

Kattenstrohts Chef war erleichtert: „Sie nehmen mir das Wort aus dem Mund!" Er seufzte: „Sehen Sie zu, aber ich verlasse mich auf Sie, lieber Herr Kattenstroht." Der Kommissar entgegnete gelassen: „Im Zweifelsfall fliegen ja erst mal mir die Brocken um die Ohren."

Die Kanzlei befand sich in einem schönen zweistöckigen Haus an einer Allee unweit der Gerichte. „Ganz ausgezeichnet, kurze Wege für die Anwälte! Das senkt die Kosten und steigert die Effektivität!", kommentierte Kattenstroht sarkastisch und betrachtete anerkennend die Präsentation der angesehenen Sozietät. Zwei barock geformte Torpfeiler aus Ziegelstein trugen Schilder aus unzerbrechlichem Glas, in die die Notarswappen, Namen und Titel der Sozietät sowie die einiger Anwälte rückwärtig eingeätzt waren. Blendend weiß stachen Wappen und Ätzungen von den roten Ziegeln hervor. Eine mit weißem Kies bedeckte Einfahrt führte unmittelbar vor das Haus, das mit einem kleinen Säulen-Vorbau und einem darüber befindlichen Balkon beeindruckte. „Typischer Neobarock, vor 1914!" Kattenstroht gab vor der Eilers wieder den Landeskundler. „Schauen Sie sich mal die schönen Fruchtgehänge unter den Fenstern an. Hinreißend. Und die Fensterformen oben! Fast so schön wie an der alten Oberfinanzdirektion am Ring. Die Bauherren hatten damals auch schon Geld!"

Die Klingel besaß einen alten Zug aus blankgeputztem Messing. Im Haus erklang eine wohltönende Glocke und wenig später bat man Kattenstroht und Eilers in die Halle. Dort wurden sie an einem Encounter von einer edel gekleideten jungen Dame empfangen: „Herr Weltermann erwartet Sie schon, ich melde Sie kurz an!" Der Kommissar musterte neugierig den großzügigen Raum, aus dem an beiden Seiten eine geschwungene Treppe in die erste Etage führte. Darunter musste es nach traditioneller barocker Bauweise durch eine Tür in den Gartensaal gehen. Nun aber informierte ein Messingschild die Besucher, dass hinter der Tür der Besprechungsraum I und die Bibliothek zu finden waren. Von Hand geschmiedete üppig geschwungene Treppengeländer wurden von einem blanken Handlauf in Messing gekrönt. An den Wänden die Treppe hinauf hingen zu beiden Seiten Porträts distinguiert und seriös wirkender Herren. Die Ahnengalerie der Anwaltschaft, schoss es Kathrin Eilers durch den Kopf.

Im Obergeschoss öffnete sich eine Tür. Der Seniorchef der renommierten Kanzlei erschien auf dem Treppenabsatz, ließ es sich aber nicht nehmen, die Treppe zur Rechten herunterzukommen, um seine Gäste in der Halle persönlich zu begrüßen. Soweit Kattenstroht wusste, war der Anwalt an die 80 Jahre alt. Er kam mit einer erstaunlichen Frische und Geschwindigkeit die Treppe hinunter, eine hoch aufgerichtete, imposante Erscheinung, kaum Fettansatz, energisch, Kraft ausstrahlend. Ein Charakterkopf mit Halbglatze und kurzem sorgfältig geschnittenem, eisgrauem, fast weißem Haarkranz. Das fast faltenlose volle Gesicht war leicht gebräunt und wurde dominiert von hellwachen, aufmerksamen Augen. „Ein Dressman für Senioren!“, dachte Kathrin Eilers. Der alte Weltermann trug einen modern geschnittenen anthrazitfarbenen Anzug mit Weste, darüber eine leuchtend bunte Krawatte. Selbstverständlich harmonierten Schlips und Einstecktuch aufs Beste.

Sie begrüßten sich. Kattenstroht äußerte sein Bedauern über den Anlass ihres Besuches und formulierte gekonnt seine Kondolenz, die der Senior scheinbar ohne eine Regung, aber der Etikette entsprechend entgegennahm. Dann stiegen sie die Treppe zur Rechten hinauf zum Büro des Rechtsanwalts.

Auf dem Treppenabsatz angekommen, warf Kathrin Eilers noch einmal einen Blick zurück auf die Ahnengalerie längs der Treppe. Der alte Weltermann schien die Verzögerung gespürt zu haben, denn er drehte sich um, stieß dabei fast noch mit Kattenstroht zusammen und erläuterte: „Das ist natürlich der gewisse Stolz des Hauses: Eine juristische Tradition seit dem späten 18. Jahrhundert. Der Herr hier“, er zeigte auf das Porträt eines Mannes, in der Tracht des Biedermeier gekleidet, roter Rock und Halsbinde mit einem Orden an der Brust, „war noch Richter am Fürstbischöflichen Hofgericht und machte später auch unter den Preußen Karriere: Johann Heinrich Dingerkus. Unsere Sozietät führt über seinen Ururenkel seinen Namen bis heute weiter. Aber kommen Sie jetzt doch bitte herein!“

Das Arbeitszimmer Weltermanns war offensichtlich über dem Gartensaal gelegen. Drei bis zum Boden führende Fenster, außen mit geschwungenen Rokoko-Gittern gesichert, gaben den Blick in einen großen Garten frei, der von mächtigen Platanen beherrscht wurde, die jetzt in der Morgensonne ihr prächtiges Grün zeigten. Der Raum selbst hatte zur Linken einen offenen barocken Kamin, über dem ein großer Spiegel hing. Vor dem Kamin befand sich eine moderne Sitzgruppe in exquisitem Leder, an der rechten Seite der Schreibtisch des Anwalts, ein fast futuristisches Möbel in mattem Edelstahl kombiniert mit Buche. Kattenstroht bemerkte, dass die große Tischplatte, auf die von zwei Seiten das Tageslicht fiel, penibel aufgeräumt war. Weltermann bot seinen Gästen an, auf zwei Stühlen vor seinem Schreibtisch Platz zu nehmen, bestellte per Telefon Kaffee und Wasser und nahm erst dann in seinem Sessel Platz.

Mit tiefer Bassstimme wies er seine Sekretärin, die die Getränke servierte, an, die bearbeiteten Akten mitzunehmen – ein beachtlicher Stapel – und ihn nicht mehr zu stören. Die Tür zur Halle schloss sich.

„Eine sehr schöne Kanzlei haben Sie da – und eine beachtliche Tradition!“, eröffnete Kattenstroht etwas unsicher das Gespräch.

Weltermann reagierte sachlich: „Für das Gewesene gibt es aber nichts! Und wie es mit der Zukunft von Dingerkus, Weltermann und Partner aussieht, wissen wir keinesfalls. Wir sind aber insgesamt gut aufgestellt und stehen nicht schlecht da.“ Er machte eine Pause. „Und wenn Sie, lieber Herr Kattenstroht, auf den so plötzlichen Tod meines Sohnes Ralph Hubertus anspielen, so muss ich Ihnen sagen, dass er in der Zukunftsplanung unserer Sozietät ohnehin keine Rolle mehr spielte.“

„Wie dürfen wir das verstehen?“, hakte Kathrin Eilers nach. „Er steht doch unten an der Straße auf dem Schild. Ist das nicht der Ehrenplatz für den Anwalt?“

Der alte Weltermann reagierte in der Tat nicht wie ein trauernder Vater, eher nüchtern, abgeklärt und fast geschäftsmäßig: „Natürlich, bis zum Quartalsende steht er offiziell darauf, aber ich darf Ihnen sagen, dass Ralph Hubertus zum 30. Juni aus der Sozietät ausgeschieden wäre. Wir sahen es in der Runde der Partner als den besten Weg an, zukünftig auf seine weitere Mitarbeit zu verzichten.“

Kattenstroht fühlte sich unbehaglich. Der alte Mann sprach über seinen zwei Tage zuvor ums Leben gekommenen Sohn wie über einen beliebigen Geschäftspartner. Weltermann spürte das genau und holte weit aus. „Mir ist selbstverständlich klar, dass ich Ihnen möglichst viele Informationen geben muss. Fangen wir von vorne an. Ralph Hubertus war mein einziger Sohn, aber auch die Enttäuschung meines Lebens. Was nützt es, wenn ich es Ihnen verschweige? Fragen Sie bitte Ihren

Präsidenten, lieber Herr Kattenstroht, er kann das meiste bestätigen. Also: Ralph Hubertus ist das verzogene Kind seiner zu weichen Mutter, die sich stets über die Ansprüche und Erziehungsideen des Vaters hinweggesetzt hat."

Kathrin Eilers fühlte sich als Frau herausgefordert: „Zur Erziehung gehören aber beide Elternteile! Für Erfolg oder Misserfolg ist nie nur einer allein verantwortlich!"

Kattenstroht fand die Bemerkung reichlich frech, zog es aber vor, den Mund zu halten. Weltermann betrachtete die junge Beamtin mit einem eher nachsichtigen Lächeln, so als nehme er sie nicht ganz ernst. Kathrin Eilers fühlte sich unbehaglich. Der alte Rechtsanwalt beugte sich etwas nach vorn und studierte die Visitenkarten: „Wissen Sie, Frau Eilers, als junge Frau von heute mag man das so sehen. In den 1950er bis 1980er Jahren klappte das aber so noch nicht. Da waren die Aufgaben anders, wie ich meine, besser verteilt. Meine Frau aber hat den Jungen zu süß groß werden lassen, wie man auf dem Lande früher zu sagen pflegte. Wissen Sie, ein junger Baum, der nicht kämpfen muss, dem man zu früh zu viel Dünger gibt, entwickelt auch keine Wurzeln. Er wird weit weniger standfest und kriegt Probleme, an die richtigen Nährstoffe zu kommen. So ging es auch mit meinem Sohn. Dabei war ich eigentlich von einer Arbeitsteilung innerhalb unseres Familienunternehmens ausgegangen. Aber meiner Frau lagen in jenen Jahren der Tennis-Club und das Bootshaus an der Werse doch mehr am Herzen!" Jetzt klang in den Worten Weltermanns doch etwas Wehmut durch und Kathrin Eilers, leicht errötet, schwieg.

„Wie ging es dann weiter mit der Karriere Ihres Sohnes?" Kattenstroht wollte dem Gespräch wieder etwas mehr Dynamik geben. Weltermann räusperte sich und fuhr fort: „Natürlich geht ein Junge aus solchem Hause zum ersten Gymnasium der Stadt, die Schule der Kaufleute, Unternehmer und Rechtsanwälte. Ein Internat wäre für Ralph Hubertus besser gewesen. So aber kam alles zusammen. Die Oberstufe war eine Party mit allem, was man sich heute vorstellen darf. Leider kamen die Schüler auch mit Drogen in Berührung, mit Cannabis, um genau zu sein. Um den Wehr- oder Zivildienst kam Ralph Hubertus leider herum. Und dann studierte er. Fast 20 Semester! Natürlich schaffte er sein Examen nur mit Ach und Krach und – auf Druck seiner Mutter – dank aller

Strippen, die ich ziehen konnte. Glauben Sie mir, ich musste sie ziehen. Ich hätte sonst keinen Frieden zu Hause gehabt."

Der Hauptkommissar zeigte sich verständnisvoll: „Und so ließ sich auch der Eintritt in die Kanzlei wohl nicht verhindern!" Der Alte nickte resigniert. „Und die Leistungen?"

Weltermann zog einen Plan aus der Schublade: „Er hat natürlich nur ganz bestimmte Felder zugewiesen bekommen, wo er wenig verderben konnte. Seine Schriftsätze wurden – mit oder ohne sein Wissen – immer gegengelesen. Wir hatten ihn also an der Leine. Prozessvertretungen wurden ihm nur im Bereich des Verkehrsrechtes und bei kleineren Strafsachen übertragen. Die spielen bei uns im Haus aber fast keine Rolle."

„Na ja, aber ein Platz auf dem Schild." Kattenstroht wiegte nachdenklich den Kopf. „Und wie endete die Karriere des Hoferben?", wollte er wissen.

Der Anwalt rührte in seiner Kaffeetasse. „Um das Folgende zu verstehen, muss ich Sie kurz in die Geschichte unserer Kanzlei entführen. Wie Sie vielleicht wissen, existieren gerade auf dem Land sehr zählebige Traditionen. Unsere Sozietät, das hat etwas mit dem alten Herrn Dingerkus im 19. Jahrhundert zu tun, ist groß geworden mit den vielen Streitigkeiten um Ablösungen der Gefälle, die die Bauernhöfe an ihre früheren Grundherren und später an die Domänen-Kammer zu bezahlen hatten. In der Zeit wuchs uns eine Klientel unter den kleineren und mittleren Bauern zu. Sehen Sie, hier bei uns in Münster gingen die wirklich großen Bauern aus dem Umland und dem Kreis meist zu meinem Kollegen Große Drenkmann. Der machte die großen Verträge, zahlenmäßig weniger, aber inhaltlich gewichtiger. Zu uns kamen mehr die kleineren Bauern und die Handwerker. Und aus manchen Dorfwerkstätten wurden im Laufe der Jahrzehnte ansehnliche Betriebe, manche erlangten Weltruf. Wir haben das einmal nachverfolgt. Die Schmiede von Nosthoff in Hegemer haben wir schon in den 1870er Jahren vertreten."

„Nosthoff, das ist doch heute NostRo, oder?" Kattenstroht horchte auf. „Darum ging's doch beim Termin am Mittwoch!"

„Korrekt!", bestätigte Weltermann. „NostRo ist seit Jahrzehnten unser Mandant gewesen. Wir haben ihn immer und überall vertreten und die Familie Nosthoff gab uns getreu über Jahrzehnte alle ihre Mandate. Ein bisschen sind wir auch mit denen gewachsen: Wir machen nicht nur Zivilrecht, das ist heute fast die kleinste Sparte, bei uns stehen Wirtschaftsrecht und vor allem auch Verwaltungsrecht im Mittelpunkt. Das braucht man für die Betriebe. In Sachen des Familienrechtes sind wir nicht besonders aufgestellt. Gut, wir machen das auch, aber es ist nicht unsere Kernaufgabe."

„Und was hat jetzt NostRo mit Ihrem Sohn, der Sozietät und der jetzigen Situation zu tun?" Kattenstroht spürte, dass hier ein Kern des Weltermann'schen Familienzwistes liegen musste.

Der Senior schaute nachdenklich aus dem Fenster: „Wenn Sie sich mit NostRo beschäftigen, werden Sie bald auf den jüngeren Bruder Bodo stoßen. Der war schon über Jahre ein Kumpan meines Sohnes – auf vielen Feldern!" Auf gewisse Weise angewidert, machte er eine Pause. „Auf vielen Feldern heißt: Sport, Reisen, Frauen, Freizeit und so weiter. Sie werden sich bei den Nosthoffs über Bodo unterhalten müssen. Als der Streit im Haus NostRo begann, ergriff mein Sohn natürlich Partei. Und nun, stellen Sie sich diese Dummheit bitte vor, akzeptiert Ralph Hubertus ohne Rückfrage oder Absprache hier im Hause ein Mandat von Bodo Nosthoff für die Lösung der betriebsinternen Zwistigkeiten." Zum ersten Mal verlor der alte Anwalt die Beherrschung. Er schlug mit der flachen Hand auf die Tischplatte. „Mein Sohn akzeptiert im Namen unserer Kanzlei ein Mandat des Bruders Bodo Nosthoff in einem Familienzwist, den der sowieso verlieren muss." Weltermann schüttelte den Kopf. „Natürlich ist die Gegenpartei, die Betriebsleitung von NostRo, sofort bei uns ausgestiegen. Sie haben sich an von der Bencke & Partner in Gütersloh gewandt und denen das Mandat erteilt. Damit sind wir wahrscheinlich auch langfristig aus dem Geschäft. Von der Bencke und seine Leute sind gut, gerade im Wirtschaftsbereich. Sie können sich vorstellen, was hier im Hause los war. Ich selbst habe vorgeschlagen, dass wir uns von meinem Sohn trennen."

„Wie sah denn der Zeithorizont aus?", wollte Kathrin Eilers wissen. Der Anwalt warf einen Blick in seinen Aktenordner: „Die Sache mit dem Mandat war schon im letzten Sommer, vor etwa zehn Monaten. Ich habe es nicht geschafft, meinen Sohn direkt an die Luft zu setzen, und wollte ihm bewusst Zeit geben, sich ohne mein Geld eine eigene Existenz aufzubauen. Das bedeutet aber auch, dass wir ihm nur noch einige kleinere Fälle gegeben haben, an die keine Erfolgsprämien geknüpft waren. Das wurde ständig scharf kontrolliert. Selbstverständlich haben wir genau Listen geführt und ihn weitgehend überwacht. Sie werden wissen wollen, welche Fälle das waren, nehme ich an?" Kattenstroht nickte zustimmend. „Wir haben die Mandanten, die wir ihm anvertraut haben, gelistet. Ich lasse Ihnen gleich unten einen Ausdruck machen."

„Und was wollte Ihr Sohn in der Zukunft machen?" Kattenstroht fragte fast wie ein besorgter Vater. Weltermann lächelte leicht spöttisch. „Er hat sich prompt mit ein paar Leuten zusammengetan und eine kleine Sozietät gegründet – mit engsten Verbindungen zu einem Steuer- und Wirtschaftsberatungsbüro sowie einer Baufirma, alles in Personalunion gewissermaßen. Sie haben sogar ein ganzes Haus in Aasee-Nähe bezogen und dort sollte ab jetzt das große Geld verdient werden." Der alte Mann machte eine Pause. „Tja, und nun ist er tot!" Plötzlich war Weltermann vor tiefer Erschütterung aschgrau im Gesicht.

Kathrin Eilers schaute Kattenstroht erschrocken an, der aber signalisierte ihr, noch abzuwarten. Der Rechtsanwalt zog sich förmlich in sich zusammen, schüttelte den Kopf, richtete sich dann wieder auf und meinte lapidar, so sei eben das Leben.

Da es vonseiten der Beamten keine weiteren Fragen gab, wurde das Gespräch im gegenseitigen Einvernehmen für beendet erklärt. Weltermann begleitete seine Besucher noch die Treppe hinunter, ließ die Liste der letzten Mandanten seines Sohnes ausdrucken und versprach jegliche Unterstützung bei der Aufklärung des Falles. Dann verabschiedeten sie sich.

Der weiße Kies knirschte unter den Füßen der Polizisten. Kathrin Eilers warf noch einmal einen Blick auf das stilvolle Ambiente der Kanzlei, die grün umrahmte Auffahrt und den so ebenmäßig gegliederten Backsteinbau. Sie meinte. „Eine so schön geordnete Fassade habe ich lange nicht gesehen."

„Und gerade hinter solchen Fassaden tobt das Leben oft besonders heftig!", ergänzte ihr Chef. „Auf die neue Fassade des toten Sohnes und seiner Freunde bin ich mal gespannt. Die gucken wir uns aber erst in den nächsten Tagen an. Jetzt geht es erst mal ins Grüne."

Kattenstroht strotzte nur so vor Tatendrang.

Kapitel 6

Im Osten von Münster schlängelte sich Kattenstroht mit seinem Dienstwagen in ein eng bebautes Wohngebiet, das sich mit zahlreichen Schildern gegen alle möglichen Arten der Durchfahrt gewappnet hatte. Kathrin Eilers guckte etwas gequält, als der Wagen immer wieder eingebaute Bodenschwellen überwinden musste. Gut gelaunt kommentierte der Kommissar, in England würden derartige Schikanen zur Verkehrsberuhigung als „sleeping policeman" – als schlafender Polizist bezeichnet. Ein englischer Kollege seiner Frau habe das beim letzten Schüleraustausch ausführlich erläutert. Und schon schüttelte er Wagen samt Assistentin über das nächste Hindernis und den nächsten fiktiven Kollegen hinweg.

An der Straße lagen zu beiden Seiten schöne alte Villen, in Baulücken ergänzt durch einige moderne Neubauten. Der Unterschied sei der, dozierte Kattenstroht, dass in den alten Villen eine einzige Familie wohne, es in den neuen Häusern hingegen bis zu zwölf Eigentumswohnungen gebe. Gerade in dieser Gegend seien die Wohnungspreise aberwitzig explodiert. Deswegen müsse er mit Betty und den Kindern leider in einem Vorort im Süden Münsters wohnen.

Sie fuhren durch die Unterführung eines erhöhten Bahndamms und waren plötzlich im freien Gelände. Die Straße – durch Verkehrsschilder offiziell gesperrt – war beidseitig von alten Buchen gesäumt. An der rechten Straßenseite führte ein Fußweg längs, an der linken erstreckte sich ein Mischwald, dessen Bäume im frischen Grün standen. Durch Bäume und Wallhecken hindurch entdeckten sie eine Lichtung, die den Blick auf blühend gelben Raps freigab. Die strahlende Morgensonne versprach einen herrlichen Frühlingstag.

„Mein alter Herr hätte jetzt Hermann Löns angestimmt", bemerkte Kattenstroht und zitierte: „‚Alle Birken grünen in Moor und Heid'; jeder Brambusch leuchtet wie Gold.' – Das mussten wir uns immer anhören. War sein Lieblingslied!"

„Und das meiner Oma!", warf die Eilers ein. Auch sie bewies Textsicherheit: „‚Alle Heidlerchen jubeln vor Fröhlichkeit; jeder Birkhahn kollert und tollt.' – So ging's doch weiter in der Strophe, oder?"

Kattenstroht warf einen bewundernden Seitenblick auf seine junge Assistentin. Und da war es wieder, dieses freundlich-warme Gefühl im

Bauch, das er in letzter Zeit immer mal wieder spürte, wenn er mit der Eilers zu tun hatte. Merkwürdigerweise leicht verstimmt, sagte er nichts.

„Wo haben Sie das eigentlich alles her?“, fragte Kathrin Eilers nach, „all das Wissen über Land und Leute, die vielen Schleichwege, die Sie kennen, die Verbindungen, die Sprüche und Weisheiten aus dem Münsterland. Ich fühle mich immer wie erschlagen, wenn Sie so richtig loslegen.“

Kattenstroht war erleichtert und nahm den Gesprächsfaden gern auf. „Der Schleichweg hier läuft über weite Strecken parallel zur Bundesstraße“, sagte er. „Man muss nur so ein paar Fixpunkte kennen. Und das Gefühl für die Landschaft habe ich geerbt. Wissen Sie, Frau Eilers, mein Vater war von Jahrgang 1925. Kam aus einer Bauerschaft im Westmünsterland. Der ist nah an der holländischen Grenze aufgewachsen. Eine ordentliche Familie von Kaffeeschmugglern war das. Mein Opa hatte mal zwölf Morgen Land und sieben Kinder zu versorgen. Der Jüngste war mein Vater.“

„Und wie ist der da vom Sand heruntergekommen? Jetzt leben Sie ja ordentlich auf dem Lehm hier mittendrin!“, bewies Assistentin Eilers nun doch einige grundlegende geographische Kenntnisse. Der Kommissar schmunzelte: „Mein Alter konnte hervorragend lernen. Der fiel in der Schule seinem Pastor auf, der hat dafür gesorgt, dass er Latein lernte auf einer Rektoratsschule, das waren so kleine Vorschulen für das Gymnasium. Die gab es damals in den größeren Kirchorten bis zur Quarta oder Untertertia, also Klasse 7 oder 8. Danach gingen die Jungen in die Stadt ins Internat. Das wurde von Kirchen oder einigen wohlhabenden Leuten unterstützt, auch von Stiftungen. Und so konnte mein alter Herr 1943 das letzte halbwegs ordentliche Abitur bauen. Danach ging er durch den Scheuersack: Soldat in Frankreich und Kriegsgefangenschaft in Amerika.“

„Dann war er aber weitgereist für die damaligen Verhältnisse!“, meinte Kathrin Eilers nicht ohne Mitleid.

„Schon richtig und die Ereignisse haben auch das Theologiestudium im Keim erstickt. Latein und Geschichte hat er studiert, Englisch hat er später noch nachgeholt. Mein Alter hatte ein Gehirn wie ein Schwamm.

Was dem vor die Augen kam, registrierte und behielt er. Natürlich wurde er Pauker. Hat dann erst spät geheiratet, meine ältere Schwester und mich gezeugt und am ältesten Gymnasium Deutschlands eine Stelle wohl verwaltet, vom Studienassessor bis zum Studiendirektor!"

„Da behaupte noch einer, vom Lande käme keine Bildung!", stellte Kattenstrohts Assistentin fest, während sie an einem stattlichen Hof vorbeifuhren, der sich mit prächtigen Bäumen und einer eigenen Hofkapelle schmückte.

„Ärgerlich war nur manchmal, dass mein Vater alles behielt, alles wusste, sich vor allem für Westfalen und seine Geschichte und Kultur interessierte – und das alles immer allen mitteilen musste. Sie glauben gar nicht, was ich alles gehört habe, lesen musste, erklärt bekam. Und genau deswegen", Kattenstroht lächelte fast liebevoll, „waren die Ferien in Westerbauer an der Grenze so wichtig. Ich bin, wenn es nur eben ging, zu Oma und Opa in die Ferien gefahren. Da hatte ich meine Ruhe!"

„Aber mussten Sie dann unbedingt Polizist werden? Dass man bei dem Vater nicht Philologe wird, find ich in Ordnung; aber gleich Kriminalkommissar! War das für Ihren Erzeuger nicht doch etwas heftig?"

Kattenstroht strahlte, als fühlte er sich durch die junge Frau bestätigt: „Der Alte hat geschluckt, hat aber nichts gesagt. Hinterher hat er mal geknurrt, das sei alles das Ergebnis der Leselust meiner Mutter, die immer gerne Krimis schmökerte. Mag sein, mir kam es jedenfalls auf einen Beruf mit Menschen an. Und heute profitiere ich unheimlich von dem, was mein Alter mir beigebracht hat." Er hielt kurz inne. „Und als Mutter nach seinem Tod ins Seniorenstift ging und wir den Haushalt auflösen mussten, wollte meine Schwester Vaters Bibliothek in den Container geben. Da habe ich dann zwei Tage sortiert und trotz Bettys heftiger Proteste einen Kellerraum bei uns zur Bibliothek gemacht. Zum Glück, sag ich heute. Sie glauben gar nicht, wie mir das hilft."

Die Eilers strahlte ihren Chef an und Kattenstroht hätte fast den leicht ironischen Unterton überhört, als sie leichthin bemerkte: „Und heute behalten Sie alles, wissen Sie alles, interessieren Sie sich vor allem für Geschichte und Kultur der Landschaft – und müssen das alles immer allen mitteilen. Und jetzt bin ich es, die das alles hören und lesen muss und erklärt bekommt."

Kattenstroht stutzte: „Glänzend pariert, Frau Kollegin!“ Und mit einem Seufzer schloss er: „Söhne wollen immer anders werden als die Väter – und nach 30 Jahren werden Sie von der Wirklichkeit eingeholt.“ Und nach einer Pause: „Mein Alter hat irgendwann gemerkt, dass ich in meinem Beruf glücklich bin. Und zum Trost kriegte er eines Tages eine Studienrätin mit Englisch zur Schwiegertochter. Da war er's dann auch zufrieden!“

Inzwischen passierten sie eine Hügelkuppe, die einen wunderbaren Rundblick über die in der Frühlingssonne leuchtende Flur erlaubte: „Und wenn wir weiter die verbotenen Wege fahren, werden wir irgendwann von einer Streife gestellt oder von einem aufgebrachten Bauern angehalten!“ Kathrin Eilers versuchte sich in der Landschaft zu orientieren.

Kattenstroht griff in das Fach der Seitentür und hielt ihr ein Metallschild vor die Nase, das mit Saugnäpfen an die Innenscheibe des Autos geklebt werden konnte: „Das habe ich immer dabei, ist recht nützlich. Und den Kollegen hier können wir immer klarmachen, dass wir dienstlich unterwegs sind. Wir müssen eben nach Hegemer, das liegt nun mal auf dem Land!“

„Wo haben Sie das Schild denn her? Seit wann gehören wir zum Katastrophenstab der Bezirksregierung? Das haben Sie doch bestimmt irgendwo geklemmt, damit Sie hier frei durch die Verkoppelung sausen können!“

Kattenstroht lachte: „Geerbt, meine Verehrteste, geerbt! Irgendein Chef hat das Schild nach einer Übung mal in meinem Dienstwagen liegen lassen und ich habe es erst nach Monaten unter dem Sitz gefunden. Da hatte der bestimmt schon ein neues! Und was nützlich ist, das muss man aufheben.“

Die Eilers meinte entgegenhalten zu müssen, das sei ja in jedem Falle eine Fälschung, wenn er mit dem Schild des Katastrophenstabes durch die Landschaft brause. Sie musste sich jedoch eine kleine Vorlesung ihres Chefs anhören, wonach es bei einem Ausweis, überhaupt bei jedem Dokument nicht auf die Frage „echt oder gefälscht“, sondern „wirksam oder unwirksam“ ankomme. Unter derlei Geplänkel erreichten sie schließlich das kleine Örtchen Hegemer und fanden unmittelbar am Ortsrand die großen Hallen der Maschinenfabrik NostRo.

Im Verwaltungsgebäude mussten sie im Foyer etwas warten. Kattenstroht war fasziniert um einen Selbstbinder herumgelaufen, der blitzblank geputzt und voll aufgerüstet mit seinem Mähbaum und Rad seitlich in der Halle stand. Es war ein frühes Produkt der Firma aus den 1920er Jahren, das nach ausgestellter Beschreibung in einer abgelegenen Feldscheune völlig verkommen aufgefunden und in der Lehrwerkstatt des Betriebs erfolgreich restauriert worden war. „Mit einer solchen Maschine wurde in Westerbauer noch gearbeitet, als ich als kleiner Junge dort in den Ferien war. Korn schneiden, binden, aufsetzen, einfahren: Das war eine Arbeit, kann man sich heute gar nicht mehr vorstellen. Die Ernte konnte Wochen dauern. Und heute ist das Land nach einem Tag wieder schwarz."

Der Firmenchef Hans Heinrich Nosthoff, ein gestandener Mann um die fünfzig, empfing den Besuch aus Münster in seinem großzügigen Büro. Anwesend war auch der Prokurist, der sich per Visitenkarte als Bernd Rengeling auswies. Man nahm an einem Konferenztisch in bequemen Ledersesseln Platz und ließ sich Kaffee servieren. Das Angebot auf ein zweites Frühstück lehnten Kattenstroht und Eilers jedoch ab.

Nosthoff eröffnete das Gespräch und bot den Polizisten alle Informationen an, die zur Aufklärung der Sache beitragen könnten: „Vergessen Sie nicht, wir haben ja selbst ein gewaltiges Interesse daran, dass die Streitigkeiten hier gelöst werden können. Das ist im Interesse des Betriebes und aller Mitarbeiter. Den Tod von Weltermann junior mag man so oder so sehen, er hält die Entwicklungen auf und kostet viel Zeit und noch mehr Geld."

Kattenstroht bat um einen allgemeinen Überblick und Nosthoff ließ sich nicht lange bitten. Er ging auf die Firmengeschichte ein, den Aufstieg der Dorfschmiede zu einem heute weltweit operierenden Spezialmaschinenbauer. „Die Nosthoffs waren immer am Eisen. Unsere Schmiede ist erstmals 1740 erwähnt, gelegen am Ortsausgang, wo alle Kutschen vorbeikommen mussten, die zur Klostermühle wollten. Im 19. Jahrhundert haben wir uns auf den Wagen- und Karosseriebau verlegt. Es war mein Urgroßvater, der den Grundstein zu unserem heutigen Erfolg legte. Der baute damals die ersten wirklich patenten Mähmaschinen, die noch von Pferden gezogen wurden. Als mehr und mehr die

Trecker aufkamen, hat mein Großvater die ersten Kreiselmäher gebaut. Unser Logo, heute etwas stilisiert, aber seit Jahrzehnten eingefahren, ist übrigens ein von ihm entwickelter Excenter. Da hat er in den 1930er Jahren ein Patent drauf bekommen. Mein Vater und in der Nachfolge unsere Generation, wir haben das Angebot erweitert. Wir stoßen mit unseren Maschinen in kleinere Marktsegmente vor. Wir bauen robuste Technik, die ohne elektronische Module auskommt. Das gibt uns einen Vorteil in den weniger entwickelten Ländern. Wir sind nicht die Größten auf dem Sektor, aber doch erfolgreich. Wir haben rund 700 Leute in Lohn und Brot, verteilt auf vier Standorte, und exportieren in fast 70 Länder. Schwergewicht ist und bleibt natürlich Westeuropa, obwohl seit einigen Jahren der Markt im Osten für uns tüchtig brummt!"

Kattenstroht hatte geduldig zugehört: „Und wo stecken heute die Probleme?"

Nosthoff reagierte leicht nervös und fingerte in der Tasche seines Jacketts herum, als spüre er verschwundenen Zigaretten und dem Feuerzeug nach: „Die Rechtsform ist das Problem, die Rechtsform! Wir waren als Handwerksbetrieb früher immer eine Personengesellschaft. Der älteste Sohn übernahm den Betrieb. Je größer wir wurden und je mehr wir umsetzten, desto riskanter wurde das natürlich in haftungsrechtlicher Hinsicht. So wurden wir dann in den 1950er Jahren eine GmbH mit persönlich haftenden Gesellschaftern. Die Mehrheitsanteile bekam da schon mein Vater übertragen. Er war zweimal verheiratet. Meine ältere Schwester, die ist in Hamburg verheiratet, haben wir ausbezahlt. Nachdem meine Mutter starb, hat mein Vater erneut geheiratet und unser Bodolein gezeugt, meinen Halbbruder. Die zweite Frau meines Vaters hat meinem alten Herrn so lange in den Ohren gelegen, bis der dem Jüngsten auch einen Anteil an der Firma übertrug. Es hätte ja auch ein Gewinnanspruch gereicht, aber nein, das Bengelchen sollte auch mal Direktor werden."

„Sie sprechen ja mit besonderer Zuneigung von Ihrem Halbbruder", warf Kathrin Eilers ein. Kattenstroht beobachtete konzentriert die Reaktionen der NostRo-Vertreter.

„Wie soll man den auch mögen können!", schnaubte Nosthoff. „Ein verwöhnter Bengel ist das, verwöhnt von Anfang an! Hat nie richtig gearbeitet, nie Verantwortung getragen. Sich mal gerade so durch die feinen Internate gemogelt – und dann auch noch Kunstgeschichte studiert: Wo? – natürlich in Paris und Rom. Und um eine Magisterarbeit über einen päpstlichen Architekten im Rom des siebzehnten Jahrhunderts zu schreiben, muss man natürlich anderthalb Jahre fürstlich in Italien residieren. Geld spielt da selbstredend keine Rolle! Da pirscht man fein gestylt, mit Lederjäckchen und Ledertäschchen durch die Weltstadt und amüsiert sich auf Kosten anderer!"

„Aber dann ist er doch auch mal wieder zurückgekommen!", wandte Kattenstroht scheinbar besänftigend ein. „Unten im Foyer ist ein Büro mit seinem Namen ausgewiesen."

Nun mischte sich der Prokurist ein: „Tja, wir hatten jahrelang das Glück, dass sich unser Bodo nur insoweit für den Betrieb interessierte, als ihm aus den Erlösen regelmäßig größere Summen überwiesen wurden. Seine Mutter hatte sich eine noble Herberge in Münster an der Promenade gekauft, dort wohnte er auch schon einige Jahre und ließ den lieben Gott einen guten Mann sein. Er bekam sein Geld, wir konnten in Ruhe arbeiten." Gleichsam als Bestätigung nahm Rengeling erst einmal einen Schluck Kaffee. „Das änderte sich leider im vorletzten Winter. Beim Skilaufen in Klosters in der Schweiz, natürlich treibt Bodo Nosthoff genau dort Sport, wo auch der Prince of Wales auf die Piste fällt, lernte er neue Freunde kennen. Die sitzen ihm offenkundig im Nacken, seine Mitarbeit in der Firma NostRo profitabler auszubauen und für sich zu nutzen."

„Und welche Freunde sind das?", wollte Kattenstroht genauer wissen.

Der Prokurist wurde eindeutig: „Wenn Sie meine Meinung hören wollen, eine Russen-Mafia! Nicht ungefährlich, wie ich meine. Es sind vier junge Männer, so um die 25. Der Kopf der Gruppe ist ein Herr namens Sascha, sein Freund Mischa ist so etwas wie der Organisator und die beiden anderen sind die Ausputzer. Sie wohnen inzwischen in Bodos Haus in Münster und haben ihn offensichtlich voll im Griff. Seit dem Frühjahr des vorigen Jahres stellt Bodo Nosthoff entschiedene Forderungen auf Mitwirkung und Mitgestaltung im Firmengeschehen, er hat ein eigenes Büro erzwungen und will höhere Anteile am Erlös ausgezahlt bekommen. Wir haben mit ihm nur Scherereien."

„Wohl verstanden", nahm Nosthoff selbst den Faden wieder auf, „mein Halbbruder ist eigentlich ein Schwächling; solche Aktivitäten liegen ihm normalerweise nicht. Wir vermuten daher, dass er gehörig unter Druck steht und diesen Leuten aus Russland auf irgendeine Weise hörig ist."

Der Kommissar spreizte sich ein wenig und wurde förmlich: „Ist es denkbar, Herr Nosthoff, dass diesem Geflecht zwischen Ihrem Herrn Halbbruder und seinen russischen Freunden eine homoerotische Konnotation eigen ist?" Kathrin Eilers hätte am liebsten losgeprustet. Das war mal wieder typisch Lehrers Sohn Kattenstroht.

Der Maschinenbauer schaute den Besucher etwas irritiert an: „Meinen Sie vielleicht, ob Bodo schwul ist?" Und als Kattenstroht seine Anfrage lediglich mit einem Achselzucken quittierte, meinte er, seinem Halbbruder seien wirklich tiefe Gefühlsregungen, in denen er sich konstruktiv für oder gegen jemanden entscheiden müsse, ziemlich fremd. Dementsprechend könne er sich gut vorstellen, dass Bodo Nosthoff auf beiden Schultern trüge. Jedenfalls hätte er auch schon mal was mit einem Mädchen gehabt. Allerdings, die Herren aus Russland sähen aus wie aus einem Fitness- und Lifestyle-Journal.

Zur näheren Erläuterung schob der Prokurist eine Akte über den Tisch. „Wir haben eine Detektei beauftragt, die Brüder mal einer genauen Betrachtung zu unterziehen. Ich habe Ihnen den gesamten Bericht kopiert und Sie können ihn mit Genehmigung von Herrn Nosthoff gerne mitnehmen." Er schaute seinen Chef an, als ob er sich absichern wollte: „Wir müssen in diesem Zusammenhang noch einmal einen Blick auf die Erntesaison im letzten Herbst werfen. Wir hatten eine ganze Serie von, nennen wir es mal so, Anschlägen auf unsere Maschinen. Anders gesagt, unsere Erntemaschinen werden ja hier in Westfalen meist von landwirtschaftlichen Lohnunternehmern betrieben. Tatsächlich haben sich irgendwelche Leute ganz gezielt diese Betriebe ausgesucht und bei Kunden, die ihnen Aufträge gegeben hatten, die Felder manipuliert."

Kathrin Eilers hob ihre allgemeinen Kenntnisse von Land und Leuten hervor: „Wie um Gottes willen manipuliert man denn Felder?"

„Ganz einfach, man stellt Metallstangen herein und bindet sie z. B. an Maisstauden fest. Da sind sie kaum zu sehen. Man hängt Stahlschrauben an die Fruchtstände. Und so weiter." Nosthoff wirkte völlig resigniert. „Wir können fast nichts dagegen unternehmen. Wir haben alles versucht, diesen Sabotageakten auf die Spur zu kommen. Das steht auch alles im Bericht drin. Wir haben den Verdacht, dass Bodos Freunde mit dahinterstecken, uns die Stimmung, die Arbeit und den Markt zu vermiesen." Er holte tief Luft. „Wir waren jetzt fast so weit, Bodo elegant über eine goldene Brücke aus der Firma auszubooten, da wirft einer den jungen Weltermann vom Balkon. Das ist doch kein Zufall. Der Weltermann war zwar ein Windhund, aber nicht ganz ohne Verstand. Er wusste immerhin, wo das Geld saß, dafür hatte er eine Nase."

„Also wusste er auch, dass das Geld mehrheitlich hier saß – und nicht bei Bodo Nosthoff!", folgerte Kattenstroht. „Und trotzdem hat er das Mandat von Bodo angenommen. Aber das werden wir noch genauer prüfen."

Man verabschiedete sich. Nosthoff brachte seine Gäste selbst zum Ausgang und bekam von Kattenstroht noch ein paar warme Worte über den so schön restaurierten Selbstbinder zu hören. Draußen auf dem Platz sah man eine Reihe kleinerer Erntemaschinen stehen, die mit fremdartigen Schriftzeichen bedruckt waren. „Was ist denn das für ein Produktionssegment?", wollte Kathrin Eilers wissen.

Rengeling wurde fix: „Export nach Russland. Wir haben in Moskau eine eigene Niederlassung gegründet!"

Kattenstroht schaute kritisch auf die Nosthoff'schen Mitarbeiter, die mit den Maschinen beschäftigt waren. „Wieso hat Ihr Unternehmen eigentlich die niederländischen Nationalfarben in der Außendarstellung?"

„Falsch und richtig gesehen!", erläuterte der Maschinenbauer. Blau, Weiß und Rot steht für uns für die Tricolore, die französische Nationalflagge. In meiner Familie war es Tradition, das Gedenken an Napoleon Bonaparte hochzuhalten, weil der die Bauern im Münsterland befreit hat. Mein Urgroßvater soll immer noch den Hut gezogen haben, wenn der Name Napoleon fiel."

„Und deswegen müssen alle Mitarbeiter von Nosthoff einen hellblauen Einheitslook tragen!", stellte Kattenstroht fest. „700 Mann mehr von dieser Farbe! Ich hab's immer schon gewusst: Blau ist eben doch ein Zustand!"

Noch auf dem Parkplatz von NostRo nahm Kattenstroht per Handy Kontakt mit Stellmacher auf, um über die bisherigen Entwicklungen Bericht zu erstatten. Der Staatsanwalt schien in der Sache mindestens so zögerlich zu sein wie das Tempo der einlaufenden Ergebnisse. Wegen des Feiertages würden die letzten Laborergebnisse wohl auch erst nach dem Wochenende vorliegen, meinte er. Ein Gespräch mit dem Büro war erfolgreicher. Am Nachmittag könne man bei den neuen Kollegen des verblichenen Rechtsanwaltes Weltermann junior auflaufen, teilte Mia Kunsleben mit. Kathrin Eilers erinnerte besorgt an ihren Familientag.

„Na ja“, versuchte Kattenstroht sie zu beruhigen, „ da haben wir noch etwas Zeit. Wir müssen ja erst um drei Uhr bei Bodolein auftauchen; Wie wäre es da, Frau Eilers, mit einem rustikal-frugalen Mahl?“ Kathrin Eilers hatte angesichts des langen Vormittags durchaus Appetit und beschloss, sich auf die Empfehlungen des Kommissars zu verlassen. Der legte die Stirn in Falten, brummte was von „Verspohl“ vor sich hin und startete das Auto in Richtung Münster. An der Werse kenne er ein Ausflugslokal, das seiner heutigen Stimmung entspreche, meinte er.

Nach einer erneuten Schleichfahrt über Verkoppelungswege, mit deren Passage der normale Autofahrer wohl nie gerechnet hätte, erreichten sie eine Landgaststätte, die in einem uralten Bauernhof untergebracht war. Das mächtige Vierständerhaus aus Fachwerk ließ noch die alte Einteilung des münsterländischen Hofes erkennen und prunkte mit einer breiten Flettküche unter mächtigen Eichenbalken. Hier konnte man noch am Kamin Platz nehmen. Eine große Standuhr tickte und die in der Ecke des Raumes eingebaute Theke fiel kaum aus dem Rahmen. Jagdtrophäen an allen Wänden und eine große Balkenwaage aus Eisen, die von der Decke herabhing, vervollständigten das rustikale Ambiente. „Der Unterschied zum Freilichtmuseum ist nur der, dass hier alles echt ist!“, hatte Kattenstroht erklärt. Angesichts des schönen Wetters entschlossen sie sich doch, auf dem Vorplatz unter den grünenden, in Form gestutzten und gebundenen Platanen Platz zu nehmen. „Hier ist es noch wie in meiner Kindheit“, hatte der Kommissar gemeint, als er aus einer großen Kiste an der Tür des Lokals Sitzkissen mitnahm, die die alten Klappstühle aus Eisen mit hölzerner Sitzfläche bequemer machen sollten. „Da passt alles zusammen: Der Platz hier ist nicht einmal gepflastert, nur Stampflehm!"

Kathrin Eilers war an den Zaun getreten und warf einen Blick in den Garten. „In ein paar Wochen gibt es frische Zwiebeln und dann neue Kartoffeln. Das war bei Oma in Lahsum immer ein Fest!" Sie unterbrach sich hektisch: „Und dass mir das nur nicht so spät wird, ich muss um 18.00 Uhr heute Abend da sein. Mein Thomas will ja auch mit."

„Ach, Ihr Thomas …", sagte der Kommissar nur. „Der Garten ist wirklich schön und die Zwiebeln zu Johanni und die Kartoffeln zu Peter & Paul sind einfach toll. Und dann erst die dicken Bohnen!" Er reckte sich in Vorfreude und warf einen kritischen Blick auf die jungen Schafe, die jenseits des Gartenzauns neugierig herüberäugten.

Es war eine ländliche Idylle, wie man sie in der Nähe einer größeren Stadt wie Münster kaum mehr vermutet hätte. Schon bald kam das Essen. Kattenstroht hatte zu einem Strammen Max eingeladen, der auf Holzbrettern serviert wurde und schon optisch ein Ereignis war. Kathrin Eilers hatte Wasser bestellt, ihr Chef alkoholfreies Bier. Natürlich konnte er es nicht sein lassen, seine Assistentin über die Vor- und Nachteile der einzelnen Marken dieses „kastrierten Getränkes", wie er es nannte, zu belehren, aber immerhin könne man auf diese Art im Dienst noch immer das Gefühl kriegen, man habe wie früher ein echtes Bier für echte Männer vor sich.

Natürlich kamen sie, während sie aßen, auch auf ihren Fall zu sprechen. „Die Sache scheint klar auf der Hand zu liegen: Bodo Nosthoff will seinen Anteil an der Firma besser ausschlachten, um sich sein Lotterleben weiter leisten zu können. Seine Freunde sitzen ihm im Nacken. Er entscheidet sich für seinen Freund Ralph Weltermann als Anwalt und der handelt offensichtlich einen für NostRo erträglichen Kompromiss aus." Kattenstroht zerlegte mit Genuss eine eingelegte Gurke. „Der Lösungsvorschlag wird auf irgendwelchen Wegen bekannt, denn in Edelbroicks Hotel gab es anscheinend schon einen vorgefertigten Vergleichsvorschlag. Irgendeinem der Mitspieler reicht der Kompromiss nicht und – plumps – wird Ralph Weltermann aus dem Spiel genommen."

„Da müssen wir die Interessenlage mal genau unter die Lupe nehmen." Kathrin Eilers befand, dass ihr Tafelmesser nicht scharf genug durch den Schinken schnitt. „Nosthoff in Hegemer scheint mit dem Vorschlag zufrieden gewesen zu sein. Das Schiedsgericht hatte sich doch auf ein paar bequeme Tage und ein ordentliches Honorar eingerichtet. Weltermann hätte wahrscheinlich für Bodo Nosthoff unterzeichnet. Wer bleibt dann: natürlich die Russen!"

Auf dem Tisch lag die Detektei-Akte, die ihnen Nosthoff mitgegeben hatte. „Die sehen ja wirklich nicht gerade seriös aus!", bemerkte Kattenstroht beim Durchblättern der Fotos. „Wir werden uns gleich die Herrschaften etwas näher betrachten. Sollten die dahinterstecken, müssen sie den eigenen Vorteil übersehen haben. Wenn Weltermann junior für Bodolein den Ausputzer macht und Nosthoff in Hegemer zustimmt, haben sie doch ohne Probleme Zugriff. Vordergründig betrachtet ist der tote Weltermann für sie weit weniger nützlich als der lebende." Beim Betrachten eines einzelnen Fotos schüttelte Kattenstroht den Kopf: „Mein Gott, ist der schön!" Und mit frivolem Seitenblick auf seine Assistentin: „Der kann aber ganz locker mit Ihrem Thomas mithalten!"

Kathrin Eilers warf einen Blick auf die Fotos und kommentierte zunächst gleichgültig: „Schön ist nicht schön, Gefallen macht schön! Sagt jedenfalls meine Mutter. Und dass das ein Galgenvogel ist, sieht man doch aus 50 Metern Entfernung. Vergleiche mit meinem Thomas muss ich mir verbitten!", schloss sie recht bestimmt.

Kattenstroht schwieg.

Eine halbe Stunde später, sie hatten in dem Landgasthof noch Kaffee getrunken und gemeinsam die Akte studiert, standen sie vor dem Stadthaus der Familie Nosthoff. Der Bau in neoklassizistischen Formen erhob sich am Ende einer kleinen Seitenstraße, die in einen Wendehammer mündete. Ein wunderschönes schmiedeeisernes Gitter mit verschlungenen Formen des 19. Jahrhunderts grenzte den Besitz aus dem öffentlichen Raum aus. Weiß bekieste Wege führten durch die sorgfältig gestutzten Rasenflächen zu beiden Seiten um das Haus herum in die Gartenanlagen. Aus der Lage war ersichtlich, dass der rückwärtig gelegene Garten an einen der erhaltenen Stadtgräben angrenzen musste. Kathrin Eilers meinte, die Gartenseite des Hauses schon oft von der Promenade her betrachtet zu haben. Die Gartenfront mit dem Balkonvorbau unter einem Dreiecksgiebel war aber wie der Garten selbst nicht vollständig einzusehen. Hohes Busch- und Strauchwerk versperrte die Blicke Neugieriger.

Sie läuteten am Gartentor, das von einer Videokamera überwacht wurde, und betraten, nachdem der Türöffner summend Einlass gewährt hatte, das Treppenhaus, das mit alten Marmorstufen und schmiedeeisernen Geländern glänzte. Die weißen Wände waren rechts und links mit moderner Malerei behängt, die Türen hatten noch wunderschönes Ätzglas, das dem Auge bunte Flecke ekstatischer Formen bot. Oben an der Treppe, auf dem Hochparterre, stand ein junger dunkelhaariger Mann in einem weißen Leinenanzug, der die Besucher bewusst freundlich in geschliffenem Deutsch begrüßte. Herr Nosthoff sei bereit, die Vertreter der Polizei zu empfangen, und warte im großen Salon.

„Auch hier alles weiß und unschuldig, nur die Menschen nicht", hatte der Kommissar der Eilers zugeraunt, als sie den großen Raum betraten, der offensichtlich auf die Gartenterrasse führte. Bodo Nosthoff saß, sichtlich zerknirscht, auf einem edlen schwarzen Sofa, umgeben von teuren Möbeln und erlesenen Kunstgegenständen, und konnte sich rein gar nichts erklären. Der Mann mochte Ende dreißig sein, war eher klein und rundlich und unter normalen Umständen eher ein friedlicher und harmloser Vertreter der feinen Gesellschaft. Er trug über gepflegtem Schuhwerk aus Wildleder eine karierte Hose in Beige und Braun, dazu ein rotes Hemd und einen gelben Pullunder. Um den Hals war ein fein gemustertes Seidentuch in einem dunkelgrünen Farbton geschlungen, das in den Hemdausschnitt führte. Der Hauch eines südländisch-schweren Parfüms lag in der Luft. Zwei seiner russischen Freunde waren bei dem Gespräch dabei. Kattenstroht und Eilers kannten die Gesichter schon aus der Akte und angesichts der dahingenuschelten, schwer verständlichen Namen verzichteten sie auf eine Personenfeststellung.

Selbstverständlich wusste Bodo Nosthoff von gar nichts. Er habe seinem Freund Weltermann das Mandat erteilt; der habe jenes angenommen und die Verhandlungen ordentlich geführt. Man sei auf dem Wege zu einem vernünftigen Vergleich gewesen. Aber angesichts der Halsstarrigkeit seines Halbbruders müsse man nun bestimmt wieder neu anfangen, lamentierte der Zweiterbe.

Kattenstroht konnte sich während des Gesprächs überhaupt nicht konzentrieren; er ließ seine Blicke immer wieder durch die aufwendig eingerichteten Zimmer schweifen und überließ der Eilers die Befragung. Ständig blieb sein Blick an einem großen Bild über dem Ledersofa hängen, auf dem der bunte NostRo-Zweiterbe in ziemlich jämmerlicher Haltung dasaß. Mehrfach huschte ein Lächeln über das Gesicht des Kommissars, das schon fast in ein Grinsen ausartete und angesichts der Trauer des Hausbesitzers sicherlich unangemessen war.

Kathrin Eilers machte sich Notizen, fragte nach Alibis für den Mittwochabend und nahm auch die Daten der beiden Herren Sascha Iwanowitsch Jeschow und Mischa Borissowitsch Orlow auf. Beide sprachen passables Deutsch und hatten selbstverständlich alle erforderlichen Papiere bei der Hand. Am Mittwochnachmittag waren sie angeblich zu einer Familienfeier nach Gelsenkirchen gefahren, während Bodo Nosthoff an einem Vortrag mit nachfolgender Führung im Westfälischen Landesmuseum für Kunst- und Kulturgeschichte teilgenommen hatte. Das sei ja alles problemlos zu überprüfen, schloss die junge Beamtin, ihrerseits etwas irritiert von der Passivität ihres Chefs.

Der hatte kaum das Gartentor hinter sich geschlossen, als er laut losprustete und die völlig verdatterte Kathrin Eilers fragte, ob sie sich das Bild über dem Sofa mal richtig angesehen hätte.

„Diese Krakelei, das sah doch aus wie ein mutiertes Brathuhn!", mokierte sich die Assistentin, was Kattenstrohts Begeisterung noch weiter steigerte.

„Richtig gesehen, Frau Kollegin! Ein Brathuhn! Aber möglicherweise ein Bild für 100.000 €, wenn es denn ein echter Baselitz gewesen ist, was wir aber nicht wissen. Vielleicht war es nur ein Replikat oder die Nr. 34 aus einer 99er-Serie. Aber immerhin! Bei Bodo Nosthoff hängt die Kohle an der Wand."

Kathrin Eilers schüttelte fassungslos den Kopf: „Ich hab ja vielleicht keinen Kunstverstand , aber 100.000 € für so etwas? Überhaupt, was hatten Sie denn die ganze Zeit so zu grinsen? War denn was mit dem Bild?"

Kattenstroht hatte inzwischen die Autotür geöffnet. Er lehnte sich auf den Rahmen und sprach über das Autodach zu seiner attraktiven

Assistentin: „Meine Betty hat vor kurzem irgendwo einen wunderbaren Artikel ausgeschnitten, da ging es darum, dass Eltern ihre Kinder wegen jeder Kleinigkeit loben müssen. Und in dem Artikel wird in etwa die These aufgestellt, das Nichtmalenkönnen sei inzwischen eine eigene Kunstform, an die immer höhere Anforderungen gestellt würden." Der Kommissar amüsierte sich prächtig. „Anschließend wird da noch Robert Gernhardt zitiert, der angesichts des ‚Adlers' von Baselitz, den auch unser Bodolein hier an der Wand hängen hat, schreibt, er sehe immer den Maler vor sich, wie er mit seinem fertigen Bild zu seiner Bezugsperson rennt und stolz verkündet: ‚Georg hat Gackgack gemalt!', und wie dann die Bezugsperson nach einer ordentlichen Portion Lob den Auftrag erteilt, der Negel möge noch einen Gackgack malen!" Kattenstroht konnte sich vor Vergnügen kaum im Zaum halten. „Die haben doch oft einen Knall, die Künstler ebenso wie die Kunstfreunde!" – mit diesem Fazit beendete er seinen kunstgeschichtlichen Exkurs.

Kathrin Eilers fragte sich indessen angestrengt, was das alles mit ihrem Fall zu tun habe, beschloss dann aber doch, dem Kommissar die Laune nicht zu vermiesen. Gemeinsam fuhren sie zum Präsidium, sichteten die dort eingegangenen Berichte und Fotoserien und planten die weitere Vorgehensweise.

Gegen 16.00 Uhr verließen beide das Präsidium wieder. Sie trennten sich auf dem Parkplatz, denn die Eilers wollte pünktlich zum Familienfest nach Lahsum fahren. Beim Abschied für das Wochenende zögerte die junge Frau ein wenig. Dann sagte sie zu Kattenstroht eher beiläufig: „Ach, Sie sollen's ja nicht aus dem Lahsumer Blättchen erfahren. Thomas und ich nutzen den Familientag, um unsere Verlobung und den Hochzeitstermin bekannt zu geben."

Kattenstroht hörte ihr konzentriert zu.

„Und dann noch was: Mein Vater hat das Forsthaus im Reckhölter Hagen für mich gekauft. Sie erinnern sich bestimmt, das schöne Haus, auf das wir im letzten Herbst im Fall Sandra Keiten gestoßen sind. Das Schlösschen am Zippenberg, das dem Freiherrn von Eckenhoven gehört hat!"

Kattenstroht blieb zunächst stumm. Ihm wurde etwas klamm zumute. Dann fragte er in bemüht sachlichem Ton: „Natürlich erinnere ich mich an die Immobilie. Glückwunsch! Und was heißt das für unsere gemeinsame Zukunft – dienstlich, meine ich natürlich?“

Kathrin Eilers zögerte etwas: „Das ist so eine Sache mit meiner Stelle hier in Münster. Thomas kriegt jetzt was Festes an der Uni Bochum. Und wenn ich dann auf die Landkarte gucke, ist ein Job bei Schückings Kreispolizei nicht verkehrt. Ich habe gestern bei Edelbroicks im Hotel schon mit ihm drüber gesprochen.“

„Schön, dass ich das auch mal höre!“, knurrte Kattenstroht sichtlich verstimmt, aber gleichzeitig bemüht, sich keine Gefühlsregung anmerken zu lassen.

Der Abschied von der Eilers fiel kühler aus als sonst. Er fuhr in Richtung Aasee, wo er in einem Neubau mit Blick auf die blinkende Wasserfläche das Büro einer jungen Anwaltssozietät aufsuchte, mit der sich der junge Weltermann verbandelt hatte. Am Eingang hingen im modernen Ambiente mehrere Schilder von Immobilien- und Beratungsfirmen mit klingenden Namen und modernsten Titeln. „Rechtsanwälte Hagenkötter, Consulting van der Lohse & Partner, ‚Stadt- und Landbau'“, hatte er vor sich hin zitiert. „Denen ist auch nichts heilig!“

Das Gespräch mit dem jungen Anwalt, der sich durch Kenntnis aller Umstände als Kollege und sogar „Freund“ des jungen Weltermann auswies, war wenig ertragreich. Fälle hatte der Verstorbene noch nicht übernommen. Man sei ja noch in der Planung gewesen. Aber für das junge Unternehmen sei der Tod von Weltermann junior ein schwerer Schlag.

Kattenstroht hatte wie abwesend zugehört, nur wenige Fragen gestellt und war dann entgegen seiner Gewohnheit mit dem Dienstwagen nach Hause gefahren.

Er fand sein Haus leer und einsam vor. Ein Telefonat mit Betty und den Jungs am frühen Abend heiterte ihn auch nicht auf. Später stöberte er im Wohnzimmerschrank und fand den edlen Karton, den ihm ein Freund zum 40. Geburtstag geschenkt hatte. Talisker, ein Whisky von der Isle of Skye, 20 Jahre alt. Der Kommissar schaute nachdenklich auf das Etikett mit der Karte der schottischen Inselwelt. Er war mit Betty mal dort oben gewesen. Eine Rucksacktour mit Übernachtung im Heidekraut.

An diesem Abend betrank sich Kattenstroht.

Kapitel 8

Kommissar und Staatsanwalt trafen sich an Humborgs Käsestand auf dem Domplatz. Kattenstroht war innerlich und äußerlich noch reichlich zerknittert, Stellmacher hingegen wieder wie aus dem Ei gepellt und außerdem glänzend aufgelegt. In dieser Stimmung waren die meisten Menschen, die an diesem wunderbaren Frühlingsmorgen geschäftig um die bunten Stände des Samstagsmarktes flanierten, ihre Einkäufe tätigten, Bekannte zum Schwätzchen trafen oder ganz einfach neugierig durch die Marktgassen spazierten.

Der Kommissar war am Morgen etwas verspätet aufgewacht. Sein Gaumen und sein Kopf sagten ihm, dass es am Vorabend doch etwas zu heftig gewesen war. Der Blick auf die Talisker-Flasche genügte, um zu bereuen und zu leiden. „Ist doch das reinste Selbstmitleid!", hatte er vorwurfsvoll geknurrt und über sich selbst den Kopf geschüttelt. Dann hatte er nach einem kurzen Frühstück die weitere Tagesstruktur überlegt, den Dienstwagen sicherheitshalber noch stehen lassen und war mit dem Fahrrad in die Stadt gefahren. Bewegung und frische Luft hatten ihm gutgetan und seine Stimmung hatte sich deutlich gebessert, als er an Humborgs Käsestand aufgelaufen war, wo schon seine selige Mutter, wie Kattenstroht sich auszudrücken beliebte, die Familie glücklich gemacht hatte. Die Begegnung mit dem Staatsanwalt tat ein Übriges, die Laune zu heben. Schließlich war man schon seit langen Jahren befreundet.

Käse-Humborg war für viele Familien seit Jahrzehnten eine Institution. Der kleine Wagen in der Reihe der Käsestände hatte sich den Charme der 1970er Jahre bewahrt: Bescheiden und eng war er, aber stets drängten sich fünf oder sechs Mitarbeiter hinter der Theke. Gelbe Papptafeln mit antiquierter Schrift verkündeten die aktuellen Angebote und lockten viele Käseliebhaber an, während an anderen Käsewagen, mochten sie auch technisch noch so modern ausgestattet sein und grafisch gekonnt ihre Angebote präsentieren, relative Ruhe herrschte. Komischerweise bestand ein großer Teil der Humborg'schen Kundschaft darauf, sich vom „Chef" bedienen zu lassen, so dass sich an einer Seite des Verkaufswagens immer wieder eine längere Schlange bildete. Viele Kunden kannten sich, tauschten sich aus und probierten mit Genuss die Käsestückchen, die Humborg von den großen Laiben abschnitt und freigebig unter seinen Kunden verteilte. Der alte Herr, zu fast jeder Jahreszeit mit einer Baskenmütze auf dem Kopf, trug wie immer eine blendend weiße Schürze, zerteilte mit Messer und Draht seine Käselaibe und verbreitete die allerbeste Laune. Jeder Kunde wusste, dass ein gutes Pfund bei ihm leicht zu 700 oder gar 800 Gramm werden konnte, der Käsehändler bei der Abrechnung aber immer etwas nach unten rundete. Sein Verkaufsstil und die Qualität seiner Waren hatten seinen kleinen Marktstand zum Treffpunkt vieler Käsefreunde werden lassen; selbst junge Leute rückten regelmäßig an, um beim alten Humborg für kleines Geld Endstücke edelster Käse-Provenienzen für die abendliche Balkonparty unter Studenten zu erstehen. Zu allen Kunden, egal wie hoch der Umsatz war, war der alte Mann mit seinem Team gleichermaßen freundlich und entgegenkommend.

Natürlich bekamen auch der Staatsanwalt und der Kommissar ihren Anteil von den Käse-Probierhäppchen: „Ganz neu hereingekommen, meine Herren: Österreichischer Bergkäse!“ Die Herren knabberten sich genussvoll bis zur Rinde durch und warfen dann die Reste in ein Körbchen, das umsichtig bereitgestellt worden war. Dennoch sah man hin und wieder eine Taube, die versuchte, sich die Käsebröckchen zu sichern, die in die Fugen des altertümlichen Pflasters des Domplatzes gefallen waren. Mit dem zweiten Probeschnitt, einem würzigen Pecorino, einigten sich die Freunde darauf, erst die wichtigste Aktion des Tages, nämlich den Käsekauf zu erledigen, um anschließend im Freiluftcafé einen Espresso zu nehmen und anstehende dienstliche Fragen dort zu besprechen.

Kattenstroht erstand, wie von Betty beauftragt, ein gutes Pfund Bergkäse und zwei besonders schöne Camemberts, Stellmacher erfreute sich und seine Familie mit einem mittelalten Gouda und stöberte noch ein bisschen bei den Humborg'schen Sonderangeboten herum. Die standen in der Regel in Körben auf der Theke und boten edelste Käsesorten an, die knapp vorm Ablaufdatum standen. Auch heute wurde er fündig und erklärte Kattenstroht, in seiner Familie huldige inzwischen niemand mehr dem Gott der Mindesthaltbarkeit. Seitdem die beiden Töchter ausgezogen seien und selbst ihren Haushalt organisieren müssten, sei es mit dem Entsorgen wertvoller Lebensmittel zu angeblich amtlich vorgeschriebenen Terminen deutlich besser geworden. Kattenstroht nickte zustimmend und erzählte seinem Freund, wie er nach seinem letzten Urlaub im Kühlschrank im Polizeipräsidium einen um drei Wochen überzogenen Joghurt wiederentdeckt habe: „Eiskalt, steif und lecker!", erinnerte er sich; Betty und die Jungs aber waren kurz davor gewesen, sich ans Gesundheitsamt zu wenden.

Sie zogen durch die Käsegasse und bogen am Gewürzstand um die Ecke zum Freiluftcafé, wo Stellmacher trotz des kritischen Blickes seines Freundes – „es ist schon nach 10.00 Uhr!" – einen Cappuccino bestellte, während Kattenstroht seinen geliebten Caffè Lungo genoss, der heute allerdings – einfallsreich ergänzt – zum Caffè Coretto wurde. „So ist es richtig", kommentierte der Staatsanwalt, der inzwischen Kattenstrohts leicht verkaterten Zustand registriert hatte, „auf den alten Hafer frischen kippen, dann geht's einem gleich besser!"

Sie hatten einen Platz an einem der Stehtische unter den grünen Linden gefunden und erfreuten sich an der schon fast mediterranen Atmosphäre. Kattenstroht ließ vorsichtig Zucker aus einem Tütchen auf die Crema rieseln und testete so ihre Beständigkeit. Dann wandten sie sich zunächst der Morgenpresse zu. Die Zeitungen, die fast alle am Freitag nicht erschienen waren, hatten den Fall Weltermann nun in epischer Breite aufgegriffen. „Ich habe heute Morgen nur unser Blättken gesehen!", sagte Kattenstroht: „Die bringen unseren Weltermann auf Seite 3, Westfalen-Thema eben, zudem eine ausführlichere Geschichte im Lokalen. Aber insgesamt ziemlich glatt gebürstet. Übrigens ist eine Verbindung zwischen Weltermann und NostRo zumindest unserer Zeitung nicht bekannt."

Stellmacher hob genüsslich den Sahneschaum unter seinen Cappuccino und meinte, entweder hätten die Pressefritzen das bisher nicht mitbekommen, was ihn selbst gar nicht wundern würde, oder der Maschinenschlosser aus Hegemer hätte im vertrauten Gespräch mit den Verlegern auf seine Weise für Ruhe gesorgt: „Hast du übrigens die Zeitung mit den großen Buchstaben schon gesehen? Die bringen doch tatsächlich deinen Onkel Fritz mit Schlagzeile: ‚Ich sah den Promi-Anwalt fallen!' Auf dem Bild – natürlich vor Edelbroicks Edelschuppen im Hintergrund – hat dein Zeuge aber seine richtige Brille auf! Was die andere überregionale Journaille angeht, ist unser Fall schon durch. Ich glaube nicht, dass es da noch einen Aufstand gibt. Die lokalen Sender waren, ich habe mir die Aufzeichnungen gestern schon zeigen lassen, dem traurigen Anlass entsprechend angemessen solide."

Kattenstroht berichtete dem Staatsanwalt in aller Gemütsruhe von den Ereignissen seit ihrem letzten Telefonat am Freitagmittag, von dem Besuch bei Bodo Nosthoff und seiner Stippvisite in der neuen Anwaltskanzlei, mit der der verstorbene Weltermann junior zukünftig hatte sein Glück machen wollen. „Bei der Sache mit den Russen habe ich ein komisches Gefühl", fasste der Kommissar zusammen, „das erscheint mir irgendwie zu selbstverständlich. Unsere Gedanken laufen alle auf die Herren in Weiß zu, weil sie über Bodolein Nosthoff Einfluss auf NostRo nehmen konnten. Aber, wie schon die Eilers gestern meinte, ein lebendiger Weltermann junior als juristischer Freund und Berater von Bodo Nosthoff war für Sascha & Mischa vordergründig eigentlich wertvoller. Die Jungs wollen doch die Kuh NostRo melken, unterstellen wir alle jedenfalls, aber dann war es *prima facie* nicht clever, den Paragraphenhengst zu diesem Zeitpunkt aus dem Fenster zu werfen. Der hatte doch alle Informationen, auch für die Zeit nach einer vertraglichen Einigung."

Stellmacher hatte konzentriert zugehört: „Wisst ihr eigentlich genug über die Details des Vertrages? War das Vergleichsangebot dem weißen Mann vielleicht nicht hoch genug? Oder geht es um etwas ganz anderes? Ich denke schon, dass es um die NostRo geht und dass Weltermann deswegen den Abflug machen musste. War denn in der Spurensicherung im Hotel nichts drin? Der Bau ist doch so groß und es gibt so viele Wege rein und raus, da muss es doch noch weitere Spuren geben. Und die Obduktion beim alten Rollmann? Ist da auch noch nichts Brauchbares herausgekommen?"

Kattenstroht setzte an, seinen Espresso langsam auszuschlürfen: „Ich fahre gleich weiter ins Büro. Mia Kunsleben wollte heute Morgen auch da sein. Vielleicht sind die Spurensucher ja wirklich weitergekommen, die Vermerke aus dem Hotel und auch die Fotosammlungen sollen heute Morgen komplett sein. Ich will mir vor dem Wochenende wenigstens noch einen Überblick verschaffen. Heute Nachmittag geht's dann raus nach Raestrup: Bei Betty zu Hause ist Schützen- und Heimatfest. Sie ist mit den Jungs schon seit Donnerstag da. Der Edelbroick'sche Fenstersturz hat mir einen kompletten Kurzurlaub verhagelt."

„Dann ist morgen auch nichts mit Kugelsport? Ich hatte gedacht, wir könnten bei dem schönen Wetter ein paar Partien Boule spielen", meinte Stellmacher mit Bedauern in der Stimme und zögerte etwas, als kaue er auf einer eher unangenehmen Nachricht herum: „Sieh doch mal zu, dass du zu einem gewissen Abschluss eurer eigenen Ermittlungen kommst und bis Montag berichtsfähig bist. Es kann sein, dass der Tatkomplex ermittlungstechnisch geteilt oder sogar ganz abgegeben werden muss." Etwas verdutzt schielte Kattenstroht über seinem Espresso-Tässchen auf den Staatsanwalt. „Ermittlungstechnisch geteilt? Wer rührt denn da in unseren Pötten herum?"

Der Staatsanwalt blies die Backen auf und ließ dann hörbar die Luft raus: „Ich hatte gestern Nachmittag noch ein Gespräch mit unserem obersten Kriegsherrn! Die Sache ist so. An diesem Sascha Jeschow und seiner Gang ist die Schwerpunktstaatsanwaltschaft aus Bielefeld dran."

Ruckartig setzte Kattenstroht seine Tasse ab: „Bielefeld? Wirtschaftskriminalität?"

Stellmacher nickte: „Und am Montag um 9.00 Uhr haben wir das Vergnügen, den jüngsten Superstar der nordrhein-westfälischen Staatsanwaltschaften persönlich zu genießen: Dr. Sabine Witter, *vulgo* das Ungewitter genannt, 27 Jahre jung, Doktorin der Jurisprudenz und Diplompsychologin. Das ist ein Gerät!", seufzte der Staatsanwalt fast andächtig. „Im Ernst, ein kluger Kopf und unter den Fittichen unseres Chefs auf dem Wege zu einer Wahnsinnskarriere."

„Und was sollen wir mit dem Küken anstellen?", fragte Kattenstroht. „Diese NostRo-Schlosserei kriegen wir doch wohl noch alleine geregelt, oder?"

„Mein lieber Klaus, nicht einmal du hast seit Mittwoch gemerkt, dass die vier Russen und Bodo Nosthoff im Fokus einer Sonderermittlung stehen. Ich hatte das Ungewitter schon am Telefon, da warst du noch nicht mal mit deiner Kathrin auf Landpartie in Hegemer gewesen."

Kattenstrohts Stimmung sank ins Bodenlose: „Geh mir weg mit meiner Kathrin!" Dem besitzanzeigenden Fürwort gab er dabei einen dramatisch gedehnten Klang. „Die will mir auch untreu werden! Heiratet einen Architekten, kriegt von Papa ein Jagd-Schlösschen auf dem Lande geschenkt und will bei Schücking im Kreis anfangen!“

Stellmacher stutzte und über sein markantes Gesicht huschte ein gönnerhaftes Lächeln. Er strahlte den Freund durch seine kleine, schwarze Brille an: „Alter Mann, da hat es dich aber schwer erwischt. Jetzt kann ich mir auch deinen Alkoholexzess von gestern erklären. Hast wohl Liebeskummer, alter Schwerenöter!“ Er stieß dem unwirsch reagierenden, aber irgendwie doch verlegenen Freund in die Seite: „Ich werde Betty auch nichts verraten! Kannst dich drauf verlassen.“

„Können wir wieder zur Sache kommen?“, fragte Kattenstroht und trommelte mit den Fingern auf die Tischplatte. „Also stehen unsere Zielobjekte unter kollegialer Überwachung. Und an die müssen wir abgeben? Müssen wir das wirklich?“

Der Staatsanwalt zuckte mit den Achseln: „Ich weiß es nicht. Wir werden es am Montag sehen. Das Ungewitter hat einen Vortrag angekündigt und will uns detailliert informieren. Es scheint so, dass auch die Bielefelder von dem plötzlichen Ableben des jungen Weltermann völlig überrascht wurden. Es ist letztlich gar nicht klar, auf wessen Konto das geht. Ich denke, wir halten die Ermittlung in der Region auf jeden Fall bei uns. Die ist bei dir und Fräulein Eilers als den erfahrenen Experten für ländliche Kriminalfälle glänzend aufgehoben.“ Der leicht ironische Unterton zum Schluss war nicht zu überhören und bescherte der Kattenstroht'schen Stirn erneut tiefe Furchen.

„Wie weit gehen denn die Bielefelder Interessen? Ist der ganze Komplex mit den Russen und NostRo schon abzugrenzen?“, wollte Kattenstroht wissen. „Wir haben zum Beispiel den Hinweis auf die Sabotage in den Maisfeldern. Da wollen wir am Montag eine oder zwei Firmen aufsuchen, deren NostRo-Maschinen im letzten Herbst offensichtlich gezielt sabotiert wurden. Das ist in unserem Beritt und folglich unsere Sache. Und wieso hat uns Herr Konsul Nosthoff absolut nichts von den Bielefeldern erzählt? Weiß der etwa auch nichts davon?“

„Sachte, sachte, mein Freund! Ich weiß auch nicht alles, nur so viel, dass der Komplex Sascha Jeschow und Mischa Orlow weitergeht, als wir es in Münster bis heute wissen. Wir haben deswegen in der Sache keine Chance mehr ohne diese Bande aus Ost-Westfalen. Mit ein bisschen

Glück lassen die wenigstens die komplette Ermittlungsarbeit in Sachen Weltermann bei uns – oder sie ziehen sie im schlechtesten Fall mit Blick auf ihre Russen ganz an sich. Oder das Ungewitter zerlegt die Komplexe und gibt uns Detailaufträge. Allerdings gab es auch das Stichwort vom Staatsschutz! Wir müssen uns überraschen lassen." Stellmacher blies zum Aufbruch, er habe ja schließlich noch eine Frau zu Hause, die auf den Humborg-Käse warte.

Beide griffen sie nach ihren Einkaufstüten und der Staatsanwalt begleitete den Kommissar bis zu seinem Fahrrad, das Kattenstroht kühn unmittelbar vor dem neuen Glaspalast der Bezirksregierung geparkt hatte. Er seufzte, dass auch dies ein schönes Glashaus sei, in dem keiner mit Steinen werfen dürfe. Stellmacher tröstete seinen Freund, er solle sich nicht zu sehr ärgern. Räumte allerdings ein, ein so schöner Fall im Luxushotel sei im ländlichen Umfeld doch eher selten. Und den auch noch an Kollegen aus Bielefeld abgeben zu müssen, das sei schon ein Graus.

Im Präsidium ging die Arbeit munter voran. Wieder einmal freute sich Kattenstroht im Stillen darüber, dass auf Mia Kunsleben absolut Verlass war. Die Seniorin des Büros war wohl schon gegen 8.00 Uhr aufgelaufen und hatte im großen Besprechungsraum die Berichte auf dem Tisch nach Themengruppen sortiert. Die Bildmappen waren den einzelnen Komplexen zugeordnet und die große Pinnwand war weiter komplettiert worden. Ein Blick genügte, um festzustellen, dass man in dem Bereich NostRo und die russischen Freunde von Bodo Nosthoff hinaus bisher keine neuen Ansätze hatte.

„Haben wir denn nach dem Einbruch in die Wohnung Weltermanns am Hörster Friedhof irgendwelche Spuren sichern können?", hatte Kattenstroht nachgefragt. Mia Kunsleben hatte ihm wortlos eine Mappe angereicht, deren Inhalt aber auch nicht weiterhalf. Nach dem Bericht der Spurensicherung war die Tür offensichtlich mit einem normalen, zum Schloss gehörenden Schlüssel geöffnet worden. Der oder die Täter hatten professionell und offensichtlich mit Gummihandschuhen gearbeitet. Wonach gesucht worden war, blieb unklar. Zwar seien alle Schränke und Schubladen durchsucht worden, jedoch waren einzelne in der Wohnung vorhandene Kunstwerke und Gegenstände von beträchtlichem Wert unberührt zurückgelassen worden. Die private Registratur des Anwalts war zwar durchwühlt und auf den Boden gekippt worden, jedoch fehlte nach den Nummern und Reitern zu urteilen keine einzige Akte. Unklar müsse allerdings bleiben, was noch auf den Tischen oder Ablagen herumgelegen habe und eventuell mitgenommen worden sei. Das Bad hatten die nächtlichen Besucher, wenn es tatsächlich mehrere gewesen waren, offensichtlich unangetastet gelassen, auch die Küche hatte sie nicht interessiert.

Kattenstroht ging den Bericht mehrfach durch und studierte dabei intensiv die Fotos. Dann meinte er zu Mia Kunsleben, er wisse gar nicht, welchem Zweck dieser Einbruch gedient habe: „Und warum haben die die Tür offen gelassen? Wenn die abgeschlossen oder sogar die Tür nur zugezogen hätten, wäre niemand so schnell auf die Idee gekommen, dass dort eingebrochen wurde!" Er klappte die Akte zu. „Für mich hat diese Aktion in gewisser Weise etwas Demonstratives." Hibbelig wippte der Kommissar auf seinem Stuhl auf und ab. „Und das Labor?", fragte er.

Wortlos hatte ihm die Büroleiterin mehrere Berichte rübergeschoben, in denen er fast eine geschlagene Stunde herumstöberte. In punkto Hotelzimmer gab es keine Fingerabdrücke außer denen vom Opfer selbst. Dem Kaffee war keine Substanz beigemengt worden und Faserspuren auf der Kleidung des Toten hatte man auch nicht nachweisen können. Die fotografierten Fußspuren auf dem Balkon waren zwei Personen zuzuordnen, dem Rechtsanwalt und dem mutmaßlichen Täter. Der Rechtsanwalt hatte Schuhe edelster Machart und Marke in der Schuhgröße 44 und mit glatter Sohle getragen: Er war mit ihnen in die Tiefe gestürzt. Die zweite Person auf dem Balkon hatte Spuren von Schuhen der Größe 42 mit Gummisohlen und deutlichem Profil hinterlassen. „Größe 42 und Gummisohlen? Dann kommen wenigstens die Damen vom Kirchenchor nicht in Frage!", hatte der Kommissar vor sich hin geknurrt, bis ihm einfiel, dass auch Sopran und Alt des Chors an der Wanderung teilgenommen hatten und Wanderschuhe mit diesem Profil für stattlichere Damen bestimmt nicht unüblich waren.

Gegen 11.00 Uhr schneite Mia Kunsleben wieder ins Besprechungszimmer und überbrachte die Nachricht, Professor Rollmann sei mit der Obduktion von Ralph Hubertus Weltermann fertig und könne Kattenstroht, falls der das wolle, die Ergebnisse persönlich vorstellen. Der aber verspürte wenig Lust, schielte auf seinen freien Nachmittag und das Schützenfest in Raestrup und verwies auf die Möglichkeit, sich ab dem kommenden Montag auf den schriftlichen Bericht zu konzentrieren. Die Kunsleben aber warf sich für den alten Rollmann in die Bresche: „Sie wissen doch, Herr Kattenstroht, dass der alte Herr seit dem Tode seiner Frau kaum noch jemanden hat, der mit ihm spricht. Da bleiben ihm fast nur seine Toten. Deshalb seziert er ja sogar an Wochenenden und Feiertagen und entlockt den Toten ihre Geheimnisse. Tun Sie ihm – und mir – den Gefallen und hören Sie sich an, was er herausgekriegt hat." Und nach einer Pause bot sie Kattenstroht an, ihn erst nach Hause zu bringen. Mittlerweile seien seine alkoholischen Restwerte ja wohl abgebaut. Dann könne er selbst mit dem Dienstwagen zur Gerichtsmedizin fahren und danach das Auto wieder zum Präsidium bringen. „Denn übers Wochenende, sagt die Hausordnung, sollen die Fahrzeuge bekanntlich nicht vor den Privatwohnungen der

Beamten herumstehen", betonte Mia Kunsleben in streng dienstlichem Ton.

Kattenstroht hatte sie während ihrer Ausführungen nachdenklich angesehen, dann wissend gelächelt und sie schließlich als jüngste Verehrerin des alten Rollmann apostrophiert. Sofort brachen sie gemeinsam auf und machten den Dienstwagen direkt beim Kattenstroht'schen Haus ausfindig. Der Kommissar nutzte die Gelegenheit, um vor Ort nach dem Rechten zu sehen und auch noch mit Betty und den Jungs in Raestrup zu telefonieren. Danach fuhr er zur Gerichtsmedizin, wo er den alten Professor Rollmann fast allein antraf; nur ein Sektionsassistent war noch im Hause.

Kattenstroht wurde in einen Raum des neuen Sektionsgebäudes geführt, den er noch nicht kannte. Neugierig schaute er sich um und registrierte die Einrichtung, die fast einer kleinen Trauerhalle glich. „Vorschriften, mein lieber Kattenstroht, Vorschriften!", hatte Rollmann erläutert. „Sie wissen doch, dass kein Dienstfremder mehr die eigentlichen Sektionsräume betreten darf. Das gibt es nur noch im Tatort-Krimi im Fernsehen! Und für Identifizierungen, letzte Besuche der Angehörigen und entsprechend pietätvolle Präsentationen unserer Arbeit hat man diesen Raum eingerichtet. Heute am Mittag will eventuell noch der alte Weltermann kommen, um von seinem Junior Abschied zu nehmen. Ich denke, seine Leiche kann nach unserer Besprechung am Montag freigegeben werden."

Eine größere Seitentür öffnete sich und der Sektionsassistent schob eine Bahre mit einer verhüllten Leiche herein. Ein Bündel Akten lag auch noch auf der Bahre, auf einem Seitentischchen stand ein Laptop, das der Assistent nun einschaltete. Dann verschwand er, trug ein großes Flipchart in den Raum hinein, sortierte mehrere farbige Stifte auf der Ablage und setzte sich assistenzbereit vor den Computer. Trotz der diffizilen Situation lächelte Kattenstroht ein wenig über die Professionalität des alten Herrn: „Sie lassen wohl gar nichts aus, Herr Professor! Fehlt jetzt nur noch Power-Point!"

Ein breites Lächeln überzog Rollmanns von tiefen Furchen durchzogenes Gesicht: „Nun warten Sie mal ab, was wir alles haben. Unser junger Ralph Hubertus Weltermann kann uns nämlich noch viel erzählen.“ Er zog sich Gummihandschuhe an, trat an die Bahre und deckte Kopf und Brust des Toten auf. Kattenstroht verspürte, mochte er diese Situation auch schon so oft erlebt haben, wieder diese Beklemmung angesichts des Todes. Der Professor aber legte professionell und zügig los: „Fangen wir mal mit den einfachen Dingen an. Die Todesursache ist klar: Genickbruch. Er hat zwar auch erhebliche Verletzungen im Bauch- und Brustraum, aber es sind keine lebenswichtigen Gefäße abgerissen worden. Die Gefahr einer inneren Verblutung hat nicht bestanden. Keine Rupturen der größeren Organe, zwei Rippen gebrochen, aber das ist im Grundsatz unerheblich. Der sonstige Status des Körpers ist für einen jungen, sportlich einigermaßen durchtrainierten Mann altersangemessen. Allerdings“, hier schlug der Professor eine der Nebenakten auf, „hat unser Ralph Hubertus leider mit ziemlicher Regelmäßigkeit gekokst! Sehr bedenklich, dieser Kokainmissbrauch, für einen Vertreter der gehobenen Anwaltschaft in dieser ordentlichen Stadt!“ Und nach einer Pause fügte er seufzend hinzu: „Aber anscheinend auch ein Zeichen für die Verwahrlosung bestimmter Kreise.“

Der Professor schlug das Laken weiter zurück und nahm den linken Arm des Toten: „Auf den Fotos vom Tatort kann man sehen, dass unser Opfer die Hemdsärmel aufgekrempelt hatte.“ Er wandte sich seinem Assistenten zu. „Rufen Sie doch bitte mal die Serie vom Fundort der Leiche auf!“ Nach ein paar Anschlägen auf der Tastatur erschienen die Fotos aus der Schwimmhalle des Hotels auf dem Bildschirm. „Sie sehen, die Hemdsärmel sind aufgekrempelt. Warum ist das wichtig? Ganz einfach, weil Herr Weltermann beachtliche Abschürfungen speziell am linken Unterarm davongetragen hat. Und ich sehe nicht, dass er sich die unten in der Hallenkuppel zugezogen hat, sondern oben am verzinkten Geländer. Dort hat euer Labor auch prompt Epidermisspuren gefunden, die wir eindeutig dem jungen Herrn hier zuordnen können. Auch in der Innenseite der Hand“, der Pathologe drehte die Handfläche nach außen, „sehen wir erhebliche Abschürfungen.“

„Und was sagt uns das?“, fragte Kattenstroht. Der Professor wandte sich dem Flipchart zu, zog seine Handschuhe aus, griff zu einem schwarzen Stift und skizzierte eine längsrechteckige Fläche. „Folgen wir der Aussage des Augenzeugen, so wacklig sie vielleicht auch sein mag, dann hat der Täter das Opfer bedrängt und so vor sich her gestoßen!" Rollmann unterstrich seine Worte mit vorwärts gerichteten Stößen beider Arme und zeichnete dann rote Pfeile in den provisorischen Balkongrundriss. „Der Täter – oder soll ich ihn einen Streithahn nennen? – treibt unseren Weltermann gewissermaßen in die Enge, in die Ecke zwischen Balkongitter und seitlicher Balkonwand. Die Fliesen sind nass. Das Opfer gleitet aus und rutscht über das Gitter. Übrigens frage ich mich da, ob wohl die Bauvorschriften eingehalten wurden. Das Gitter hätte meiner Meinung nach in der dritten Etage höher sein müssen. Aber lassen wir das jetzt mal beiseite. Da Weltermann junior immerhin stolze 192 cm misst, liegt sein Körperschwerpunkt über dem Gitter – und er schwirrt ab. Der linke Arm, logischerweise der linke, scheuert hier an der Verblenderkante der seitlichen Mauer und im Absturz auch an der Kante des verzinkten Flacheisens oben auf dem Balkongitter entlang." Der Professor schaute mit gewissem Wohlwollen auf seine Skizze und schlug dann ein neues Blatt des Flipcharts auf: „Von da an ging's bergab!"

Kattenstroht hatte gebannt den Ausführungen Rollmanns zugehört und meinte – fast mit Enttäuschung im Unterton: „Ich merke schon, wo Sie hinwollen, Herr Professor. Sie machen mir aus meinem schönen vorsätzlichen Mord eine lapidare fahrlässige Tötung!"

„Ausgezeichnet, Herr Kommissar, bis hierher haben Sie gut aufgepasst! Aber hören Sie mir erst mal weiter zu! Ich habe noch viel mehr zu berichten. Übrigens: Bitte grüßen Sie bei Gelegenheit Fräulein Kunsleben von mir. Die Zusammenarbeit mit ihr ist immer sehr erfreulich. Sie hat mir die gesamten Bilddatensätze aus dem Edelbroick'schen Hotel auf CD gebrannt und zukommen lassen. So kann ich über den Rand meines Seziertisches gucken und mich auch mal ein bisschen detektivisch beschäftigen."

Professor Rollmann nahm wieder einen der schwarzen Stifte und markierte auf dem mit großen Rechenquadraten bedruckten Papier in einem Querschnitt grob die Abfolge der Stockwerke an der Gartenfront des Landhotels Edelbroick: „Hier unten haben wir den Vorbau der Schwimmhalle mit der Glaskuppel, erstes Stockwerk, zweites Stockwerk, Balkon vor der Maisonnette!" Er trat in Hörsaalpose etwas zurück und bewunderte sein Zeichenwerk. „Die Maßangaben liegen vor und sind bekannt. Die Höhe der Hotelstockwerke ist wegen der zahlreichen Leitungen und der Klimaanlagen inklusive der etwas dickeren Decken ausgeprägter als in Privathäusern. Der Körper ist also vom Balkon im dritten Stockwerk hier", er kreuzte mit grüner Farbe den Ausgangspunkt des Sturzes an, „bis herunter auf die Glaskuppel hier nur knapp acht Meter tief gefallen. Das hätte er unter günstigen Umständen überleben können, verletzt zwar, aber immerhin lebendig."

Kattenstroht räusperte sich: „Dann werden Sie mich jetzt bestimmt aufklären, was während des Sturzes oder beim Aufprall passiert ist. Ein Paradebeispiel an Eleganz wie beim Turmspringen war das ja keineswegs."

„Schon der Start war missraten, weil ungewollt!", griff der Professor den doch makabren und sarkastischen Faden auf. „Weil er es hier oben offensichtlich geschafft hat, sich für kurze Augenblicke mit der linken Hand an das Geländer zu klammern, kam der Körper wieder in die Senkrechte, aber mit der linken Körperseite zur Front. Das ging in Bruchteilen von Sekunden vor sich. Natürlich hatte er hier, sagen wir mal, kein Pack-Ende. Er musste wegen der Gewichtsverteilung und der Belastung aus dem Abschwung loslassen und stürzte dann nach unten, allerdings ziemlich senkrecht. Dabei muss sich der Körper etwas von der Wand abgedreht haben, so dass er der Front den Rücken zugedreht hat. Und jetzt müssen wir uns mal die Kuppel von oben anschauen." Gemeinsam mit dem Assistenten suchte er eine Aufnahme auf dem Bildschirm aus, die die Streben der Kuppel unmittelbar aus der Perspektive vom Balkon zeigten.

„Weltermann ist in dieser Phase, nach allem, was ich erkennen kann, nicht bewusstlos. Er kann reagieren, er schaut bestimmt nach unten und sieht in Sekundenbruchteilen seinen Landeplatz; nennen wir es mal so. Er wird also versuchen, seinen Absturz irgendwie mitzusteuern. Das ist immer so bei solchen Abstürzen. Man versucht, durch reflexartige Bewegungen von Armen und Beinen zumindest in einer aufrechten Position zu bleiben." Der Professor stand vor dem Kommissar, schaute gebückt zu Boden und wackelte dabei mit seinen Armen und dem Rumpf. Der Kommissar folgte gebannt der anschaulichen Darbietung des Pathologen, die die verbalen theoretischen Ausführungen annähernd praktisch veranschaulichte.

„Und jetzt mal die Kuppel von oben: ein längliches Sechseck, dessen längere Seiten parallel zur Hausfront verlaufen. Im oberen, erhöhten First läuft ein Stahlträger, an dessen Enden je zwei Träger im Winkel von etwa 45 Grad in die vier Ecken der Basis herunterführen. Die obere Verglasung, ich meine die äußere Schutzverglasung der Kuppel, ist aus einem Kunststoff, der nicht splittert, sondern bricht. Sie entspricht in Form und Größe auch nicht genau der künstlerischen Bleiverglasung der antiken unteren Kuppelschale."

Er machte eine Pause und schaute Kattenstroht an: „Können Sie mir bis hierhin folgen?" Der Kommissar nickte bejahend und der Professor griff seinen Faden wieder auf: „Jetzt saust unser Weltermann runter und trifft genau, fast mittig in die größere Längsfläche, die der Hauswand am nächsten ist. Und an dieser Stelle müssen wir mal wieder die Logik bemühen: Jeder, der stürzt, versucht bei einer Landung, sich abzufedern und festzuhalten. Also ist der stählerne First die erste Möglichkeit. Nach den Verletzungen zu urteilen, vermute ich, dass die Kunststoffscheibe den Fall stark gebremst hat. Übrigens ohne eine Beinfraktur! Er hatte seine Hosen an, also sind die Schürfwunden an den Beinen marginal, denn die Scheibe ist fast komplett nach unten in die bunte Zierglaskuppel herausgedrückt worden. Das zeigen die Bilder von den Kuppelresten. Es gibt mithin einen leicht auffangenden, auch federnden Effekt, der den Körper nach vorne bringt. Also landet er mit dem Brustkorb auf dem Stahlfirst und holt sich dabei wohl die Rippenbrüche. Bis dahin sind die Verletzungen zwar unangenehm, aber nicht wirklich lebensgefährlich."

Kattenstroht seufzte: „Dann werden Sie mich jetzt nicht mehr länger auf die Folter spannen und mir bestimmt verraten, wie es zum Exitus kam."

„Ganz einfach!", erläuterte Rollmann. „Die Kuppel erhebt sich etwa 80 Zentimeter über das Niveau des Hallenbaddaches. Weltermann knallt hier auf den oberen Teil der Kuppel, federt durch die Scheibe zunächst etwas vor, trifft mit dem Oberkörper auf den stählernen First und schlägt dann im gleichzeitigen Durchbrechen der gesamten, also auch der zweiten Antikglaskuppel zurück gegen die untere Dachkante hier. Und die bricht ihm das Genick. Die Verletzungen am Hinterkopf sind eindeutig." Der Professor machte eine Kunstpause und versuchte, den Weg des Sturzes noch einmal mit beiden Händen zu illustrieren: „Der letzte Teil dieses vierphasigen Zick-Zack-Weges führt dann auf die Liege des unschuldigen Gastes, der jetzt wegen seines Schocks bestimmt in psychologischer Behandlung ist."

„Das heißt also im Klartext, dass derjenige, der unseren Rechtsanwalt oben herunterstieß, wenn er ihn überhaupt absichtlich herunterstieß, sich gar nicht sicher sein konnte, dass er den Mann wirklich tötete", fasste Kattenstroht zusammen. „Weitere Gewalteinwirkungen wie etwa Schüsse, Messerstiche, Gifte oder dergleichen sind doch nicht im Spiel, oder?"

„Der Körper ist, was das angeht, unversehrt. Die toxikologischen Befunde sind, sehen wir vom Koks mal ab, unauffällig und ohne besondere Werte. Kein Messerstich, keine stumpfe Schlageinwirkung, kein Schuss, keine Würgemale: nichts dergleichen!", bestätigte Rollmann. „Ralph Weltermann ist mit vollem Bewusstsein abgestürzt und dann in Sekundenbruchteilen verstorben. Ich sehe den Vorgang genauso wie Sie: Es sieht wirklich insgesamt doch sehr nach fahrlässiger Tötung aus!"

Nach kurzer Pause ergänzte der Gerichtsmediziner: „Ich darf dann abschließend noch eine Weisheit meines persönlichen Schuhmachermeisters zum Besten geben: ‚Je teurer die Sohle, desto rutschiger der Schuh!' Der junge Weltermann hatte selbstverständlich italienische Edeltreter mit natürlicher, glatter Ledersohle an den Füßen. Damit konnte er auf den feuchten Fliesen schnell ausgleiten. Sein Gegenüber hatte immerhin profilierte Gummisohlen und sicherlich einen festeren Tritt."

Kattenstroht schwieg und versuchte für sich, noch einmal ein detailliertes Gesamtbild des Hergangs zu konstruieren. Er sah aber zunächst keine Ansatzpunkte für eine sachliche Kritik. Die Darstellung von Professor Rollmann war in sich schlüssig und überzeugend. Der aber hatte noch ein Ass im Ärmel: „Fräulein Kunsleben hat mich über Ihre blaue Spur informiert. Das ist ja wirklich ein bemerkenswerter Ansatz, der dem Fall wenigstens etwas Farbe gibt. Und hier", er hob triumphierend eine kleine Plastiktüte hoch, „haben wir den schlüssigen Beweis. Unter den Fingernägeln des Toten an der rechten Hand habe ich Spuren von Textilfasern gefunden. Weltermann muss sich an seinem Gegenüber nahezu festgekrallt haben, so umfangreich sind die Befunde. Sogar ich erkenne mit bloßem Auge die Farbe: Es ist tatsächlich Blau! Ich gebe das heute noch an euer Labor weiter, ich kann Fasern und Farben hier natürlich nicht zuordnen."

Mit diesen Neuigkeiten versehen und dennoch den Kopf voll neuer Fragen fuhr der Kommissar ins Präsidium zurück, wo er Mia Kunsleben ausführlichen Bericht erstattete. Er bedankte sich auch für ihre Hartnäckigkeit, mit der sie auf dem persönlichen Besuch bei dem alten Gerichtsmediziner bestanden hatte. „Man fährt ja doch immer wieder um so einige Belehrungen reicher bei ihm weg!", meinte Kattenstroht. „Auch wenn es vielleicht nur um die Rutschfähigkeit von Schuhsohlen geht."

Am frühen Nachmittag machten sie Feierabend. Stellmacher war merkwürdigerweise auch auf dem Handy nicht zu erreichen gewesen: „Unser Herr Kapitaldezernent! Wenn schon nicht Boule, dann wohl besser Golf!", hatte Kattenstroht geknurrt. Die Kunsleben hatte auf ein Mittagsschläfchen getippt. Dann werde sich Stellmacher später bestimmt melden.

Sichtlich entspannt fuhr der Kommissar mit dem Fahrrad zurück, erledigte oberflächlich einige Hausarbeiten, mähte noch den Rasen und brach dann zur Kaffeezeit auf zum Schützenfest nach Raestrup. Erst hier, unmittelbar auf der schwiegermütterlichen Gartenbank, erreichte ihn Staatsanwalt Stellmacher und bat am Handy um fernmündlichen Rapport.

Kapitel 10

Die Leute verließen in größeren Gruppen die Kirche und stellten sich vor den Portalen ungezwungen in Gruppen zusammen. Aus der Kirche war noch festliche Musik zu hören: Orgel und Trompete, ein zum lokalen Festtag besonders passendes Programm. Die Familie Kattenstroht hatte gemeinsam mit den Großeltern am Gottesdienst teilgenommen, den die Raestruper Schützenbruderschaft alljährlich feierte. Bei der Trompetenmusik summte der Kommissar bestens gelaunt mit; *Trumpet Voluntary* hatte er natürlich auch zu Hause auf CD und für den Schützengottesdienst war's ein echter Rausschmeißer. Und das mit Manni an der Orgel.

Nun kamen immer mehr Grünröcke aus dem Hauptportal, die Fahne wurde herausgetragen und es folgten die vornehmen Herren des Vorstands, hier auf dem Dorf noch ganz in Schwarz, mit Zylindern und weißen Handschuhen. Kein Zweifel, Raestrup hatte wieder einmal einen seiner ganz großen Tage. Auf der Straße vor der Kirche hatten sich Spielmannszug und Musikkapelle aufgestellt; die Schützen traten an zur Totenehrung und dem sich anschließenden Frühschoppen, der wie jedes Jahr zum Ausklang des Festes stattfand. Das Vogelschießen am Samstagnachmittag war – wie hätte es auch anders sein können – erfolgreich gewesen; Kattenstroht hatte sich nach seinem Eintreffen vor Ort nur noch vom Ergebnis überzeugen können; gemeinsam mit Betty und den Jungs hatte er die Proklamation des neuen Schützenkönigs vor dem Rathaus verfolgt und war am Abend mit zum großen Königsball ins Festzelt gegangen. Der hatte fast bis zum Tagesanbruch gedauert und war in eine tüchtige Tanzerei ausgeartet. Gemeinsam hatten Betty und er schon lange brach liegende Tanztalente wiederentdeckt und sich beim Sekt geschworen, ihr Können möglichst bald in einem Tanzkurs aufzufrischen. „Für Senioren?", hatte der Kommissar lästernd gefragt.

Gelästert wurde auch über Manni, den Organisten, der es sich seit vielen Jahren nicht nehmen ließ, wenigstens einmal im Jahr aus Köln anzureisen, um am Schützenfest teilzunehmen, das gesamte Musikrepertoire des Gottesdienstes zu organisieren und selbst unentgeltlich in der heimatlichen Pfarrkirche die Orgel zu spielen. Manni hatte neben seiner Bildung, seiner Heimattreue und seinen vielen anderen Fähigkeiten, die ihm sogar einen Orden des Bundes der Historischen Schützenbruderschaften eingetragen hatten, außerdem den Vorzug, Bettys allererste Jugendliebe gewesen zu sein. Diese Tatsache bot alle Jahre wieder auf dem Raestruper Schützenfest den Anlass für so manche Spöttelei und Ironie in der Familie und im großen Freundeskreis. Kattenstroht pflegte geduldig zuzuhören und stets abschließend zu kommentieren, ein Kriminalkommissar im westfälischen Münster sei immerhin interessanter als ein Buchhändler und Musikant im rheinischen Köln. Woraufhin Betty gespielt schnippisch zu antworten pflegte, die Frage sei für sie noch lange nicht entschieden.

Dem traurigen Lied vom guten Kameraden am Ehrenmal folgten schmissige Musikstücke im Festzelt und der abschließende Umtrunk, bei dem sich die Eheleute Kattenstroht mit Blick auf den Heimweg nach Münster aber auf alkoholfreie Getränke beschränken mussten. Die Bratwurst zu Mittag war schon verspeist. Snoopy hatte natürlich ihren Anteil bekommen und Sebastian und Benedikt hatten sich über eine doppelte Pommesportion hergemacht. Gerade vertrat sich Kattenstroht ein bisschen die Beine, als er am Bierwagen im Vorbeigehen von einem Cousin Bettys angerufen und zu einem letzten Schluck eingeladen wurde. Im Kreis der eher gedeckt gekleideten Vorstandsmitglieder, die sich an ihrem Bierglas festhielten, stand auch der Raestruper Bürgermeister Deitert, der sich – wie alle gewählten Kommunalbeamten – bei solchen Gelegenheiten um seine Popularität zu kümmern hatte. Neugierig musterte er den Gast aus Münster, der ihm mit gewissem dörflichen Stolz sogar mit Berufsbezeichnung vorgestellt wurde.

Kattenstroht spürte deutlich, dass er das Interesse des Kommunalpolitikers geweckt hatte, denn ganz langsam arbeitete sich Deitert auf ihn zu, um nach zwei weiteren Runden tatsächlich neben ihm zu stehen. Das sollte wohl ein Gespräch werden, wie der Kommissar es überhaupt nicht leiden konnte: Dienstliches am Tresen. Tatsächlich legte der Bürgermeister mit Blick auf die Pressenachrichten los: „Ich höre, dass Sie in der Ermittlungssache Rechtsanwalt Weltermann junior aktiv sind! Da waren ja gestern die Zeitungen voll davon!“

„Mein Name stand da aber nicht dabei!“, knurrte Kattenstroht in einem bissigen Tonfall, der den neugierigen Bürgermeister abschrecken sollte. „Und selbst wenn ich da gewesen wäre, kann das jetzt hier doch wohl kein Thema sein!“

Der Bürgermeister konterte mit der professionellen Schlitzohrigkeit des Politikers: „Ein Kartellbruder erzählte mir vorgestern, dass Sie mit Ihren Leuten Edelbroicks Hotel im Brinketal auf links gezogen haben! Vom Mittwoch bis zum Donnerstag, mit einer ganzen Einheit! Das ist doch mal was! Im Ernst: Ich will Sie hier nicht belästigen, aber wir hier in Raestrup haben unsere eigenen Erfahrungen mit Ralph Hubertus Weltermann gemacht. Es könnte Sie interessieren, muss aber auch nicht hier sein. Wir können gerne, wenn Sie wollen, in den nächsten Tagen telefonieren.“

Kattenstrohts Interesse regte sich. Da er ohnehin an diesem Morgen keinen Alkohol trank, der Bürgermeister auch nicht angeheitert wirkte, schlug er vor, einen unauffälligen Stellungswechsel in Richtung Schützenwiesen-Peripherie zu vollziehen. Von dort habe man einen schönen Blick in die Landschaft. Deitert zog mit und nach wenigen Minuten standen die beiden im Schatten einer hoch ausgeschlagenen Wallhecke.

„Dass wir uns richtig verstehen, Herr Kattenstroht, ich will Sie wirklich nicht belästigen“, legte Deitert direkt los, „aber wenn man wie ich vor fast 30 Jahren als junger Spund selbst beim alten Weltermann auf Referendariatsstation war, ist man dem Laden doch noch verbunden. Natürlich hat die Sozietät vom Alten uns auch als Gemeinde mehrfach vertreten. Deshalb waren wir vom Junior ja auch so enttäuscht.“

Kattenstroht nippte an seinem alkoholfreien Bier. „Könnten Sie mal etwas genauer werden?“ Der Bürgermeister warnte ihn vor: „Ich muss aber weiter ausholen! – Also, wir haben hier ein eigentlich gutes Angebot an Bauplätzen, die fast alle in Gemeindehand sind. Nur sehr selten kommen Flächenanteile an den Markt, bei denen wir eine privatwirtschaftliche Nutzung zulassen. Einen solchen Fall hatten wir vor knapp drei Jahren. Wir konnten an eine sehr große Parzelle nur unter der Prämisse herankommen, dass wir dem Vorbesitzer eine eigene Vermarktung von acht oder zehn Bauplätzen möglich machten, die unmittelbar vor seinem Hof lagen. Der hatte dabei an die Versorgung seiner Kinder gedacht. Kann man ja auch nachvollziehen. Jedenfalls hat der diese

Bauplätze einer Gesellschaft aus Münster übertragen, Stadt- und Landbau nennen die sich, und für diesen Laden wurde der junge Weltermann tätig."

Kattenstroht bestätigte: „Stadt- und Landbau? Die gibt es. Das habe ich schon mal irgendwo gehört oder gelesen."

Deitert fuhr eilig fort: „Es hätte uns da schon auffallen müssen, dass nicht die Sozietät vom alten Weltermann dahinterstand, denn es tauchte ein uns vollkommen unbekannter Notar auf. Hinterher haben wir erfahren, dass diese Truppe sich einen alten Herrn, knapp vorm Ruhestand, eingekauft hatte, da sie selbst keine Aussicht hatten, schnell an ein Notariat zu kommen. Wie dem auch sei, die haben das abgewickelt und in kürzester Zeit acht Häuser dahin gesetzt, vier davon unmittelbar an der Grenze zu Ackerland, das dem Schulte Suderwich gehört. Und jetzt stellen Sie sich mal vor, was da passiert!" Deitert erhöhte die Spannung, indem er eine längere Pause einlegte und ganz versonnen in die Landschaft blickte.

„Da kommt doch eines Morgens der junge Weltermann in mein Büro gestürmt und will sich über Schulte Suderwich, nebenbei eines meiner Gemeinderatsmitglieder, beschweren. Der hatte nämlich die vier neuen Anlieger seiner Flächen am Vorabend der Reihe nach besucht und ihnen mitgeteilt, sie könnten die Vorarbeiten für ihre gemeinsam geplante Zaunanlage zu seinem Feld vergessen: In Raestrup gelte wie in ganz Westfalen nämlich noch das Schwengelrecht."

Der Kommissar stutzte: „Ich glaube, auf den Fall hat der alte Weltermann angespielt, als wir uns neulich mit ihm über seinen Sohn unterhielten!" Kattenstroht war jetzt voll und ganz bei der Sache: „Erzählen Sie mal weiter!", ermunterte er den Raestruper Bürgermeister.

Der Bürgermeister ließ sich nicht lange bitten: „Ich bin gleich raus und habe die Baustellen besichtigt. Tatsächlich waren die vier Neubürgerfamilien dabei, in Frosttiefe ein Fundament für einen Zaun gießen zu lassen, die gesamte Grenze entlang, etwa 80 Meter. Der alte Schulte Suderwich kam dazu, wir hatten sofort einen – wenn auch inoffiziellen – Grenztermin, bei dem es sehr schnell lauter wurde. Schließlich habe ich in aller Form das Nachbarrecht zitiert, aber dann wurde es wirklich putzig!" Deitert nahm einen letzten Schluck aus seinem Bierglas: „Weltermann junior ermunterte die Bauherren weiterzuarbeiten und nötigte den Schulte Suderwich gegen jeden Verstand, sich eine einstweilige Verfügung zu holen. Die hatte sein Anwalt natürlich nach – sagen wir mal – zehn Minuten auf dem Amtsgericht. Was macht dieser Spund von einem Anwalt? Der geht streitig ins Hauptverfahren und verliert natürlich mit Pauken und Trompeten! Peinlich, peinlich!", schüttelte Deitert den Kopf. „Ich habe mit dem alten Weltermann noch telefoniert und ihm die Sachlage geschildert. Wir waren als Gemeinde natürlich nur bedingt im Verfahren, aber solche Streitigkeiten zwischen Neubürgern und Alteingesessenen können wir bei unserer Politik hier überhaupt nicht gebrauchen. Deshalb bat ich den alten Weltermann, seinen Filius zurückzupfeifen, aber das war sinnlos. Der Alte war da kein Herr mehr drüber! Hat er mir mit Bedauern so mitgeteilt."

„Also ehrlich gesagt", räumte Kattenstroht ein, „ganz klar ist mir die Sache mit dem Schwengelrecht auch nicht. Um was geht's denn dabei eigentlich?"

Der Bürgermeister hatte offensichtlich Spaß, seine Kenntnisse in epischer Breite an den Mann zu bringen. „Sie wissen doch noch, was ein Schwengel ist?" Der Kommissar guckte etwas amüsiert: „Allgemein irgendetwas Längliches, aber bei uns auf dem Lande ein Längsholz, das man bei der Arbeit benutzte; am Brunnen meines Opas in Westerbauer gab's noch so einen Pumpenschwengel!"

„Richtig, aber hier ist der Zugschwengel gemeint, ein festes Querholz, über das ein Zuggeschirr zum Beispiel mit einem Wagen oder einem Pflug verbunden ist. In gewisser Weise ist das eine Maßeinheit, denn ein alter Schwengel hat in der Regel eine Breite von 80 Zentimetern bis zu einem Meter. Und genau dieses alte Schwengelmaß müssen Nachbarn beachten, wenn ihr Grundbesitz an eine unbebaute und landwirtschaftlich genutzte Fläche angrenzt. Sie müssen dem Bauern im Zweifelsfall ermöglichen, ungehindert dort zu arbeiten, und dürfen Zäune und Mauern eben nicht unmittelbar auf die Grenze setzen! Und genau das war der Streitpunkt. Da gab's richtig Theater: im Gemeinderat, in den Fraktionen und auch in der hiesigen Zeitung. Jede Menge Leserbriefe. Auf einmal hatten wir eine Diskussion, die wir überhaupt nicht gebrauchen konnten: Unsere Bauern und Landleute gegen die Neubürger! Ärgerlich, sehr ärgerlich! Und alles wegen der Unkenntnis vom jungen Weltermann!"

„Haben Sie denn hier Probleme zwischen den Alteingesessenen und den Zugezogenen? Das sieht mir doch alles recht friedlich aus, wenn ich so auf das Schützenfest gucke", wandte der Kommissar ein. „Und von der Familie meiner Frau höre ich auch nur Positives über die Entwicklung in Raestrup!"

Bürgermeister Deitert fühlte sich genauso positiv adressiert: „Natürlich sind die Strukturen im Wandel. Stadt und Land haben einfach nicht mehr das Gefälle zueinander, das Gegenteil ist richtig: Wir haben einerseits die bessere Wohnqualität, andererseits eine prima Infrastruktur, fast wie in der Stadt. Sie können bei uns sogar im eigenen Club Tennis spielen, es sind alle Schulformen vorhanden oder zumindest ganz leicht zu erreichen, wir haben im Gemeindegebiet einen Autobahnanschluss und viele Arbeitsplätze vor Ort. Aber das allein macht es nicht. Man muss die in die Gemeinde kommenden Bürgerinnen und Bürger integrieren. Die müssen sich wohl fühlen, ein bisschen von der ländlichen Lebensart mitbekommen. Erst dann haben wir eine Kommune, in der man keine Angst vor der Zukunft haben muss." Deitert lächelte fast verschmitzt: „Und damit die demographische Kurve nicht zu steil nach unten geht, ist das Schützenfest als gemeinsame Veranstaltung aller Bewohner in unserer Gemeinde von höchster Bedeutung. Gut, eine Tradition seit 1337 ist das eine, aber es muss auch Neuerungen geben wie die Disco für die Teenager!"

„Und in dieser guten Tradition werden beim Schützenfest gelegentlich auch Kühe erschossen!", grinste Kattenstroht. „Seien Sie froh, dass ich beim abendlichen Probeschießen vor vier oder fünf Jahren nicht dabei war, denn ein Polizist ist immer im Dienst!"

Der Bürgermeister lächelte maliziös: „Sie kennen die Geschichte vom Adler-Ausrichten, aber die haben wir ja auf unsere Weise vor Ort gelöst. Was will man machen, wenn die Jungs beim Vogelstange-Schmieren die Regeln brechen, angeheitert einen ausgucken, der die Kuh beschießt und der dann auch noch so dösig ist, das auch zu tun! Was hatten wir eine Mühe an dem Abend. Ein Teil des Vorstands musste zuerst unseren Dorfsheriff ablenken, die anderen den Bauern beruhigen. Der Kassierer hat den Metzger in Gang gesetzt und der Aldermann musste den Jungs die Ohren lang ziehen: Und alle zusammen haben wir die Sache doch toll geregelt, oder etwa nicht?“

Kattenstroht grinste breit: „Wenn man den Raestruper Dorftrommeln glauben darf, hat der Bauer den doppelten Wert seiner Kuh bekommen und musste auf den Königsthron eingeladen werden. Ich hoffe nur, die Jungs haben ihren Teil des Schadens, den sie verursacht haben, abgestottert. Immerhin, auf dem Dorf regelt man das unter sich. Andernfalls hätte die Kreispolizei das Schießreglement verbieten müssen. Dann wär's das gewesen mit der Tradition seit 1337: Wo gibt's das denn auch noch, dass sechs Mann, nach Kompanien geordnet, in Salven nach dem Vogel schießen: eine Posse so was!“

Auf dem Lande und erst recht bi us in Düörpken is't iäben schöner!“, wechselte der Bürgermeister fröhlich!“

Kattenstroht und Deitert schlenderten zurück zur Theke, prosteten sich mit einem vollen Glas zu und genossen das Raestruper Schützenfest. Erst am frühen Sonntagabend kamen die Kattenstrohts wieder zu Hause in Münster an. Betty hatte Snoopy im Auto, Klaus die beiden Jungs. Die hatten wieder viel zu erzählen vom Besuch auf dem Dorf.

Die Besprechung mit den Beamten aus Bielefeld war für 9.00 Uhr morgens angesetzt worden. Kattenstroht war schon kurz nach sieben am Platz und vergrub sich in die Listen, die sie vom alten Weltermann über die anwaltlichen Aktivitäten des verstorbenen Sohnes bekommen hatten. Dort fand er aber für seine Ermittlungen erst mal keinen sinnvollen Einstieg. Allerdings musste er im Gespräch mit Pötter und Austrup zugeben, dass sich auch aus einem einfachen Verkehrsdelikt oder einem zivilrechtlichen Streit radikale Emotionen und gewaltorientierte Kurzschlusshandlungen entwickeln konnten. „Ich muss nicht daran erinnern, dass schon Kollegen im Dienst beschossen worden sind, nur weil sie wegen falschen Parkens Knöllchen verteilen mussten!“, hatte Pötter in die Diskussion geworfen. Kattenstroht räumte das ein. Sollte die Spur über NostRo und die russischen Interessenten sich doch als dünn und nicht wirklich zielführend erweisen, blieb nichts anderes übrig, als im zähen Klein-Klein das gesamte Umfeld des in die Tiefe gestürzten Rechtsanwaltes zu durchforsten.

Aufmerksam studierte er auch den inzwischen eingetroffenen schriftlichen Obduktionsbericht von Professor Rollmann. Es hatten sich seit dem Samstagmorgen und der Vorstellung der Ergebnisse bei seinem Besuch in der Gerichtsmedizin keine weiteren Aspekte ergeben, so dass Kattenstroht den Bericht abzeichnete und in den Umlauf gab.

Kurz vor 8.00 Uhr erschien Kathrin Eilers im Büro, frisch wie der Morgenwind und mit einem neuen goldenen Ring an der linken Hand. Fürsorglich hatte Mia Kunsleben einen Blumenstrauß besorgt und die ganze Abteilung gratulierte herzlich zur Verlobung. Auch Kattenstroht, innerlich diesbezüglich ein bisschen versöhnlicher, ließ sich zu einem persönlichen Glückwunsch hinreißen, verknüpfte ihn aber mit einem ebenso heiter wie aufrichtig gemeinten Verbot, Heirat und Wahl des Dienstortes auch nur ansatzweise miteinander zu verquicken.

Kurz vor 9.00 Uhr kam Bewegung ins Haus. Im großen Besprechungssaal liefen der Reihe nach auf: der Polizeipräsident, der Leitende Oberstaatsanwalt höchstpersönlich, Kapitaldezernent Stellmacher und eine fünfköpfige Delegation aus Bielefeld unter der Leitung des angekündigten „Ungewitters“. Tatsächlich erschien mit der jungen Staatsanwältin Sabine Witter eine kleine Person auf der Bildfläche, die nichtsdestotrotz eine enorme Tatkraft und Energie ausstrahlte. Sie hatte ihre blonden Haare zum Pferdeschwanz gebunden, war eher konservativ gekleidet und trug dezent-klassischen Perlenschmuck. Vom Erscheinungsbild war sie ein Kontrapunkt zu Kathrin Eilers, die mit Mia Kunsleben das Damen-Trio in dieser Runde komplettierte.

Als Herr des Hauses begrüßte der Präsident die Anwesenden, gab das Wort aber schon bald an die Staatsanwaltschaft Münster weiter. Stellmacher erläuterte den Grund für das Zusammentreffen. Aufgabe dieser Besprechung sei die Koordination in der Ermittlungssache gegen die Herren Sascha Iwanowitsch Jeschow und Mischa Borissowitsch Orlow. Bemühungen der Kripo Münster im Fall des Rechtsanwaltes Weltermann junior hätten sich in den letzten Tagen erstmals mit Ermittlungen der Staatsanwaltschaft Bielefeld gekreuzt. Die habe zum einen diesen Fall in eigener Kompetenz zu bestellen, zum anderen als Schwerpunktstaatsanwaltschaft in Sachen „Wirtschaftskriminalität" besondere Zuständigkeit. Somit bestehe ein hoher Abstimmungsbedarf. Er schlage vor, fuhr Stellmacher fort, dass zunächst Frau Witter ihre Informationen vortragen möge, danach könne man von Hauptkommissar Kattenstroht eine Übersicht zum jetzigen Stand erhalten. Schließlich und endlich müsse es zu einer Koordinierung des weiteren Vorgehens kommen.

Sabine Witter ließ sich nicht lange bitten. Per Laptop und Beamer stellte sie die Zielpersonen vor und berichtete kurz über deren Einreisen und Aufenthalte in verschiedenen Ländern der EU. Dabei fielen die wohl klingenden Namen von Zielorten quer durch die schönsten Tourismusregionen Westeuropas. Die Bilder zeigten die beiden jungen Männer stets in einem gehobenen Ambiente, umgeben von schönen, jungen Frauen und von Herren mittleren oder auch fortgeschritteneren Alters, denen die gefüllte Brieftasche auf Anhieb anzusehen war.

„Die beiden sind als Raider tätig, sie arbeiten gewissermaßen als Westeuropa-Repräsentanten eines der größeren Bosse der russischen Schattenwirtschaft!", schloss das Ungewitter den ersten Teil seiner Ausführungen.

„Raider? Bitte mal buchstabieren!", bat Mia Kunsleben, die die Protokollführung übernommen hatte. Die Vortragende hatte das Wort englisch ausgesprochen und buchstabierte nun: „R – a – i – d – e – r! Kommt aus dem Englischen, ist abgeleitet von ‚raid', was so viel wie Angriff oder Raub bedeutet, im neueren Wirtschaftsenglisch aber auch eine Firmenübernahme – präziser ausgedrückt – eine feindliche Übernahme bezeichnet."

Pötter meinte, sich einen Jux machen zu müssen, und konnte sich die wenig sachdienliche Bemerkung nicht verkneifen, in seiner Jugend habe es einen Schokoriegel dieses Namens gegeben; die Witter entgegnete ihm gelangweilt, das habe er wohl mit allen Herren seines Alters gemein. „Diese Raider hier sind höchst aktiv, höchst kriminell und höchst gefährlich. Die Herren Jeschow und Orlow gehören zu den übelsten Vertretern ihrer Branche. Sie treten sanft und höflich auf, geradezu kultiviert, sind blitzgescheit und skrupellos auf ihren Vorteil bedacht. Die Fassade, den westeuropäischen Jetset mit zu unterhalten und auf gesellschaftlich höchstem Niveau mitzuspielen, darf nicht darüber hinwegtäuschen, dass es sich bei den beiden um zwei Schwerstverbrecher handelt. Es wird uns sehr schwerfallen, die beiden mal auf frischer Tat zu erwischen. Sie treten mit lupenreinen Papieren auf wie Gentlemen, spielen beide konzertreif Klavier und ebenso glänzend Schach. Die eigentliche Drecksarbeit machen immer die anderen."

Kattenstroht bat um Erläuterung, wie er sich die Arbeit dieser feinen Herren vorzustellen habe. Die Witter bat um Verständnis für einen längeren Vortrag und führte dann in die jüngere Entwicklung Russlands seit dem Ende der Sowjetunion ein. Aus dem Zusammenbruch der Staatsbetriebe seien neue Firmenimperien erwachsen, der Schlüssel zum Wirtschaftsgeschehen sei allerdings leider eine Korruption ungeahnten Ausmaßes. Einzelne Oligarchen der Wirtschaft hätten ein großes Interesse daran, insbesondere ausländische Firmen, die in Russland investierten und dort vor allem auch Niederlassungen mit Produktion und Vertrieb gründeten, ihren eigenen Gesellschaften einzuverleiben oder sie schlicht zum Weiterverkauf an Landsleute unter ihre Kontrolle zu bekommen. „So sind wir auch diesen sauberen Herren auf die Spur gekommen. Ein Möbelhersteller aus Ost-Westfalen hatte in Moskau eine Ladenkette gegründet, in der er seine Möbel verkaufte: eine für russische Verhältnisse ziemlich moderne Linie. Zunächst waren das in Polen oder Tschechien hergestellte Produkte, später hat er dann in der

Nähe von Moskau ein eigenes Möbelwerk gegründet. Das ganze Unternehmen wuchs über fünf bis sechs Jahre auf knapp 30 Läden im Westen Russlands an. Dann tauchten unsere beiden Freunde auf, waren zunächst Kunden, dann Sportsfreunde unseres braven Westfalen, hinterher spionierten sie insgeheim die ganze Firma aus. Nach einem Heimat-Aufenthalt fliegt der Besitzer nach Moskau zurück und wird als *persona non grata* nicht mehr ins Land gelassen. Es hat irgendein dubioses Gerichtsverfahren gegeben, das man nicht nachvollziehen kann. Lange Rede, kurzer Sinn: Er hat Fabrik und Läden nie wiedergesehen, ist um seinen gesamten Besitz ärmer und um eine Reihe von Erfahrungen reicher geworden."

„Das gibt's doch wohl nicht!", erregte sich Kattenstroht. „Wofür unterhalten wir denn eigentlich diplomatische Kontakte und Verhandlungsebenen? Wie hieß doch gleich der Bundeskanzler, der den russischen Präsidenten als seinen Freund duzt und noch vor kurzem als aufrechten Demokraten lobte?"

Die Witter lächelte: „Formal ist das Land eine Demokratie, in der ordentliche Gerichtsurteile Bestand haben. Wie die aber zustande kommen, das ist geradezu abenteuerlich. Das glauben Sie nicht! Wir wissen genau, dass es hier um NostRo und seine russische Niederlassung geht. Dabei haben die Nosthoffs noch Glück, dass sie mit ihrem Unternehmen nicht als Aktiengesellschaft aufgestellt sind, dann wären die längst schon abgeräumt."

„Das kann ich nicht ganz nachvollziehen!", bemerkte der Polizeipräsident. Die Witter lächelte. „Ich erzähle Ihnen mal den schönsten Fall aus dieser Branche, der auch kürzlich durch die internationale Presse ging. Ein Investor kauft mit seiner, ihm allein gehörenden Aktiengesellschaft in Moskau ein großes Anwesen mit Fabrikhallen und allem Drum und Dran, das bis 1990 als Kombinat dem Staat gehört hat. Die Immobilie in bester Lage Moskaus hat einen Wert von 40 Millionen Dollar. Eines schönes Tages bekommt der Generaldirektor des Werkes ein Protokoll einer Aufsichtsratssitzung seines eigenen Unternehmens, in dem man einen Nachfolger für ihn bestellt hat, da er ja verstorben sei. Eine formell gültige Sterbeurkunde ist dem Protokoll beigeheftet. Da unser Mann quicklebendig ist, alarmiert er seine Botschaft und beauftragt ein

Heer von Anwälten. Es kommt zu Verhandlungen mit den Beamten zur Bekämpfung der Wirtschaftskriminalität, die ihm tatsächlich erklären, er sei im juristischen Sinne tot. Er sei auch nicht mehr Eigentümer des Fabrikgeländes. Das gehöre inzwischen einem Investmentfonds, der auf den British Virgin Islands gelistet sei und sich inzwischen die Aktienmehrheit am Unternehmen des Beschwerdeführers gesichert habe. Eine Richterin an einem Amtsgericht auf dem Lande beurkundet die Echtheit des Aktienregisters und erklärt die Dokumente über den Eigentümerwechsel für echt. Da staunen Sie, was? Man geht von Schätzungen aus, dass in Russland allein in den Jahren zwischen 2002 und 2005 etwa 5000 Unternehmungen auf diese Weise den Besitzer gewechselt haben. Die Vorbesitzer wurden dabei natürlich radikal ausgeplündert."

„Und der Unterschied zu Personengesellschaften, die nicht an der Börse notiert sind?", wollte Pötter wissen. Die kleine Witter war in ihrem Element und gut in der Materie. „Die erledigt man eben auf andere Weise! Das läuft auch nach Erkenntnissen von Europol so regelgerecht ab, als wenn es eine Blaupause dafür gäbe", strahlte die junge Staatsanwältin. „Zunächst redet man, wenn man an einer Übernahme interessiert ist, dem Besitzer gut zu und macht ihm Angebote, die der aber eigentlich wegen ihrer absurd tiefen Werte gar nicht annehmen kann. Wenn sich zeigt, dass der Besitzer uneinsichtig ist und partout nicht abgeben will, ziehen sich die Interessenten höflich zurück und lassen nach einiger Schonfrist ihre Raider von der Kette. Sie müssen sich vorstellen, dass es auf diesem Sektor Dienstleister gibt, die wie in einem Katalog ihre Jobs für eine Firmenübernahme anbieten. Uns liegt so eine Liste vor. Das Ausspionieren eines Unternehmens mag etwa 35.000 Dollar kosten. Rechtsansprüche, die man durch irgendeinen angeblichen Vorbesitzer aus irgendeiner Provinz bei einem abgelegenen Amtsgericht dokumentiert, sind teuer. Ein Fall ist bekannt, in dem das Urteil 400.000 Dollar gekostet hat, aber da ging es auch um einen Millionenbetrieb. Eine miese Berichterstattung in Presse und Fernsehen wird pro Beitrag für bis zu 40.000 Dollar gehandelt. Wenn man eine finanzamtliche Untersuchung gegen den Eigentümer benötigt, investiert man eine ähnliche Summe. Den Mann unter einem Vorwand verhaften zu lassen, um ihn für einige wichtige Wochen aus dem Verkehr zu ziehen, dürfte etwa 50.000 Dollar kosten. Eine richtig üble Prüfung durch die Steuer oder – noch besser – durch die Feuerwehr ist mit etwa 5.000 Dollar gewiss deutlich preiswerter, könnte aber den rechtmäßigen und soliden Besitzer sehr nerven. Am Ende plant man den Sturm des Betriebes durch eine Schlägerbande, was bei einem Einsatz von etwa 50 bis 60 Kriminellen 1000 Dollar pro Mann kostet. Da staunen Sie, meine Herren! Ist alles schon vorgekommen!" Und nach einer kleinen Pause bemerkte Sabine Witter: „Insofern passt der Todesflug von Herrn Weltermann zwar ins Drohschema, aber – wenn ich ehrlich bin – er ist mir eigentlich nicht brutal genug!"

Jetzt guckte Kathrin Eilers reichlich indigniert. Sie hatte den Rollmann'schen Obduktionsbericht noch nicht gelesen. Ob denn der Genickbruch des jungen Weltermann nicht reiche, fragte sie. Die Staatsanwältin aus Bielefeld schien einen Augenblick nachzudenken: „Vergessen Sie nicht, die Herren Jeschow und Orlow sind sanft wie die Lämmer und heimtückisch wie die Nattern! Sie waren übrigens mit Begleitung am Mittwoch auf einer Familienfeier in Gelsenkirchen. Da fand die Beerdigung der Frau eines russischen Freundes statt: vornehm mit Lorbeerbäumen, Streichquartett und Trauermarsch von Chopin. Das Alibi kann Ihnen unser Kollege hier liefern. Bezogen auf den Tod des Herrn Weltermann meine ich nur, dass ein Absturz vom Balkon keinen sicheren Tod garantiert. Wären das unsere Russen gewesen, wären die auf Nummer sicher gegangen. Wahrscheinlich hätten sie Weltermann heimlich, still und leise oben in seinem Apartment gemeuchelt und der oder die Täter hätten sich anschließend mit einem Zeitgewinn von vielleicht einer Stunde aus dem Staub gemacht. Dieses lautstarke Krakeelen auf dem Schwimmbaddach war zu dem Zeitpunkt noch nicht angesagt. Die Brüder steigern ihre Aktivitäten wie das Crescendo in einer Symphonie."

In Kattenstroht regte sich plötzlich Widerspruchsgeist: „Was Weltermann betrifft, gebe ich Ihnen recht, Frau Witter. Die Obduktion hat ja auch ergeben, dass er fast durch Zufall umgekommen ist und eine echte Überlebenschance hatte. Dennoch verstehe ich Ihre Ermittlungslinie nicht ganz. Was Sie da berichten, ist alles ganz interessant und wahrscheinlich auch zutreffend. Wir sind am Freitag noch in Hegemer bei Nosthoff gewesen. Der Chef, Hans Heinrich Nosthoff, hat uns im Gespräch zusammen mit seinem Prokuristen zwar seine Erkenntnisse über die Freunde seines Halbbruders zur Verfügung gestellt, hat aber von eventuellen Ermittlungen aus Bielefeld keinen Ton verlauten lassen. Hat er denn in Moskau schon Druck und Attacken mitbekommen? Ist da überhaupt was dran, dass NostRo in Moskau bedroht ist? Wenn es auf der Linie weitergehen muss, müssen wir darüber Bescheid wissen."

Einer der Bielefelder Begleiter, Hauptkommissar Muddemann, wies auf einen Umzugskarton, der hinter ihnen auf einem Stuhl an der Wand stand: „Wir haben Ihnen unseren Bestand schon mal kopiert. Wir wissen definitiv, dass Jeschow und Orlow unsere Möbelfirma aus Ost-Westfalen geknickt haben. Die Beweislage ist ziemlich eindeutig, auch durch positiv interessierte Moskauer Kollegen von Interpol. Nur kriegen wir auf der jetzigen Basis zurzeit keinen Haftbefehl. Ich darf sagen, dass wir die Mailkorrespondenz und die Mobiltelefone der beiden Raider und ihrer Mitarbeiter kontinuierlich überwachen. Als die beiden anfingen, sich mit Bodo Nosthoff zu beschäftigen, ist uns das natürlich nicht entgangen. Die Firmenleitung in Hegemer ist über unseren Verdacht schon im letzten Sommer informiert worden. Wir haben aber striktes Stillschweigen vereinbart. Deshalb hat NostRo in Moskau schon im letzten Herbst auf die Bremse getreten. Eigentlich wollten die zum Jahresbeginn mit dem Aufbau einer eigenen Produktionslinie fertig sein. Muddemann schloss mit Blick auf Kattenstroht: „Es war übrigens der ältere Nosthoff, der uns über den Fall Weltermann und Ihren Besuch informiert hat!"

Das Ungewitter legte wieder los: „Wir sind uns intern nicht schlüssig, wie der Vergleich in der Familie Nosthoff zu beurteilen gewesen wäre. Wenn es jetzt wirklich zu einer Einigung gekommen und Bodo Nosthoff aus dem Unternehmen herausgenommen worden wäre, wäre die wichtigste Zugriffsmöglichkeit für die Raider weg gewesen. Insofern macht das vorherige Ausschalten des Anwalts Weltermann doch einen gewissen Sinn. Andererseits trauen wir Sascha und Mischa durchaus zu, ein Weichei wie Bodo Nosthoff ruckzuck um sein Erbteil zu bringen. Dann haben sie zwar nicht die Firma in Russland, aber immerhin 10 bis 15 Millionen Euro. Und die würden fürs Erste reichen."

Kattenstroht machte weiter und informierte über die bisherigen Erkenntnisse aus dem Fall Weltermann. Die Schnittstellen zum Verfahren der Bielefelder waren eindeutig, der Zusammenhang mit NostRo glasklar. Die Bielefelder unterstützten die Idee des Hauptkommissars, die Feldsabotage gegen NostRo-Maschinen intensiv in die Betrachtung mit einzubeziehen. Da deute sich ja nun doch ein größeres Feld an, als er es bis jetzt gesehen habe, stellte der Kommissar fest.

Die Ermittlungen gegen die beiden russischen Raider, so wurde dann einvernehmlich beschlossen, sollten wie bisher verantwortlich bei den Bielefeldern verbleiben, die Teilbereiche aber, die die Vor-Ort-Arbeit im Bezirk und insbesondere den Fall Ralph Hubertus Weltermann betrafen, wurden den Münsteranern zugeordnet. Gegenseitige regelmäßige Berichtspflicht, auch unter Verwendung sicherer Internetwege, wurde durch die Behördenleitungen angeordnet und detailliert abgesprochen. Der Polizeipräsident guckte säuerlich, als man Münster dann auch noch die regelmäßige Überwachung der Raider aufs Auge drückte. Seine Einwände blieben aber erfolglos.

Das Gespräch neigte sich nach fast zwei Stunden dem Ende zu, als einer der Bielefelder, der bisher fast nur geschwiegen hatte, das Wort ergriff. Er sei zuständig für die Einschätzung der Gefahrenlage und auch für die Zusammenarbeit mit dem Sondereinsatz-Kommando. Er müsse die Kolleginnen und Kollegen speziell in Münster dringend auf die Gefahren hinweisen, die von Jeschow und Orlow ausgingen. „Vergessen Sie bitte nicht: Wenn die beiden auch nicht selbst ständig bewaffnet sind, dann sind es auf jeden Fall ihre Begleiter. Gehen Sie in das Umfeld nur gesichert hinein, beachten Sie sämtliche Verfahrensvorschriften genau und sehen Sie zu, dass Sie zu Ihrer eigenen Sicherheit Ihre Dienstwaffe immer dabeihaben. Führen Sie in Absprache mit dem Haus zusätzliche Waffen im Wagen mit! Das mag Ihnen etwas merkwürdig vorkommen, aber es geht im Extremfall bei Tätern dieser Kategorie immer ums Ganze: Ein einzelnes Menschenleben zählt da nicht viel, das des möglichen Opfers nicht, das eigene auch nicht und erst recht nicht das von Polizisten!"

Kattenstroht und Eilers schauten sich nur stumm an.

Die Begegnung mit den Bielefeldern hatte das Team von Klaus Kattenstroht ziemlich geschlaucht. Nachdem sich die „Wirtschaftsstrafsachen" unter Leitung ihrer enthusiastischen Staatsanwältin verabschiedet hatten, versuchten die Münsteraner im internen Gespräch, das Schlachtfeld zu ordnen. Als es um die kontinuierliche Observierung der beiden Raider ging, machte sich Zurückhaltung breit. Kattenstroht und Eilers fielen per se für diese Aufgabe aus. Austrup und Pötter aber wanden sich wie die Aale, um nur ja nicht in diese unangenehme Aufgabe eingebunden zu werden. Kattenstroht stand seinen Mitarbeitern zur Seite und behauptete dem Polizeipräsidenten gegenüber, er habe speziell nach dem Gespräch mit den Bielefeldern eine ganze Reihe von Aufträgen, die die beiden erledigen müssten, insbesondere sollten sie das Umfeld der anwaltlichen Aktivitäten Weltermanns mit Blick auf seine Verbindungen zu NostRo gründlich unter die Lupe nehmen. Der Chef hatte ihn skeptisch angeguckt. Andererseits hatte er den Leitenden Oberstaatsanwalt im Nacken, der in letzter Zeit gerne von „zielführender" Arbeit sprach und noch andere, pressegefällige Formulierungen über die Effizienz der Behörden im Munde führte. Daher gab der Polizeipräsident schließlich nach, wenn auch nicht völlig überzeugt: Kattenstroht konnte sein kleines Team komplett behalten.

Bald hatten sie den großen Besprechungsraum für sich, auch das, was vom Kaffee, den belegten Brötchen und kalten Getränken noch übrig geblieben war. Also beschlossen Kattenstroht und sein Team, eine kleine Pause einzulegen, noch notwendige Akten und Laptops herbeizuschaffen und sich wieder zusammenzusetzen. Kattenstroht übernahm ganz im Sinne des Leitenden Oberstaatsanwaltes „zielführend" die weitere Diskussion und Aufgabenverteilung.

Austrup und Pötter bekamen zu ihrer Überraschung den Auftrag, sich direkt mit Bürgermeister Deitert in Raestrup in Verbindung zu setzen, alle notwendigen Informationen über den dortigen Schwengelrechtsstreit zu sammeln und die vier betroffenen Haus- und Grundbesitzer sowie Herrn Schulte Suderwich zu befragen. „Und vergessen Sie bitte nicht, vorsichtig nach den Alibis für den Mittwochabend zu fragen!" Mia Kunsleben hatte skeptisch über den Rand ihrer Lesebrille und den Bildschirm ihres Laptops geguckt: „Das Thema stand ja nicht mal mehr auf der aktuellen Liste Weltermanns. Glauben Sie wirklich, dass ihn jemand wegen dieser Marginalie aus dem Fenster wirft?"

Kattenstroht antwortete zögernd: „Nein, glaube ich nicht wirklich! Aber nach diesem umfassenden Vortrag heute Morgen und dem Einblick in die Welt von Großkapital und Mafia beschleicht mich persönlich ein anderes Gefühl. Ich meine, der Tod von Weltermann junior ist nicht unbedingt im Umfeld der Raider zu verorten. Das ist zwar eine eindrucksvolle und faszinierende Kulisse, die uns aber womöglich den Blick auf die eigentlichen Geschehnisse versperrt. Die Dinge scheinen mir irgendwie nicht zusammenzupassen. Die beiden Russen sind doch eigentlich eine Nummer zu groß für den kleinen Winkeladvokaten, oder?"

Mia Kunsleben erinnerte an die „blaue" Spur aus dem Landhotel. „Ich habe dem Labor Beine gemacht. Eben ist der Bericht gekommen. Die Textilfasern unter den Fingernägeln des Toten stammen von einer Baumwollware, die ganz überwiegend für Berufsbekleidung verwendet wird. Ein Nullachtfünfzehn-Massenprodukt aus Indien. Das Zeug wird weltweit in Arbeitsanzügen, Jacken, Latzhosen, also auch bei unseren ‚Blaumännern' eingesetzt. Den Kirchenchor vom Niederrhein können wir damit wahrscheinlich vergessen, denn die trugen mit hoher Wahrscheinlichkeit edleren Zwirn!"

„Und Sascha und Mischa tragen bevorzugt Weiß, es sei denn, sie verkleiden sich!", ergänzte Kathrin Eilers. „Aber wie die Bielefelder behaupten, machen die sich selbst die Hände sowieso nicht schmutzig."

Der Kommissar schaute versunken aus dem Fenster und schien einen der Bäume im Garten des Präsidiums zu fixieren: „Befreien wir uns doch mal einen Moment von dem ganzen Mafia-Kram, unterstellen aber dabei, es hängt doch auf einem anderen Wege mit NostRo zusammen. Wer hat von daher eine Rechnung mit Weltermann offen, wer streitet sich mit ihm und stößt ihn schlussendlich, bewusst oder zufällig, in den Tod?"

Die Eilers lehnte sich aus ihrem Sessel nach vorn: „Darf ich mal laut überlegen? NostRo ist als Betrieb für die Mitarbeiter noch überschaubar. Da arbeiten Familien über Generationen im selben Unternehmen. Die meisten Leute kennen sich untereinander, vom Chef bis zum Lehrling.

Streitigkeiten in der Unternehmerfamilie bleiben da nicht unter der Decke und es bilden sich bestimmt Parteien. Ich glaube übrigens nicht, dass es viele bei NostRo gab, die Bodo Nosthoff unterstützt haben. Mal angenommen, ein Mitarbeiter von NostRo weiß um die Streitigkeiten, kennt Weltermann und kriegt seine Ankunft im Landhotel am Mittwochabend mit. So weit ist es auch nicht von Hegemer bis ins Brinketal. Und NostRo ist doch eigentlich eine vergrößerte Dorfschmiede, oder?" Kathrin Eilers gab den anderen Raum, ihren Gedanken zu folgen. Schließlich fuhr sie fort: „Ich denke jetzt mal an Typen wie den alten Weischer von Büninckmanns oder an den alten Baumeister auf dem Hof meiner Großeltern in Lahsum, das sind Leute, die schlagen sich für ihren Hof und die Besitzerfamilie. Die binden sich dort so ein, als wäre es ihr Ding, als wäre es ihr Eigentum. Dasselbe gibt es eben auch bei Unternehmen. Stellen wir uns doch mal vor, eine solche treue Seele trifft den Rechtsverdreher, der aus seiner Sicht vielleicht den ganzen Laden ruiniert, die Lebens- und Arbeitswelt, in der er schon so lange existiert, die ihm Sicherheit gibt. Unser Mann klemmt sich hinter den Advokaten, spricht ihn auf seinem Zimmer an, ein Wort gibt das andere – und das Ergebnis wird lautstark bekannt gemacht."

Kattenstroht kaute auf seiner Unterlippe: „Grundsätzlich denkbar, so ein westfälisches Treuegefühl, aber in unserem Fall? Dann hätte der Mitarbeiter von NostRo noch seinen Blaumann angehabt, hätte zum Feierabend in der Bierkneipe von Edelbroick gesessen, sich einen hinter die Binde gegossen und dann den Weltermann oder seinen Ferrari gesehen?" Er machte eine kleine Pause. „Diese Ecke für die Einheimischen gibt es in Edelbroicks Laden ja wirklich noch. Die Idee ist vielleicht doch nicht so abwegig. Frau Kunsleben, fordern Sie bitte von NostRo eine Auskunft an, ob die im Brinketal, also in der Gegend um Reckelsum und Brinkbergen, Mitarbeiter wohnen haben. Das sind zwar fast 50 km Weg zum Werk in Hegemer, aber Firmen dieser Größe und Qualität haben oft einen größeren Einzugsbereich. Wir sollten der Sache zumindest nachgehen."

„Geht noch heute Mittag in Ordnung!", nickte die Büroleiterin. „Ich will auch Edelbroick fragen, ob am Mittwoch ein Blaumann an seinem Tresen fürs einfache Volk saß." Sie machte sich Notizen. „Was wird aus dieser Sache hier? Die Akten hat Schücking sogar durch einen Boten bringen lassen." Sie schob zwei Aktenhefter zu Kattenstroht rüber, der sie kurz aufschlug und zustimmend nickte. „Die habe ich nach dem Besuch bei NostRo am Freitag angefordert, einiges stand ja in der Detektei-Akte auch drin. Da geht es um die Sabotage auf den Feldern. Ich kümmere mich selbst drum. Was steht denn sonst noch auf der Liste aus dem Hause Weltermann?"

Die Kunsleben tat unlustig. „Ich weiß wirklich nicht, ob das was bringt. Wir haben jenseits dieser Liste, das sind etwas über 20 Klienten, jetzt noch die Anschläge auf die Erntemaschinen von NostRo, die wollen Sie ja selbst übernehmen. Dann die alte Geschichte um die Grundstücksgrenzen, da fahren Austrup und Pötter nach Raestrup raus. Acht Verkehrsdelikte waren noch anhängig, in denen Weltermann vertritt oder gerade vertreten hat. Wenn ich mir die Adressen der Beteiligten so anschaue, können Sie sich das ganz gut aufteilen, auch nach den Wegstrecken." Sie machte sich mit dem Bleistift auf der Liste Notizen und sortierte kurze Vorstücke, die sie offensichtlich noch von der Sozietät Weltermann erhalten hatte. „Sie, Herr Kommissar, können dann auf dem Weg mit Frau Eilers noch ein paar Bauern in Brinkbergen besuchen. Die kabbeln sich mit einer Landesbehörde um den Bau einer Straße südlich vom Dorf. Dann sind da noch ein paar Vertragssachen, Zahlungsbefehle und so'n Zeugs! Ich hätte dann noch die fünf Ehescheidungen im Angebot, aber die muss ich noch mit Verstand durchlesen, ob wir da überhaupt einsteigen müssen. Sind übrigens fast alle aus Münster und wirken sehr geschäftsmäßig!"

„Ehescheidungen sind Gefühlssachen", brummte Kattenstroht, „und mit Gefühl ist unser Rechtsanwalt vom Balkon gestoßen worden. Legen Sie diese Akten nicht so weit an die Seite! Aber gut, fangen wir erst mal mit den anderen Vorgängen an."

Mia Kunsleben fühlte sich angegriffen: „Wenn ich hier den Überblick nicht behalte, wird sich das ganze Büro verzetteln. Beide Teams bekommen die Liste Weltermann komplett mit, die betreffenden Vorstücke mit Grundinfos habe ich mir mühsam erkämpft! Ich habe dann noch eine Aufteilung gemacht, wer was untersucht. Den Ausdruck gebe ich mit. Bitte telefonischen Bericht bis heute Nachmittag 16.30 Uhr, da ich ja die Bielefelder auch noch auf dem Laufenden halten muss. Haben wir uns verstanden?“ Kattenstroht nickte äußerlich gottergeben demütig, innerlich aber tief zufrieden darüber, dass Mia Kunsleben ihm büroorganisationstechnisch immer wieder den Rücken frei hielt.

Das Ermittlungsteam verteilte sich auf die Kantine, die Büros und die Fahrzeuge. Kattenstroht und Eilers, sie hatten sich die restlichen Brötchen aus der Besprechung an Land gezogen, verzichteten auf eine Mittagspause, verabredeten sich per Telefon und machten sich auf den Weg. Sie wollten als Erstes einen Lohnunternehmer in Rechterfeld aufsuchen, der ein Opfer von Feldsabotageakten geworden war. Da die Adresse schon auf der Karte eine sehr abseitige Lage versprach, stellten sie das Navi an. Kattenstroht überließ das Steuer seiner Assistentin und döste während der Fahrt vor sich hin. Zwischendurch stöberte er immer mal wieder in den Akten zur Feldsabotage und holte sich vom Rücksitz die Detektei-Akte aus dem Hause NostRo dazu. Der Kommissar wurde erst wieder munter, als sie in Rechterfeld angekommen waren und sich trotz der Satellitennavigation ziemlich umständlich nach der Firma Nottebohm erkundigen mussten. Endlich fanden sie in einer hügeligen Landschaft ein Hinweisschild, das sie zu einem einzelnen Hof in einer abgelegenen Waldeseinsamkeit führte. „Das kann früher aber nur ein kleiner Kotten gewesen sein!“, meinte Kattenstroht, als er das moderne Wohnhaus und die großen, teils remisenartig offenen Hallen betrachtete, die einen gepflasterten Hof im Rechteck umstanden. Zahlreiche blitzblanke Maschinen standen auf dem Platz und in den Hallen und wurden wohl mit Blick auf die bevorstehende Erntesaison aufgerüstet und gewartet. Kathrin Eilers fiel auf, dass die kleine Firma offensichtlich mehrere Schlosser angestellt hatte, die sich auf den Maschinen, unter den Fahrwerken oder in den Gehäusen betätigten. Überall leuchteten die Farben der Maschinenfabrik NostRo aus Hegemer. An der Seite einer der Hallen wies ein Schild auf das Betriebsbüro hin, in dessen Tür ein etwa 60 Jahre alter Mann zur Begrüßung der Gäste parat stand. Hermann Nottebohm stellte sich als Betriebsinhaber vor und zog gleich seinen Sohn Heinrich hinzu, der sich zunächst die Hände von Öl- und Fettspuren reinigen musste, bevor er aus dem Haus eine Kanne Kaffee kommen ließ.

Da der Besuch angekündigt war und die Nottebohms wussten, worum es ging, brauchte man sich nicht lange mit Präliminarien aufzuhalten. Kattenstroht versuchte für sich, über die Aktenlage hinaus, herauszufinden, ob es einen Zusammenhang gab zwischen dem Auftreten der Raider und dem Beginn massiver Sabotage bei den Erntegeräten.

„Warum glauben Sie eigentlich, dass Sie hier besonders attackiert werden sollen?“, hatte er zu Beginn die Nottebohms gefragt. Der Alte holte aus und erzählte, welche Rolle seine kleine Firma in Rechterfeld und Umgebung spielte: „Mein alter Herr, der war eigentlich auch Schlosser, hatte sich zwischen den Weltkriegen zwei Dreschkästen zugelegt, mit denen er über die Höfe zog. Das waren die großen Petermann-Drescher, zunächst noch mit Pferden, später mit dicken Hanomags davor. Wir hatten in Herbst und Winter wirklich viel zu tun und unser Auskommen davon. Dann kamen in den 1950er Jahren die neueren Maschinen, vor allem die Mähdrescher. Da ist natürlich der größte der aus Harsewinkel! Aber mein Papa kannte den alten Nosthoff, weil dessen Familie hier bei uns in Rechterfeld seit ewig die Jagd hat, sogar hier hinterm Haus in unserm Wald. Der junge Nosthoff, also Hans-Heinrich, hat uns hier seinen ersten Mähdrescher überhaupt verkauft.“

Nottebohm öffnete vorsichtig ein kleines Milchdöschen, goss den Inhalt in seine Kaffeetasse, gab Zucker hinzu und rührte nachdenklich um. „Der Alte ließ doch seine Familie strammstehen, die mussten alle ran und Einsatz zeigen. Nur seine zweite Frau und deren Filius sind ihm ja ausgekniffen. Jedenfalls haben wir zu Nosthoff einen sehr guten Draht, wegen der Jagd. Und weil wir in Rechterfeld die Einzigen waren, die ganz früh auf Lohnunternehmen gesetzt haben, haben sie uns da alle zunächst für ausgelacht, hat uns Nosthoff seine Maschinen recht günstig gegeben. Und nu Heinrich, erzähl du mal weiter!“

Der junge Mann berichtete von seiner Ausbildung bei Nosthoff als Maschinenschlosser. „Ich hatte dann das Glück, dass ich nach der Lehre noch den Meister machen konnte und praktisch alle Kurse und Tagungen zum Thema ‚Erntemaschinen‘ besucht habe und noch besuche, zu denen die Leute von Nosthoff Zugang hatten. Inzwischen habe ich den Ingenieur für Landmaschinentechnik. Warum, will ich Ihnen gerne sagen. Im Grunde testen wir hier in Rechterfeld für Nosthoff alle

Neuentwicklungen in der Praxis. Wenn die etwas Neues bauen oder überlegen, wird das oft bei uns besprochen und von uns auf dem Feld getestet. Wir nutzen manche Maschine nur eine Saison intensiv, müssen genaue Arbeitsbücher führen und ständig berichten, wie was gelaufen ist. Bei Reparaturen und Problemen haben wir sofort einen aus dem Werk da stehen, der uns hilft. Wir sind gewissermaßen ein Bein der Entwicklungsabteilung von NostRo."

„Jetzt verstehe ich", warf Kattenstroht ein, „Sie sind so eine Art Versuchsbetrieb für die Leute in Hegemer. Und da Sie ja nur NostRo-Maschinen fahren, wird jede Attacke auf Sie eine auf das Unternehmen."

„So ist das!", bestätigte der alte Nottebohm. „Wir haben in Rechterfeld praktisch alle Bauern als Kunden. Wir sind immer noch konkurrenzlos, weil wir natürlich auch einen guten Preis machen können. Versteht sich, wir fahren unsere Maschinen ja gewissermaßen im Auftrag und mit Betriebsrabatt von NostRo. Offiziell sind die auch nur geleast."

„Und was hat das jetzt mit den Beschädigungen auf sich?", fragte Kathrin Eilers nach.

„Beschädigungen an Erntemaschinen sind schon immer vorgekommen, es geht aber hauptsächlich um den Mais. Da lässt jemand eine Forke im Feld stehen, zufällig oder mit Absicht. Der Mais geht auf und beim Häckseln sieht man das Ding natürlich nicht. Bei den anderen Getreidearten geht das so nicht. An dünne Halme können sie auch nichts anbinden." Der alte Nottebohm goss etwas Kaffee nach. „Ich muss Ihnen doch nicht erzählen, wie oft wir im Herbst schon im Dunkeln Mais häckseln müssen, weil die Stunden am Tag nicht reichen. Also, solche Schäden sind immer mal wieder vorgekommen. Die Welle zieht den Mais rein, nimmt die Forke mit und die Eisengabel gerät in den Häcksler. Meist ist das Ding kaputt, vor allem bleibt die Maschine stehen und manchmal wird sogar der Motor sauer. Aber auch so widerliche Dinger wie Modellflugzeuge mit den kleinen Motoren können üble Schäden anrichten. Da gibt's natürlich freundliche Menschen, die so etwas absichtlich passieren lassen. Die haben Stangen von Baueisen in den Mais gestellt, oft an die Staude getarnt angebunden, haben Eisenteile wie Bolzen oder Schrauben mit Draht oder Bindegarn an die Kolben gehängt. Man kann es sogar mit schön geformten Steinen machen. Ist aber nicht so wirksam wie mit einem Moniereisen."

„Aber auch das konnte man noch regeln", fuhr der junge Nottebohm fort. „Jetzt haben alle Häcksler eine Magnetfalle. Die baut vor dem Einlass in den eigentlichen Häcksler ein Magnetfeld auf. Sobald dort ein eisenhaltiger Gegenstand auftaucht, bleibt die Maschine schlagartig stehen. Ich kann Ihnen sagen, als Fahrer erschrecken Sie dabei. Aber das Signal ist klar erkennbar. Sie steigen ab, kontrollieren den Einlass und können fast immer nach ein oder zwei Minuten weiterfahren."

„Mit so einem Quatsch haben wir immer mal wieder zu tun gehabt. Aber im letzten Jahr wurde es ganz schlimm. In der Maissaison im letzten Herbst wurde unser Betrieb für einige Wochen täglich gestört. Wir sind fast wahnsinnig geworden." Der alte Nottebohm blies die Backen auf: „Und die Bösartigkeit war schon gekonnt umgesetzt. Die Täter haben sich ausgekannt und konnten die Magnetfallen umgehen. Aluminiumstangen haben sie genommen und irgendwo mitten in den Feldern an die hohen Maisstauden verdrahtet. Das sieht man aus dem Führerstand natürlich nicht. Wir haben sieben oder acht Totalausfälle gehabt, Reparaturen ohne Ende. Schließlich konnten wir nur noch bei Tageslicht arbeiten und haben vor jedem Mais-Häcksler einen Mann laufen lassen müssen, der das Feld kontrollierte. Eine Katastrophe war das! Dann haben wir die Nachbarschaften aufgeboten und die haben nachts Feldwachen aufgestellt. Danach wurde es besser." Nach einer Pause fuhr er fort: „Ist doch klar, Aluminium kann die Maschine nicht registrieren. Und dann haben die Brüder kleinere Aluminiumbarren an den Stauden richtig verklammert. Beim Maisdreschen sind die in die Trommeln gekommen und haben mehr als eine davon zerdeppert. Im schlimmsten Fall kann so etwas den Fahrer umbringen! Verbrecher sind das!", fasste der Alte zusammen.

Der junge Nottebohm stimmte zu: „Hätten wir nicht den Draht zu NostRo, wären wir im letzten Herbst finanziell abgeschmiert. Aber Hans-Heinrich Nosthoff ist selbst hier bei uns auf dem Hof gewesen." Er zögerte etwas: „Der weiß mehr, als er uns gesagt hat. War so mein Gefühl. Er hat auch angedeutet, dass das wohl gar nichts mit uns und unseren Rechterfelder Kunden zu tun hat. Irgendwie sollte wohl Nost-

Ro erpresst werden. Wer hat aber den Tipp auf unseren Betrieb gegeben? Wir überlegen für die kommende Saison schon einige Vorbereitungen und Änderungen an den Maschinen, aber ganz ausschließen können wir Sabotage dieser Art einfach nicht! Wir hatten schon die Idee, unsere Felder per Satellit zu überwachen, dann wüssten wir wenigstens Bescheid, was vor sich geht."

„Und NostRo aufgeben werden wir auch nicht! Das ist mal klar!" Die Nottebohms waren sich einig. Aber sie waren sich unsicher, ob nicht die Kunden aus Jahrzehnten lieber auf ein Unternehmen aus der Nachbarschaft umsteigen wollten. „Was nützt die ganze Treue, wenn wir nicht zuverlässig sein können!"

„Sagen Sie mal, aus den Akten, die mein Kollege Schücking hier angelegt hat, geht nicht hervor, dass Herr Nosthoff hier war und mit Ihnen den Fall in diesem Sinne besprochen hat." Kattenstroht fragte streng und präzise. „Ich kann hier drin auch nicht lesen, dass Sie diese besondere Beziehung zu NostRo haben."

Es war an dem alten Nottebohm, die Sache geradezurücken: „Herr Schücking hat uns nicht danach gefragt. Und was hier in Rechterfeld alle Spatzen von den Dächern pfeifen, müssen wir doch der Kreispolizei auch nicht unbedingt noch mal auf die Nase binden."

Der Junior ergänzte: „Wissen Sie, unsere Nachbarn müssen unser Betriebskonstrukt auch nicht bis ins letzte Detail mitkriegen. Wenn wir unsere Geldgeschäfte bei der Bank in Hegemer machen, dann ist das zwar etwas weiter, aber stiller. Für manche in Rechterfeld sind wir noch immer der kleine Kötter Nottebohm, der eigentlich nur einen Platz hinten in der Kirche verdient." Er lächelte: „Wir haben zwar kein einziges Reitpferd, aber den größten und teuersten Maschinenpark im Umkreis von 30 Kilometern."

Das sei ein besonderer Kleinbauern-Stolz, kommentierte Kattenstroht, als sie etwas später den Betrieb verließen. Ein Telefonat mit Schücking noch vom Betriebshof der Nottebohms hatte bestätigt, dass die besondere Beziehung der Rechterfelder Lohnunternehmer zu NostRo nicht Gegenstand seiner Überlegungen gewesen war. Er habe den Fall ohnehin nur *en passant* bearbeiten können, da die Sabotage so schnell vergangen sei, wie sie gekommen war. Zudem seien er und seine Leute just in der Maissaison im letzten Jahr mit dem Mordfall Keiten so belastet gewesen, dass man die Sache nicht sehr intensiv habe durchleuchten können. Er sei davon ausgegangen, ein Konkurrent habe den Nottebohms Schwierigkeiten machen wollen.

Ein etwas verlegener Hans-Heinrich Nosthoff hatte dann am Telefon bestätigt, dass sie einen Zusammenhang mit den russischen Raidern zwar vermutet und angedeutet, aber keinerlei erkennbare Drohungen oder Erpressungsforderungen erhalten hätten. Dies könne die Kollegin Witter in Bielefeld bestätigen, denn die sei in alles eingeweiht!

„Da hat sie uns ja was voraus!", hatte der Kommissar geknurrt.

Von Rechterfeld aus machten sich die Münsteraner Beamten auf den Weg in das malerische Brinkbergen, wo der junge Weltermann anwaltlich gewirkt hatte.

Nach einer etwa halbstündigen Fahrt passierten sie eine bewaldete Hügelkette. Von dort oben präsentierte sich das Münsterland im schönsten Sonnenlicht. An der Straße war der Rastplatz „Zur schönen Aussicht" angelegt und Kattenstroht steuerte den Wagen von der Straße herunter bis dicht an die gepflasterte Fläche heran. Man hatte, bevor das Gelände ins Tal abfiel, noch einen breiten Grünstreifen gelassen, einige Bäume gepflanzt und Ruhebänke aufgestellt. Der Kommissar und seine Assistentin stiegen aus, genossen die Nachmittagssonne und orientierten sich im oberen Brinketal, das grün und blühend zu ihren Füßen lag. Den Lauf des Flüsschens konnte man immer wieder an den begleitenden Baum- und Heckenstreifen verfolgen, Wiesen und Weiden begleiteten den kleinen Fluss und die verschiedenen Bauernhöfe waren schon vor Jahrhunderten gezielt in seiner Nähe angelegt worden. Auf den trockneren Terrassen standen die Felder im prächtigen Grün und vereinzelt leuchteten gelbe Rapsflächen auf. In der Ferne erkannte man den Kirchturm von Brinkbergen und die Häuser des Ortes. Überwiegend rotbuntes Milchvieh weidete im Grünland, einige Pferde grasten. Auf den Feldern herrschte Stille: „Tüschken Saien un Maien!" Zwischen Säen und Mähen, da hat man Zeit, da feiert man Schützenfeste – und da verlobt man sich!" Der Kommissar wollte nun doch etwas über die Feierlichkeiten bei den Große Eilers hören. Kathrin ließ sich nicht lange bitten und erzählte von dem Familientag, zu dem fast 300 Mitglieder der Sippe nach Lahsum gekommen waren. „Unsere Verlobung war übrigens nur ein Ereignis am Rande!", schloss die junge Frau mit einem Lächeln.

„Aber doch unglaublich wichtig! Das wichtigste Ereignis überhaupt in Lahsum am letzten Wochenende. Es stand doch bestimmt schon in der Zeitung, und wie ich die Frauen kenne, haben Sie in Ihrer Handtasche schon die ersten Bilder, die Sie mir noch heute zeigen wollen!" Kattenstroht wurde fast ein bisschen penetrant: „ Alternativ haben Sie digitale Fotos auf CD gebrannt, die wir uns jetzt im Laptop angucken können!" Kathrin Eilers ließ sich aber nicht erweichen und blieb dienstlich. Dabei hatte sie tatsächlich einen Datenträger in der Tasche und am Morgen Mia Kunsleben in Abwesenheit ihres Chefs schon von ihrer wunderbaren Verlobungsfeier Bericht mit Bildern erstattet. Sie blieb zurückhaltend: „Die Landschaft ist ja recht friedlich, aber überall diese Schilder! Die stehen ja fast die ganze Straße herunter. Hat das alles auch für unseren Fall eine Bedeutung?“

Kattenstroht wies auf einen Anhänger, der in einer Wiese abgestellt und mit einem großen Transparent versehen worden war: „Varianten 1 + 2 = Landschaftszerstörer!“, las er und stellte fest: „Die ersten Schilder standen schon oben am Berg. Das geht ganz klar gegen die Umgehungsstraße für Brinkbergen. Und wenn Sie die Straße ins Tal heruntergucken: Die haben hier fleißige Maler und Demonstranten.“

Tatsächlich standen auf dem Weg nach Brinkbergen hinunter immer wieder solche Schilder an der Straße, die sich mit der aktuellen Planung beschäftigten. „Irgendwie drängt sich mir das Gefühl auf, die Leute hier haben wirklich ein Problem! Schauen Sie mal dort, Frau Eilers!“ Er zeigte auf ein Transparent, das über einer Hofzufahrt aufgespannt war und im Frühlingswind schaukelte. „Variante 1 = Mord am Ort! – Das fällt sozusagen in unser Ressort!“

Kathrin Eilers zeigte sich ebenso kundig wie solidarisch: „Straßenbau und Landwirtschaft, das ist ja nun auch ein Fall für sich. Es sind immer die Bauern, die bei solchen Planungen die Zeche zahlen müssen. Das geht doch seit Jahrzehnten schon so. Mein Vater hatte oft Mandate in solchen Streitfällen und hat dabei oft gewonnen. Die Straßenbauämter und teilweise auch deren Juristen hat er so gerne wie Zahnschmerzen!“

Im Rathaus wurden die beiden vom Ersten Beigeordneten Wesener empfangen, da der Bürgermeister Koberg selbst noch in einer Besprechung war. Ihr Gesprächspartner, ein jüngerer, schlanker Mann mit Andeutung eines Dreitagebarts, war schick gekleidet und passte so gar nicht mehr in das Klischee eines leitenden Verwaltungsbeamten, wie Kattenstroht es noch in seiner Kindheit kennengelernt hatte. Wesener machte auch keine langen Umstände und führte den Besuch aus Münster in das Thema ein, mit dem Ralph Weltermann sich zuletzt befasst hatte.

„Eines ist eigentlich allen klar: Brinkbergen braucht eine Umgehungsstraße. Seit der Wiedervereinigung und dem Aufblühen des Osthandels gehen massive Verkehrsströme in steigendem Umfang von West nach Ost und umgekehrt durch das Münsterland. Schauen Sie sich mal an, was auf den vorhandenen Autobahnen und speziell auf den Parkplätzen los ist! Jetzt rächt sich auch, dass einige münsterländische Kirchturmpolitiker, um nicht zu sagen Quertreiber, in den 1970er Jahren den Bau einer West-Ost-Autobahn von der holländischen Grenze über Münster nach Bielefeld verhindert haben. Soweit ich weiß, ist das Ganze an einer einzigen Gemeinde südlich von Münster gescheitert, die das Projekt gestoppt hat. Heute zahlen wir alle dafür." Der Beigeordnete redete sich langsam in Form: „Es sind vor allem die niederländischen Spediteure, die auf eine schnellere West-Ost-Verbindung drängen. Da sind wir mit unserer Landschaft auf einmal sogar im Interesse der EU-Wirtschaft. Unsere eigene Planung und unsere eigenen Interessen fallen dabei fast komplett unter den Tisch. Mit 15.000 Fahrzeugeinheiten, die sich fast täglich durch das Dorf quälen, versauen wir uns andererseits unsere eigene Lebensqualität."

Kattenstroht wollte mehr wissen: „Wenn aber doch Einigkeit in der Sache herrscht, wo liegt dann das Problem? Und was hatte unser Herr Weltermann junior damit zu schaffen?"

Wesener zeigte sich sicher in der Materie: „Wir sind ja noch am Anfang der Planung. Ich muss Ihnen nicht sagen, dass der Bau eines solchen Projektes einen Vorlauf von zehn bis zwölf Jahren hat. Und ob dann wirklich gebaut wird, kann man heute gar nicht mit Bestimmtheit sagen. Es gibt ein äußerst diffiziles, in vielen Gerichtsverfahren ausgefeiltes Planungssystem, bei dem man auf keiner Ebene einen Fehler machen darf, weil sonst das ganze Projekt wie ein Kartenhaus in sich zusammenfällt. Jede Kleinigkeit muss gerichtsfest sein!"

„Schon wahr", bestätigte Kathrin Eilers, „ denn vor Gericht und auf hoher See bist du in Gottes Hand!"

„Wir haben es also mit einem Berg von Planungen zu tun – von den ersten Ideenstudien über die Linienfindung bis zur Erarbeitung von Varianten, der Festlegung von Trassen, der Umweltverträglichkeitsuntersuchungen, der Bodengutachten, der Lärmschutzprüfungen, der Bürgeranhörungen und so weiter!"

„O heiliger Bürokratius, segne deine Diener!", seufzte Kattenstroht. „Als Napoleon 1806 das Münsterland besetzte, ließ er einfach Chausseen für seine Armee bauen, die von Kirchturmspitze zu Kirchturmspitze gepeilt und stracks über Land und Heide gezogen wurden. Das waren die goldenen Zeiten der Straßenbauer!"

„Und wo stehen die Brinkbergener jetzt?", wollte die Eilers wissen.

„Die Voruntersuchungen sind abgeschlossen. Es gibt drei Varianten, die wir Ihnen gleich im Bürgermeisterzimmer an der Karte zeigen können. Der Gemeinderat muss sich im Laufe des Jahres für eine der Varianten entscheiden, wobei erschwerend hinzukommt, dass die Straßenbauämter aus politischen Gründen eine sogenannte ortsnahe Variante, bei uns also die Nummer 1, durchsetzen wollen. Das hat natürlich ausschließlich finanzielle Gründe, hat mit einer Planung von Verstand nichts zu tun. Und nun stehen wir als Brinkbergener zwischen Scylla und Charybdis: Die Straßenplaner wollen uns nur die Wahl zwischen der Pest des jetzigen Zustandes oder der Cholera einer ortsnahen Umgehung lassen!"

Es klopfte an der Tür, eine der Damen aus dem Vorzimmer steckte den Kopf herein und meldete Wesener, der Chef sei jetzt zum Gespräch bereit. Der Beigeordnete bat seine beiden Besucher mit zum Bürgermeister Koberg, dessen Büro auf der anderen Seite des gemeinsamen Vorzimmers lag. Der erste Bürger Brinkbergens erwies sich als ein agiler, engagierter Mann, der schnell und pointiert sprach und sich nur kurz mit seinem Beigeordneten über den Stand des bisherigen Gespräches abstimmen musste. Eifrig trat er an die große Karte des Gemeindegebietes, die die eine Wand des Besprechungszimmers fast komplett bedeckte.

„Sie sind also schon bei den drei Varianten angekommen. Wir haben diese Linien hier auf Transparentfolie und legen hier mal die Nummer 1 auf das Blatt!" Zwei runde Magnete hielten die Folie fest, auf der eine Straße eingezeichnet war, die sich mit einem Schwung südlich um den Ort Brinkbergen legte, zweimal die Brinke überquerte und offensichtlich in der Talaue des Flüsschens lag.

„Das ist Variante 1, die wir nach Wunsch der Straßenplaner absegnen sollen. Wir lehnen das Modell fast einstimmig ab. Die Nachteile liegen auf der Hand: viel zu nah am Dorf, Verlärmung des ganzen Brinketals und Verlust jeder weiteren Wachstumsmöglichkeit des Ortes im Süden. Macht überhaupt keinen Sinn, wird aber höheren Orts vordringlich so gewollt."

Kattenstroht studierte die Karte und schüttelte den Kopf: „Ich weiß nicht, kann das denn am Anfang des 21. Jahrhunderts was werden? Die Straßenbauer sind doch eigentlich auch nicht dumm. Warum sollen die gegen den Bürgerwillen so etwas favorisieren, wo sie doch wahrscheinlich bessere Möglichkeiten haben?"

Der Bürgermeister lächelte: „Der Chef der Straßenbaubehörde ist zwar ein hochgebildeter und zugleich hochbezahlter Mann, aber gegen die Zwänge des Bundesverkehrswegeplans ist auch er machtlos. Die Verpflichtung, Umgehungen nur ortsnah zu bauen, hat ja nichts mit sinnvoller Planung zu tun, sondern einzig und allein mit dem Geldbeutel der öffentlichen Hand. Die Behörde plant also das, was sie planen muss, nicht das, was sinnvoll oder sachlich geboten ist! Hinzu kommt in unserem Fall noch etwas anderes. Die planen seit vier Jahren an den drei Varianten herum, haben untersucht, gemessen, gezeichnet, geprüft und getan: eindeutig eine Arbeitsbeschaffungsmaßnahme für eine Behörde, die nicht mehr genug zu tun hat. Wenn in den letzten zehn bis fünfzehn Jahren Straßen gebaut wurden, dann war das in Ostdeutschland. Ein Großprojekt wie unsere Umgehungsstraße gibt einem ganzen Amt Beschäftigung für Jahre und verhindert eine an sich angezeigte Auflösung oder eine andere sinnvolle Strukturreform dieser Behörde. Die Planer wissen also sehr genau, was sie da tun!"

„Mal weiter!", drängte Kattenstroht. „Wie kann es denn sein, dass man über eine solche Variante hier vor Ort überhaupt redet, wenn die den Charakter von Cholera hat, wie wir eben gehört haben? Haben Sie denn hier einen zahnlosen Gemeinderat?"

Der Bürgermeister schmunzelte: „Zahnlos nicht gerade, aber in der Mehrheit war man bisher nicht sehr mutig. Wenn politisch die Luft hartmetallhaltig wird, liegen die meisten Damen und Herren unseres Rates aus meiner Sicht zu früh in der Ackerfurche in Deckung. Mal ernsthaft: Das Straßenbauamt hat sich da ordentlich was geleistet. Die hatten Angst, bei einer Ablehnung hier vor Ort ihre schöne Behörde zu verlieren. Also musste das Projekt ‚Brinkbergen' her. Eine ortsferne Umgehung erschien von vornherein nicht genehmigungsfähig, also hat man der Öffentlichkeit locker mitgeteilt: Nur die Variante 1 wird gebaut – oder es gibt gar keine!"

„Na, na, na!" Das ist doch politische Erpressung!" Kathrin Eilers zeigte ihre Empörung. „Haben die Ratsvertreter hier denn gar kein Ehrgefühl im Leib? Das hätte es bei uns in Lahsum nicht gegeben! Mein Opa war da mal Bürgermeister. Der hätte einen ortsfremden Beamten, der ihm ein solches Geschäft hätte aufnötigen wollen, mit klaren Worten aus dem Rathaus komplimentiert!"

Der Bürgermeister guckte leicht versonnen auf die junge Beamtin. „In Lahsum ist vielleicht noch manches anders, aber hier bei uns wird im Rat leider lieber taktiert und finassiert! Zumindest bei der Mehrheitsfraktion. Die wollte die Ortsumgehung um jeden Preis und war bereit, dafür jeden Preis zu zahlen, auch die Zerstörung unserer Planungszukunft. Sie sehen doch selbst: Mit der Ringstraße der Variante 1 im Süden, die auch kreuzungsfrei sein muss, also nicht mehr von anderen Verkehrswegen gequert werden kann, wird das Dorf wie mit einem Sichelschnitt aus der Landschaft herausgetrennt. Im Norden haben wir die Industriegebiete als Schranke. Der Süden geht verloren, das Dorf ist eingezwängt und ohne Zukunft. Die Talaue der Brinke, ein grünes Paradies, ist hin, unser Wasserwerk ist gefährdet und muss wahrscheinlich geschlossen werden, das Dorf liegt im Lärmschwall! Aber: Das politische Ziel wird durchgesetzt!"

„Mein lieber Herr Bürgermeister! Da finde ich Sie ja so gar nicht im Einklang mit Ihrer lokalen Ratsmehrheit. Was sagen die Damen und Herren eigentlich dazu, wenn Sie derart destruktiv argumentieren?" Kattenstroht bewies seine kommunalpolitische Spürnase. „Wie können Sie sich überhaupt halten, wenn Sie derart gegen die Mehrheitsfraktion anstänkern?"

Es war an Koberg, feinsinnig zu kontern: „Mich hat keine Mehrheitsfraktion gewählt, mich haben die Bürger ins Amt gebracht, mit 56 Prozent. Die Brinkbergener waren wohl der Meinung, den Rat mehrheitlich farblich so zu besetzen, wie er es jetzt ist. Aber das Bürgermeisteramt haben sie einem Parteilosen anvertraut. *Checks and balances* nennen das die Amerikaner: Kontrollieren und ausgleichen! Das ist zwar für mich als Bürgermeister nicht gerade vergnügungssteuerpflichtig, aber es funktioniert. Beide Seiten müssen sich arrangieren. Das ist der Bürgerwille! Jedenfalls wusste die Ratsmehrheit, dass ich die Variante 1 entschieden ablehne, vor den Straßenbauplanern nicht einknicken würde und es in dieser Angelegenheit immer mit der Ratsminderheit gehalten habe. Übrigens ist die Öffentlichkeit ebenfalls ganz entschieden gegen die Variante 1. Die Mehrheitsfraktion hat über ein Jahr massiven Druck aus der eigenen Anhängerschaft gekriegt. Das Ergebnis war nach einigem Zucken die Ratsentscheidung vom letzten Montag. Das haben die fast geräuschlos durchgezogen. Sie haben in einer einzigen, nicht-öffentlichen Fraktionssitzung vor zehn Tagen die Variante 1 aufgegeben, haben drei Tage tatsächlich den Mund gehalten und die Trasse 1 im Rat niedergestimmt. Wir haben alle nur gestaunt. Jetzt bevorzugt unsere Mehrheit die Variante 2. Die verläuft hier südlich der Brinke auf der kleinen Hügelkette, den Badden-Kämpen. Aus meiner Sicht ist das ein Lutschbrocken."

Koberg und Wesener tauschten nun die Folien aus. Deutlich weiter südlich des Dorfes fand die Umgehungsstraße nun eine neue Trasse. Der Bürgermeister feixte. „Das stand noch nicht mal in der Zeitung, da hatte ich schon die Straßenbauer am Telefon. Wir würden niemals eine Umgehungsstraße bekommen. Es geht in meinen Augen nur um die Frage, wer jetzt wen weichkocht. Wir Brinkbergener sind zäh und ein Bundestagsabgeordneter unseres Geistes wohnt auch um die Ecke." Koberg trat von der Karte zurück. „Das ist übrigens auch noch nicht meine – oder besser – unsere Brinkbergener Lösung. Die liegt nämlich noch etwas weiter im Süden, wo eine große Kreisstraße von der westlichen Gemeindegrenze quer durch unser Gebiet bis zur Autobahn führt. Helfen Sie doch mal eben mit, Herr Wesener, dann haben unsere Gäste alles gesehen!" Die dritte Folie wurde mit vier Magneten befestigt und zeigte weitab vom Ort eine Trasse, die nach Darstellung der Brinkbergener Beamten unstreitig sei und das endgültige Ziel der gemeinsamen Lokalpolitik werden müsse. Schon jetzt war diese Linie als rangniedrigere Straße im Gelände erkennbar.

„Wie kommt nun unser Münsteraner Rechtsanwalt an diesen Fall und in dieses juristische Gestrüpp?", kam Kattenstroht wieder auf den Punkt.

„Entschuldigen Sie die Breite der Ausführungen, aber ohne die Probleme unserer Umgehungsstraße können Sie den Fall nicht verstehen. Als die Diskussion um die Variante 1 losbrach, haben verantwortlich denkende Menschen die Grundbesitzer im Brinketal über einen Nachbarn diskret angesprochen. Deren Wiesen und Weiden stoßen unmittelbar an die bebaute Dorfflur an und reichen bis zur Brinke. Die mussten ja von der Variante 1 betroffen sein. Das sind nur neun Familien an der Zahl." Er zog einen Teleskopstift auseinander und zeigte der Reihe nach auf neun Höfe und Flächen, die teils am Dorfrand, teils wie an einer Perlenschnur aneinandergereiht auf der südlichen Hügelkette, den Badden-Kämpen lagen: „Das sind also Wittover, Buldermann, Tendiek, Egemann, Maes, Paus, Szulski, Bovenbadde und Schiwe. Diesen Grundbesitzern wurde, sagen wir mal, ganz sachte die Idee vermittelt, sich gemeinsam an die beste verwaltungsrechtliche Sozietät in Münster zu wenden und sich beraten zu lassen. Das haben die dann auch prompt getan, haben den Wilm Bovenbadde zu ihrem Sprecher gewählt und gemeinsam der Ratsmehrheit und der Öffentlichkeit eingeheizt. Respekt, war gekonnt gemacht!"

„Die Leute habe ich hier alle auf meiner Liste: schöne westfälische Namen, bis auf Szulski, der ist wohl ein eingeheirateter Flözi aus dem Ruhrgebiet. Und unser Ralph Hubertus Weltermann durfte das Geschehen bei einem so wichtigen Projekt steuern? Kommt mir etwas seltsam vor!" Kattenstroht hielt sich nicht zurück und Bürgermeister Koberg hielt nicht dagegen:

„Also ehrlich gesagt, von seinen juristischen Kompetenzen war man im Lande nicht wirklich überzeugt, aber es stand ja der Alte mit seinen Sozien dahinter. Und die sind juristisch einfach unschlagbar gut. Mir ist klar geworden, dass der Vater Weltermann aus irgendeinem kühlen Grund nicht selbst in die Schlacht wollte. Der ist ja inzwischen auch an die achtzig! Die Schriftsätze aus seiner Kanzlei waren aber auch in dieser Sache brillant und bestimmt nicht vom Junior. Der machte hier in Brinkbergen gewissermaßen die Außenvertretung, den Grüße-August, will ich mal sagen. Jedenfalls haben Bovenbadde und seine Nachbarn sowohl in der Öffentlichkeit als auch in der internen Diskussion ein Fass nach dem nächsten aufgemacht. Am Ende fiel auch unsere Mehrheitsfraktion um, gerade erst am letzten Montag, vor genau einer Woche. Und jetzt ist die Variante 1 mausetot. Zum Glück hat sich der Chef der Straßenbauer vor Monaten in einer Bürgeranhörung verbindlich dahin erklärt, dass eine vom Rat abgelehnte Variante nicht gebaut würde. Genauso steht's auch im Protokoll." Koberg wirkte sichtlich zufrieden. „Will er mit seinem Amt fortbestehen, muss er in Sachen ‚Brinkbergener Umgehungstraße' einlenken. Und wir kriegen ihn mit seinen Dampfwalzen auch noch in den ganz tiefen Süden! Warten Sie's mal ab. Die Variante 2 schädigt nämlich immer noch fünf unserer neun genannten Grundbesitzer und viele weitere noch dazu. Diesmal zwar nicht mehr unten im Brinketal, aber oben auf den Badden-Kämpen. Die Jungs da sind jetzt alle richtig in Form, schon ein bisschen in Siegesstimmung und machen weiter!"

„Ist ja doch eine Menge Zeugs! Kann man den Komplex irgendwo schon nachlesen? Die Adressen der Mandanten haben wir ja alle hier. Aber mich würden die Aktivitäten interessieren." Kattenstroht wollte offensichtlich zum Ende kommen.

Der Beigeordnete Wesener erhob sich und erklärte, man habe eine Dokumentation mit Presseartikeln, Flugblättern und Leserbriefen erstellt. Davon seien noch genügend Exemplare da. Er verschwand in Richtung Vorzimmer, während sich der Kommissar und seine Assistentin vom Bürgermeister per Handschlag verabschiedeten. Der Blick auf die Uhr zeigte, dass der Nachmittag sich langsam neigte. Kattenstroht überlegte, ob man den Sprecher der Initiative, Wilm Bovenbadde, wohl noch an diesem Tag erreichen könnte. „Dann hätten wir diesen Komplex aus den Weltermann'schen Fällen vielleicht auch schon rund und könnten neun Namen von unserer Liste streichen!"

Hilfsbereit ließ die Gemeindespitze vom Vorzimmer aus telefonisch auf dem Hof anfragen, ob der Mann überhaupt verfügbar sei und die Gäste aus Münster empfangen könne. Tatsächlich kam umgehend positiver Bescheid: Die Kriminalbeamten waren auf Bovenbaddes Hof willkommen.

Kattenstroht und Eilers ließen sich von Koberg an der großen Karte den Weg zu den Badden-Kämpen erklären und brachen zügig auf. Im Auto sagte der Kommissar nachdenklich: „Die spielen doch alle irgendwie zusammen. Ist Ihnen aufgefallen, dass die Sekretärin vom Bürgermeister die Nummer von dem Bovenbadde aus dem Kopf angewählt hat? Die hat keinen Computerspeicher benutzt. Typisch Land, allesamt Strippenzieher!"

Kapitel 14

Brinkbergen präsentierte sich in seinem Kern als ein altes Reihendorf. Beiderseits der Hauptstraße lagen die Höfe und Häuser ordentlich in Linien. Kattenstroht und Eilers verließen die belebte Straße, über die sich Auto an Auto und Lastwagen an Lastwagen vorwärts bewegten, unmittelbar an der Kirche. Sie fuhren in ihrem Dienstwagen einmal um den großen Kirchhof und über eine schmalere Kreisstraße durch die Wiesen und Weiden zügig an die Brinke und an den Fuß der Badden-Kämpen; diese stiegen am südlichen Ufer des Flüsschens auf eine Höhe von etwa sechs oder sieben Metern an. Die Kreisstraße nahm hinter der kleinen Brücke eine Biegung nach rechts, links ging es auf einer schmaleren Anliegerstraße hinauf zu den fünf Höfen, die zu den Grundbesitzern des Brinketals gehörten. Die anderen vier lagen in der südlichen Reihe am Dorfrand.

Kattenstroht hielt an der Kreuzung kurz an. Gemeinsam gingen er und Kathrin Eilers zurück auf die Brücke und warfen einen Blick auf das munter dahinfließende Flüsschen. Dabei entdeckten sie, dass an der den Höfen zugewandten Seite des Flussübergangs, der noch mit einem fürstbischöflichen Wappen geschmückt war, eine Anlage aus Eisenstangen und Ketten eingebaut war, deren Zweck sich Kathrin Eilers nicht erklären konnte. Gemauerte Stufen führten zum Wasser hinunter. Kattenstroht ließ seine junge Assistentin ein wenig zappeln, bis er ihr ausführlich erläuterte, dass es sich doch ganz offensichtlich um eine Anlage zur Kühlung von Milchkannen handelte. Dergleichen hätten die Bauern früher mit großem Ideenreichtum geplant, um die Milch in gutem Zustand in die Molkerei zu bekommen: „Wir sind hier kurz hinter den Quellen der Brinke. Die hat eine ganze Quellengalerie und schüttet beachtliche Wassermengen bei stets gleicher Temperatur, nur so um die zehn bis elf Grad Celsius. Das war früher wichtig. Das Wasser erhält nicht nur die Forellen am Leben, es kühlte auch die Milch und spülte die Wäsche; alles rein biologisch. Als ich noch ein Kind war, standen die Milchkannen frühmorgens noch schön in Reih und Glied an der Straße und wurden vom Milchbauern zur Molkerei gefahren."

Von der Brücke aus hatten sie einen herrlichen Blick über die sattgrünen Wiesen des Tals. Die Flächen dienten anscheinend vorwiegend der Heugewinnung, denn es war kein Vieh aufgetrieben. Die verschiedensten Arten von Wiesenblumen lockerten das Grün auf, man hörte den Gesang der Vögel und prompt schlug der Kirchturm vom nahen Brinkbergen. „Mein Gott, ist das kitschig hier!“, seufzte der Kommissar. Er drehte sich um, lehnte sich an das Brückengeländer und machte sich Luft: „Wenn wir hier heute die Sache mit der Umgehungsstraße abhaken können und die Münsteraner die anderen Fälle vom jungen Weltermann erfolglos durchgehechelt haben sollten, haben wir nach einer Woche Untersuchung nichts in der Hand. Der Chef wird sich wahrscheinlich als Einziger freuen, weil dann über einen Münsteraner Skandal schneller Gras wächst!“

„Und wir beide versauen die Statistik!“, ergänzte die Eilers. „Muss ich Ihnen sagen, dass mehr als 80 Prozent der Kapitalverbrechen aufgeklärt werden? Wenn wir die Akte Ralph Weltermann ungelöst liegen lassen müssen, sehen wir alt aus. Ich glaub' ja nicht, dass das in der Öffentlichkeit auf viel Verständnis stößt.“

Kattenstroht rieb sich das Kinn, als überprüfe er den Status seines Bartes: „Schauen wir uns die Mandantschaft Weltermanns mal genauer an. Wenn die Grenzsache in Raestrup nichts bringt, die Ehesachen einvernehmlich geschieden und die Strafbefehle in Verkehrssachen alle fristgerecht bezahlt sind, wenn dann alle Beteiligten zufrieden sind, dann bleiben aus dem ganzen Komplex nach Erledigung der Fragen hier wieder nur unsere russischen Raider übrig! – Und machen uns nur noch bedingt Sorgen. Wenn die Bielefelder mit ihrem Ungewitter an der Spitze durch die Lande brausen, sehe ich doch zu, dass ich Land gewinne. Ich finde es schon blöde genug, dass ausgerechnet wir aus Münster die Observation erledigen müssen.“ Kattenstroht machte eine Pause. „Aber andererseits .... ! Wissen Sie, Frau Eilers, mich beschleicht hier so ein putziges Gefühl. Bei diesem Fall werden wir immer wieder mit dem Leben und Arbeiten auf dem Land konfrontiert. Es geht um Sabotage auf Maisäckern in Rechterfeld, um Grenzrechte in Raestrup und hier in Brinkbergen um Land, das einer Umgehungsstraße geopfert werden soll. Überlegen Sie doch mal: Die Russen passen in das Schema nur bedingt rein. Ich weiß nicht, aber es ist, als könnte ich es riechen, unser Fall hat irgendwas mit dem Tal hier zu tun. Der Weltermann kommt doch nicht umsonst zwanzig Kilometer flussabwärts ausgerechnet bei

Edelbroick ums Leben. Im feinen Landhotel. Abgesehen von den Ehescheidungen, die Mia Kunsleben zu bieten hatte, spielte seine Mandantschaft hier in den Landkreisen. Man könnte fast meinen, der hat die Stadt gemieden."

„Na, na, Herr Kommissar! Bremsen Sie mal Ihre Landlust!", erwiderte Kattenstrohts Assistentin. „Ein Ferrari ist doch kein Trecker – und Golfspielen ist auch was anderes als Kegeln. Der junge Weltermann war ein Stadtkind mit allem Drum und Dran, oder etwa nicht? Den hat der Vater aufs Land geschickt, damit er ihm in Münster nicht mehr in die Quere kam."

„Mag sein, aber seit Kindheitstagen war er immer wieder Stammgast bei Edelbroick. – Hat sich übrigens einer hinter seine Damenbekanntschaften geklemmt?"

Kathrin Eilers nickte: „Das wollte Mia gleichzeitig mit den Ehescheidungen erledigen. Ich weiß, dass sie bis gestern Nachmittag mit den meisten der Frauen schon gesprochen hat, die aus dem Umfeld genannt wurden. Vier oder fünf sind das. Sie kann morgen darüber berichten."

„Auf den Bericht an den Chef freue ich mich diesmal nicht. Wir kommen einfach nicht voran. Ein Todesfall, bei dem es wahrscheinlich nur um fahrlässige Tötung geht, ist doch für uns eigentlich pille-palle! Was machen wir falsch? Wieso kriegen wir kein Pack-Ende?" Kattenstroht stiefelte genervt auf den Wagen zu, ließ Kathrin Eilers einsteigen, startete den Motor und fuhr flott den Weg zum ersten Hof in der Reihe der Badden-Kämpen hinauf.

Das Anwesen Bovenbadde nötigte den beiden Respekt ab. Die Hoffläche war mit einer sauberen Backsteinmauer längs des Weges eingefriedet, zwei mächtige Torpfeiler, gemauert und mit Sandsteinspitzen bekrönt, markierten die Hofeinfahrt. Zwischen ihnen war ein Gittertor eingehängt, das offensichtlich per Funksignal elektronisch bedient werden konnte. Auf der linken Seite befand sich ein uralter Speicherbau aus Sandstein, vor dem eine prächtige Kastanie stand, deren Kerzen gerade erst verblüht waren. Einige wunderschöne Hofbäume gaben den grünen Rahmen, unter dem auf Grasflächen Rhododendren blühten. Lagen rückwärtig des Hofes die Wirtschaftsgebäude, so stand zur Rechten das Wohnhaus mit vorgelagertem Garten. Auf der gepflasterten Fläche stand der Bauer höchstpersönlich, um den angekündigten Besuch zu begrüßen.

Bovenbadde war ein Baum von einem Kerl, schätzungsweise jenseits der 1,90 Meter und offenbar in keiner Beziehung ein Leichtgewicht. Ein runder Kopf mit schütterem blonden Haar, mit heller Haut, geröteten Wangen und äußerst wachen Augen weckte zunächst Kathrin Eilers' Interesse; sie wurde jedoch postwendend abgelenkt, kam doch ein mittelgroßer Berner Sennenhund auf die Polizisten zugesprungen. Das Tier bellte laut, war aber offensichtlich eher aufs Spielen aus. Ein knapper Pfiff des Bauern beorderte den Hund wieder an die Seite des Hofherrn, wo der junge Rüde widerwillig, aber gehorsam seinen Platz einnahm.

„Sie müssen wissen, unser Ben geht noch in die Hundeschule. Und die ersten Prüfungen hat er schon bestanden!", erläuterte Bovenbadde lächelnd. „Aber erst mal guten Tag. Sie sind Herr Kommissar Kattenstroht, nehme ich mal an, und Sie Frau Eilers. Kommen Sie bitte, Sie setzen sich schon mal und ich hole was zu trinken!"

Vor dem Haus war eine Terrasse angelegt, auf der eine Reihe von Gartenmöbeln mit bereits aufgelegten Sitzkissen stand. Ein großer Sonnenschirm bot Schutz vor der mittäglichen Sonne, war jetzt am Nachmittag aber eingefahren worden. Schon kam Bovenbadde zurück und brachte ein Tablett mit Gläsern und Flaschen mit Mineralwasser, Apfelsaft und Orangensirup. Man bediente sich. Kattenstroht eröffnete auf die ihm eigene Art das Gespräch: „Einen schönen Hof haben Sie hier!" Er nickte dabei anerkennend mit dem Kopf in dem Wissen, dass kaum ein Bauer sich diesem Kompliment entziehen würde.

Dieser Bauer aber blieb erstaunlich zurückhaltend: „Schön ja, aber auch gesund? Das ist heute doch eine Frage von zwei oder drei Wirtschaftsjahren. Meine Familie sitzt hier oben seit neun Generationen und fast 300 Jahren. Ich könnte dieses Jahr den Kotten meiner ältesten Tochter noch einigermaßen heil übergeben. Was im nächsten Jahr ist, weiß ich, wenn ich an die EU-Agrarpolitik denke, noch so gar nicht. Was dann die nächste Generation kann und erreicht, das weiß nur der liebe Gott! Für die stolze Tradition eines alten Hofes gibt es leider nichts!"

Kattenstroht merkte, dass seine landverbundene Art und Sympathiebezeugungen zur Landwirtschaft hier nicht automatisch griffen, also zog er es doch vor, schnell zur Sache zu kommen: „Wir wüssten gerne etwas mehr über die Angelegenheit um die ortsnahe Trasse der Umgehungsstraße und Ihre Zusammenarbeit mit dem verstorbenen Anwalt Ralph Weltermann."

„Das war ein Auftrag wie jeder andere auch, aber für uns Landwirte geht so eine Sache ja an die Substanz, richtig ans Gefühl!", antwortete Bovenbadde. „Als ich vor drei Jahren zum ersten Mal von dem Plan hörte, eine riesige Straße ausgerechnet mitten durch das Brinketal zu ziehen, hat es mich umgehauen. Ich konnte mir nicht vorstellen, dass man eine so unsinnige Planung überhaupt betreiben kann – oder darf. Gegen jeden Sachverstand, gegen jedes Heimatgefühl, gegen die Landwirtschaft und gegen die Zukunft des Dorfes. Quatsch, so was!" Noch jetzt schien sich Bovenbadde in Rage zu reden. „Natürlich mussten wir uns wehren. Es gibt Dinge, die macht man einfach nicht." Er stand auf. „Kommen Sie bitte mal mit, ich will Ihnen was zeigen!" Kattenstroht und Eilers standen auf und der Bauer führte sie über den Hofplatz vor den Speicher und an die Begrenzungsmauer. Von dort hatte man einen herrlichen Blick in das Tal mit seinen Wiesen und Weiden und auf Brinkbergen. Bovenbadde holte aus: „Sehen Sie, die Verlängerung unserer Hofauffahrt führt runter zur Brücke und zur Kreisstraße, die führt dann unmittelbar zum Dorf und zum Kirchhof. Das Land rechts und links der Straße, das ist unser Land, das gehört seit Generationen uns. Die Straße war früher unser Leichenweg und ist erst von den Preußen zum Interessentenweg und später zur Chaussee gemacht worden. Noch vor 150 Jahren hatte unser Hof zusammen mit den Nachbarn die Brücke zu unterhalten. Meine Vorfahren konnten vom Hof zur Kirche, ohne einmal ihr eigenes Land verlassen zu müssen. Das ganze Tal hier gehört Familien, die wie wir über Generationen leben, arbeiten und planen. Und das wollen so ein paar Verrückte aus einem Planungsamt kaputtmachen, nur weil sie keine vernünftigen Entwürfe für eine Umgehungsstraße machen können. Packvolk, so was!"

„Weiß man denn noch etwas mehr über die Struktur der einzelnen Höfe?", wollte Kathrin Eilers wissen. Der Bauer war nun in Fahrt: „Unser Hof, Baddens Hof, war immer der größte. Er liegt in der Reihe an der westlichen Seite. Dann kommen hier auf der Höhe Wittover, Egemann,

Paus und Schiwe. Beim Heimatverein hat mal ein Historiker einen Vortrag gehalten, das wäre eine ganz klassische Siedlungsverteilung vom Hof über den Bach zu den Wiesen, den Weiden und den Äckern; ich weiß das aber nicht so genau, denn die Parzellen im Brinketal, diese Langstreifen, Sie können es an den Zäunen erkennen, sind immer im Wechsel im Eigentum von einem aus dem Dorf mit einem von unserer Höhe hier. Wahrscheinlich war das alles mal ein Hof, der Badde hieß und mehrfach geteilt wurde. Denn unten der erste Hof in der Dorfreihe, der Szulski, der hieß früher Nederbadde, also der niedrige Badde, während wir als Bovenbadde der Obere Badde sind."

„Wie sehen Sie denn den Wert des Brinketals überhaupt und wie stehen Sie zur Umgehungsstraße?", wollte Kattenstroht wissen. Der Bauer seufzte und sprach von der richtigen Fruchtfolge: „Die ist in einem solchen Areal doch klugerweise Roggen, Brache, Bauland! Die geplante Straße jedenfalls hätte das Dorf ruiniert – und uns Grundbesitzern schweren Schaden zugefügt. Für den an die Straßenverwaltung verkauften Quadratmeter gibt es nur einen Bruchteil von dem, was man für Bauland erzielen kann." Er zeigte aufgebracht auf das Tal: „Zwei Brücken über die Brinke, eine zwölf Meter breite Straße mit Nebenanlagen quer dadurch. Die Badden-Kämpe mit der Kreisstraße vom Dorf abgetrennt. Und die Trasse? Augen zu und geradeaus durch Flächen gebrettert, die über Jahrhunderte als Flößwiesen genutzt worden sind."

Kathrin Eilers konnte sich unter Flößwiesen gar nichts vorstellen. So ließ sie sich von Bovenbadde ausführlich erklären, dass alle Besitzer im Brinketal bis in die 1950er Jahre durch kleine Wehranlagen das Flüsschen aufgestaut und die Wiesen zwischen März und Mai unter Wasser gesetzt, also geflößt hätten. Dadurch erreichte man eine gewisse Düngung des Grünlandes, das bis vor 150 Jahren im Sommer noch zum Leinenbleichen gedient hatte. „Der Untergrund ist alles Schwemmland, da kann man mit Verstand doch keine Brücken und Straßen bauen!", rief Bovenbadde hitzig.

„Aber Häuser? Das geht?", fragte die Assistentin etwas vorwitzig und handelte sich prompt einen Kurzvortrag über gegossene Fundamentwannen und wasserdichte Keller ein.

„Nun, das Thema scheint zumindest für das Tal selbst ja erledigt zu sein, denn der Gemeinderat hat doch vorige Woche die Variante 1 gekippt!“ Die Eilers lenkte die Diskussion auf ein neues Thema. Der Bauer schlug vor, dass sie sich wieder setzten. Der junge Hund, der in den letzten zehn Minuten immer wieder der Kriminalassistentin um die Beine gestrichen war, bezog neben ihrem Stuhl Stellung.

„Das war ein hartes Stück Arbeit!“, führte Bovenbadde aus. „Wir haben die Sozietät Weltermann und Partner beauftragt, nicht die billigsten Rechtsanwälte, aber anerkannte Fachleute im Verwaltungsrecht. Dann haben wir von verschiedenen Seiten Gutachten eingeholt und in der lokalen Partei Überzeugungsarbeit geleistet. Und siehe da, nach zwei Jahren sind wir schon mal einen Schritt weiter!“

Kathrin Eilers zweifelte: „Aber jetzt haben Sie die Trasse doch hinter Ihrem Hof. Liegt die da denn besser, wenn Ihnen 15.000 Autos pro Tag am Schlafzimmerfenster vorbeibrausen?“

„Nee, wohl nicht, aber da bleibt die Trasse auch nicht. Wir bringen sie dahin, wo sie vom Verstand her hingehört. In den tiefen Süden. Verlassen Sie sich drauf.“ Bovenbadde platzte fast vor Selbstvertrauen.

Kattenstroht hatte verhalten geschmunzelt und bat den Bauern jetzt um eine Erklärung, wie denn die Überzeugungsarbeit bei der Mehrheitspartei ausgesehen habe.

„Lieber Herr Kommissar, Sie scheinen doch etwas von Land und Leuten zu kennen. Wir haben das Problem, dass in unserer Mehrheitspartei seit Jahren Leute das Sagen haben, die gar nicht aus Brinkbergen kommen. Zugezogenes Volk, Neubürger, Studierte – und Lehrer, nichts als Lehrer!“ Kattenstroht wandte ein, er sei Sohn eines Lehrers und mit einer solchen verheiratet. So fühle er sich verpflichtet, diesen Berufsstand zu verteidigen. Der Bauer aber war kaum zu bremsen.

„Man hat Verwandtschaft überall. Und was ist es doch schön, wenn immer mehr Leute in die Partei eintreten, aus dem ganzen Kirchspiel. Da ist dann die Generalversammlung, der Ortsparteitag, und dann wird der Vorstand neu gewählt. Demokratie greift – und drei wichtige Leute aus dem aktiven Vorstand haben auf einmal keinen Posten mehr. Die Fraktionsvorsitzende hat weinend das Podium verlassen, dem Kassierer haben wir die Penunzen weggenommen und der neue Ortsvorsitzende ist Gott sei Dank wieder ein Berufskollege. Das hält erst mal für drei Jahre. Die Mehrheit im Ortsverband ist uns wieder geschenkt. Die Ratsfraktion hat verstanden, denn einer unserer gelehrten Herren würde gerne in den Landtag ziehen. Als dann vorletzte Woche am Samstag Klausur war, haben unsere Leute einmütig die Variante 1 glatt gezogen. Und warten Sie ab, im Herbst fällt die Variante 2." Bovenbadde machte eine kleine Pause und setzte zutiefst befriedigt nach: „So macht man das auf dem Dorf, wenn man so etwas macht."

Kathrin Eilers gab zu, dass man sich Ähnliches auch schon in Lahsum geleistet habe. Man solle eben die Solidarität der Menschen auf dem Lande nicht unterschätzen. Selbst der junge Sennenhund zeigte eine friedliche und freudige Stimmung und hatte inzwischen seinen Kopf auf den Oberschenkel der Eilers gelegt, was er – so behauptete es jedenfalls der Bauer – bei Fremden noch nie getan habe.

Kattenstroht fasste zusammen: „Also war auch die Arbeit Weltermanns für Sie in Ordnung und zufriedenstellend?"

Der Bauer verzog leicht das Gesicht: „Es war der alte Weltermann, der uns geholfen hat. Ralph W. aus M. hat hier den Kram abgewickelt. Mehr nicht. Immerhin, es hat geklappt. Überzeugt hat er mich nicht."

„Hätte denn aus Ihrer Sicht einer Ihrer Streitgenossen um die Umgehungsstraße irgendetwas gegen den Anwalt Weltermann haben können?", bohrte Kattenstroht weiter.

„Sie meinen, ob einer meiner Nachbarn und Freunde aus der Initiative ihn vom Hotelbalkon hätte stürzen können?" Bovenbadde registrierte Kattenstrohts Nicken und wurde deutlich: „Egal wie stark oder schwach der junge Weltermann auch war, es kommt doch darauf an, was am Ende hinten rauskommt. Wir haben die erste Schlacht gewonnen, aber noch nicht den Feldzug. Der Junge ist tot, in die nächste Runde gehen wir wieder mit der Kanzlei Weltermann. Und passen Sie mal auf, wir kriegen das hin!" Der Bauer zeigte ein vor Siegesgewissheit und Optimismus strahlendes Lächeln, das ihn geradezu sympathisch machte. „Es kann doch auch nicht angehen, dass wir in Deutschland ständig landwirtschaftliche Flächen entfremden, verkaufen, bebauen, versiegeln, ohne dass die bäuerlichen Vorbesitzer wenigstens fair und angemessen entschädigt werden", fügte er hinzu.

Während sie sich verabschiedeten, spielte Kathrin Eilers noch ein bisschen mit dem jungen Hund, von dem sie kaum lassen konnte.

Kattenstroht bat seine Assistentin, auf der Rückfahrt nach Münster den Wagen zu fahren. Er selbst griff zum Handy und führte mehrere Telefonate. Stellmacher wurde der obligatorische tägliche Bericht erstattet, mochte er auch noch so von Erfolglosigkeit strotzen. Kattenstroht berichtete ausführlich von dem Streit um die Straße im Brinketal, konnte aber die Dankbarkeit nicht unter den Tisch fallen lassen, die die Mandanten des jungen Weltermann ihrem Anwalt erweisen mussten. „Leider bisher nirgendwo ein Ansatz, nirgendwo ein Motiv. Aber meine Nase sagt mir, dass wir etwas übersehen haben und dass es hier irgendwo im Brinketal herumliegt."

Das Gespräch mit Bielefeld war unergiebig. Wie der Kommissar seiner Begleiterin anschließend berichtete, hatte die Observation am Vorabend und an diesem Tag rein gar nichts erbracht. Bodo Nosthoff war am Morgen im Haus geblieben, die beiden Herren Jeschow und Orlow hatten sich gar nicht blicken lassen. Am Nachmittag hatte Nosthoff dann seine Golfschläger eingepackt und war in Begleitung eines der beiden Russen, der ihm den Caddie machte, den ganzen Nachmittag auf dem Golfplatz aktiv gewesen. Ein Aspekt hatte die Bielefelder Staatsanwältin allerdings beunruhigt. Die Kontakte nach Russland per Internet und Telefon hätten an diesem Tag stark zugenommen, so als braute sich dort irgendetwas zusammen.

Kattenstroht nahm per Handy auch Kontakt mit seiner Frau auf und versuchte, ein warmes Abendessen zu bestellen. Damit biss er jedoch bei Betty auf Granit. Sie hatte keine Lust, den Ofen am Abend noch einmal anzuwerfen, sagte sie.

Mia Kunsleben berichtete, dass man die Kontakte des jungen Weltermann nun ziemlich breit abgegrast habe. Das werde Gegenstand der Besprechung am kommenden Morgen sein. Es gebe aber keine Details, aus denen am Abend Handlungsbedarf abgeleitet werden müsse.

Ruhig rollte der Wagen auf der großen Landstraße in Richtung Münster. Die Sonne stand schon tief im Westen und blendete die Autofahrer. „Auf meinen kleinen Alleen hätten wir wenigstens hin und wieder Schatten", knurrte Kattenstroht missmutig vor sich hin.

Irgendwann brach Kathrin Eilers das Schweigen: „Ich weiß nicht, ich komme mit dem Namen von dem Hof neben Bovenbaddes Ländereien gar nicht klar. Szulski, völlig unwestfälisch und dann noch diese komische Schreibweise. Dabei bin ich mir sicher, dass ich den Namen schon mal gelesen oder gehört habe."

Kattenstroht hob den Kopf, den er nachdenklich bis missmutig mit der rechten Hand gestützt hatte: „Klar, Frau Eilers, Sie sind doch eine gebildete Frau! Fontane! Unterm Birnbaum: Szulski ist der Reisende, der beim Gastwirt Abel Hradschek ausstehende Rechnungen eintreiben muss. Das endet fürchterlich."

Die Eilers schüttelte den Kopf: „An meinen Deutschunterricht in der Oberstufe kann ich mich noch gut erinnern: Fontane, ja: ‚Irrungen und Wirrungen'! Aber nicht ‚Unterm Birnbaum'. Das Buch kenne ich gar nicht, das haben wir in der Schule bestimmt nicht gelesen."

Kattenstroht erläuterte: „Das ist eine besonders gute Kriminalnovelle. Aber glauben Sie mir, liebe Frau Kollegin, Szulski ist das Opfer, nicht der Täter!

Kapitel 15

Im Fall Weltermann war der Wurm drin. Kattenstroht bekam an diesem Abend zu Hause nichts Warmes mehr zu essen. Er musste sich mit Brötchen und kaltem Bier begnügen. In der Nacht schlug das Wetter um. Ein leichter, aber beständiger Landregen verstimmte den Ermittler und erfreute Bauern und Gärtner; Betty kommentierte am nächsten Morgen, der Garten habe die Feuchtigkeit dringend nötig: „Bei schlechtem Sommerwetter arbeiten die Kinder mehr für die Schule. Dann packt der eine oder andere Schwachmathikus doch noch die Versetzung!" Auf diese Weise hatte sie am Frühstückstisch ihre meteorologischen und pädagogischen Grundkenntnisse miteinander kombiniert. Der Kommissar fuhr mit dem Auto ins Büro und sah in äußerst gedämpfter Stimmung noch einmal alle Untersuchungskomplexe der Reihe nach durch.

Für 9.00 Uhr war eine Besprechung angesetzt, zu der auch Stellmacher sein Kommen angekündigt hatte. Die Teams bereiteten den großen Besprechungsraum vor und brachten ihre Unterlagen, Dateien und Pinnwände auf den neuesten Stand. „Inzwischen ganz schön bunt, aber verdammt wenig drauf!", hatte Kattenstroht gemeckert, als er vor dem Treffen die verschiedenen Mind-Maps noch einmal revidierte. Immerhin war klar, dass seine Leute eine Fülle von Informationen über den toten Rechtsanwalt und seine Lebensumstände zusammengetragen hatten. Ob allerdings in diesem Heuhaufen die besagte Stecknadel gefunden werden konnte, blieb abzuwarten.

Stellmacher erschien wie immer pünktlich, versprühte seinen jungenhaften Charme und verbreitete den Duft eines neuen Herrenparfums, das Kathrin Eilers besonders wahrnahm. Reichlich unverhohlen flirtete die Frischverlobte mit dem mehr als 30 Jahre älteren Staatsanwalt, weshalb Kattenstroht penibel und überpünktlich zur Ordnung rief und die Besprechung zackig eröffnete. Mia Kunsleben übernahm die Leitung und moderierte das Gespräch quer durch die einzelnen Themenbereiche.

Die Wohnung am Hörster Friedhof war unergiebig geblieben. Zwar hatte der Drogenspürhund tatsächlich eine größere Menge Kokain erschnüffelt, aber ansonsten hatten sich aus den dort vorhandenen Unterlagen so gut wie keine wesentlichen Erkenntnisse gewinnen lassen. Die

Zugehfrau, die dem Junggesellen an einigen Tagen in der Woche den Haushalt machte, hatte keine verwertbaren Aussagen machen können. Auf den ersten Blick schien nichts Wichtiges verschwunden zu sein, selbst eine gezielte Suche der Einbrecher war nicht erkennbar. Weltermanns Umgang mit Geld war seinen Freunden und auch seiner Bügelfrau bekannt: Er benutzte kein Portemonnaie, trug vielmehr Münzen in den Hosentaschen und Geldscheine stets in größerer Menge mit einer Silberklammer gebündelt im Jackett. Ansonsten bezahlte er gern mit Kreditkarten. Geldscheine und Kreditkarten hatten sich tatsächlich im Hotelzimmer befunden. Einen Tresor besaß die Wohnung nicht.

„Versicherungen, Vereinsmitgliedschaften, Sportzeug, auffallend wenige Bücher, kaum Tonträger und auch keine Tagebücher oder so etwas. Freundlicherweise hat Weltermann sein Telefonregister liegen lassen. Die meisten Verbindungen ergaben sich aber aus seiner beruflichen Tätigkeit." Mia Kunsleben wurde lebhaft. „Immerhin waren aber seine Partnerinnen ziemlich lückenlos erfassbar. Auf die hatte uns ja schon der Portier vom Hotel Edelbroick hingewiesen."

Mit einer gewissen Abschätzigkeit in der Tonlage breitete sie dann die Reihe der Frauen aus, die in den letzten Jahren als zeitweilig feste Partnerinnen des jungen Anwalts eine Rolle gespielt hatten. „Es ist immer derselbe Typ, es ist fast immer dieselbe Geschichte! Da fischt sich unser Ralph eine jüngere Frau, meistens Anfang bis Mitte zwanzig und Studentin im höheren Semester, bei der er mit seinem Geld und seinem Auto Eindruck schinden konnte. Man reist zusammen, man spielt Tennis oder Golf, man feiert Feste, aber irgendwann ist ruckzuck Schluss. Und eines ist mir aufgefallen: Bei den Gesprächen, die wir geführt haben, kam raus, dass es immer die Frauen waren, die Schluss gemacht haben. Die waren den verwöhnten Knaben nach einem halben oder einem dreiviertel Jahr wirklich leid und haben ihn in die Wüste geschickt. Ich hatte das Gefühl, dass auch seine sexuellen Vorlieben oder Fähigkeiten nicht besonders überzeugten. Unstetig der Kerl und irgendwie – ich weiß nicht – für eine Frau doch wohl unangenehm!" Die Büroleiterin machte aus ihrer Abneigung keinen Hehl.

Man diskutierte noch weitere Befunde aus der Wohnung des Toten und auch den Untersuchungsbericht über den Ferrari, in dem viele Spuren nachgewiesen werden konnten, die jedoch keine neue Richtung aufwiesen. Das Finanzgebaren Ralph Weltermanns, so konnte Pötter aus der Zuarbeit der Kollegen berichten, war großspurig gewesen, aber seine Ausgaben pflegten seine Möglichkeiten nicht zu übersteigen. Neben seinen Anteilen aus der Sozietät hatte er durchaus erfolgreich an der Börse spekuliert. Eine Altersvorsorge war durch aufwendige Lebensversicherungen nachgewiesen, zu Schwarzgeld hatten die Ermittler bisher keine Spuren nachweisen können: „Der Alte hat ihm zudem jeden Monat seine Apanage gezahlt, er konnte machen, was er wollte. Und das hätte ich auch gerne an jedem Ersten!“, kommentierte Pötter trocken. „Nach Firmenbeteiligungen suchen wir übrigens noch.“

„Dann schauen wir uns doch mal die Reihe der letzten Mandate an“, leitete Stellmacher zum beruflichen Umfeld weiter. „Wer fängt an?“

Austrup trug zuerst den Raestruper Grenzstreit vor. Stellmacher hörte sich die Berichte an und schüttelte dann den Kopf. „Warum habt ihr denn darin so viel Zeit investiert? Liegt das Thema nicht schon zu weit zurück? Ich weiß nicht, Klaus, da war doch nichts drin!“, wandte er sich kritisierend an Kattenstroht. Der fühlte sich angegriffen: „Erstens haben wir so gut wie nichts, wir müssen mit dem arbeiten, was wir haben. Zweitens bin ich inzwischen der Überzeugung, der Tod Weltermanns hängt eng mit ländlichen Geschichten zusammen, und …“

„ … drittens ist es ein wunderbarer Fall aus der Landeskunde!“, unterbrach der Staatsanwalt. „So etwas erfreut doch meinen Freund Klaus Kattenstroht zutiefst. Bleibt doch mal sachlich, Kinders! Wenn wir schon nichts haben, dann sollte das, was wir haben, was hermachen! Denkt bitte an die Münstersche Öffentlichkeit. Von der Presse rede ich erst gar nicht!“

Selbst Austrup, sonst ein Ausbund an Loyalität, fiel seinem Kommissar in den Rücken. „Die haben sich auch untereinander vertragen. Die Rechtsschutzversicherung eines Nachbarn hat die Anwalts- und Gerichtskosten auf dem Kulanzwege übernommen und der betroffene Bauer, der Schulte Suderwich, hat seine vier Grenzbewohner letzten Ostern zu einem großen Ostereier-Essen auf den Hof eingeladen. Mit ganz viel Trinken und Quatern am Herdfeuer. Angeblich haben sie sogar eine Art Nachbarschaft gegründet. Die mögen sich alle über Ralph Weltermann schwarz geärgert haben, aber von denen hat ganz bestimmt keiner ihren juristischen Versager übers Balkongitter geschubst. Sie hatten nämlich am vorigen Mittwoch alle ein Alibi: ein Nachbarschaftsfest mit Grillen. Der Schulte und seine Frau waren übrigens auch eingeladen. Die haben den Schweinebauch gestiftet."

Mit Schalk in den Augen schaute Stellmacher seinen Freund Kattenstroht an, nickte mehrmals demonstrativ und wedelte mit der rechten Hand, als wollte er sagen: Habe ich es dir nicht gesagt!

Der Kommissar ließ sich nicht beeindrucken: „Ihr werdet sehen, der lautstarke Tod von Ralph Weltermann hat irgendwo da draußen seinen Grund; und wir werden ihn finden!", hielt er wacker dagegen.

Es klang wenig überzeugend!

„Und die dunklen Wasser der Brinke murmeln von seinem traurigen Schicksal und geben den Forellen Kunde!", deklamierte Stellmacher mit getragener Stimme. Und nach einer Pause: „Wir brauchen jetzt was Handfestes, mit irgendwelchen Visionen ist uns nicht mehr geholfen."

Kattenstroht hielt den Mund und überließ es Kathrin Eilers, über die Feldsabotage in Rechterfeld zu berichten. Sie war noch nicht weit gekommen, als ihr Stellmacher schon ins Wort fiel: „Auch schon ewig her, letzten Herbst war das. Wo ist der Zusammenhang mit unserem akuten Fall? Die Aluminiumstangen im Mais hängen meinetwegen mit NostRo zusammen. Aber aktuell zu Weltermann? Da sehe ich nicht eine einzige Verbindung." Es schien so, als wolle der Staatsanwalt die Ermittlung an sich ziehen. „Was ist mit den Familiensachen?"

Auch mit diesen Mandanten hatte man gesprochen. Es hatte sich herausgestellt, dass sie Ralph Weltermann meistens aus dem Golf- oder dem Tennisklub gekannt und ihm deswegen die jeweilige Vertretung übertragen hatten. Die anwaltlichen Leistungen und Ergebnisse der Verfahren waren von den Betroffenen eher mit Resignation bewertet worden: „Scheidungen sind eben Scheidungen, da geht nun mal Porzellan kaputt!", zitierte die Kunsleben ein Opfer eines Familienzwistes.

„Und da war kein richtiger Rosenkrieg dabei?", bohrte Stellmacher nach. „Nichts mit Waffengebrauch, Kindesentführungen oder Anzeigen beim Finanzamt?" Die Ermittler mussten das verneinen. Auch die

Straßenverkehrsdelikte, in denen Weltermann vertreten hatte, waren erledigt, abgehakt und bezahlt worden. Auch hier war bisher nichts Auffälliges nachzuweisen.

„Bleiben wir bei den letzten Mandanten Weltermanns und machen wir das Maß voll." Kattenstroht ergriff die Flucht nach vorn. „Frau Eilers und ich haben uns gestern mit den Streitereien um die Umgehungsstraße in Brinkbergen beschäftigt. Wir haben den Bürgermeister und seinen Stellvertreter befragt, haben den Sprecher der Bürgerinitiative besucht und eine schöne Dokumentation geschenkt bekommen. Hier ist sie!" Kattenstroht wedelte mit dem Hefter. „Aus allem geht hervor, dass der Streit im Brinketal sehr heftig war und dass man im Ringen mit den Straßenbaubehörden einen Teilerfolg verbuchen konnte. Den schreibt man auch den Rechtsanwälten Weltermann und Partner aus Münster zu. Um einen Herrn Bovenbadde mal zu zitieren: ‚Von unseren Nachbarn hat keiner einen Grund, den Weltermann über das Balkongitter zu werfen!'Mit einem lauten Knall landete der Hefter auf dem Tisch.

Mia Kunsleben spürte, dass sich die Stimmung dem Tiefstpunkt näherte. Also ergriff sie die Initiative und wollte noch einmal die Spurenakten aus dem Hotel sowie die Gerichtsmedizin bemühen. Sie erntete aber nur abweisendes Desinteresse. Die Reihe der Ermittler saß stumm vor den Pinnwänden. Stellmacher klopfte mit seinem Bleistift auf der Tischplatte ein kurzes Stakkato und sagte dann mürrisch: „Für 11.00 Uhr hatte sich euer Präsident doch angesagt, oder?"

Der Staatsanwalt wurde belehrt, dass der Polizeipräsident an diesem Morgen unvermutet zu einem wichtigen Termin abgerufen worden sei. Stellmacher trommelte weiter mit seinem Bleistift.

Kattenstroht räusperte sich: „Klare Feststellung: Wir kommen nicht weiter. Wir haben nach fast einer Woche noch keine erkennbare Spur aus den uns zugänglichen Komplexen. Da bleiben aus meiner Sicht nur zwei Möglichkeiten. Die erste: Wir haben den Faden irgendwo in der Hand, können ihn aber nicht abspulen. Will sagen, wir müssen das Zeug immer wieder umdrehen, bis wir vielleicht doch noch zufassen können. Mein Gefühl ist, dass die Lösung hier irgendwo vor uns hängt. Wir haben die Bereiche, die Weltermanns Leben und Arbeiten ausgemacht haben, so ziemlich aufgedröselt. Also gilt die alte Kriminalistenweisheit, dass man geduldig immer noch einmal wieder hingucken und lesen muss. Ich spüre das: Da irgendwo", er zeigte auf die Pinnwände, „da irgendwo hängt unsere Lösung!"

„Ja, ja, und sie liegt auf dem Lande!" Stellmacher wirkte unwirsch. „Und was war deine zweite Möglichkeit?"

„Auch wenn das jetzt nervt! Frau Witter hilft uns ja nicht wirklich mit Informationen weiter! Die zweite Lösung wäre unsere Russen-Mafia. Wenn Sascha und Mischa eben doch Bodoleins Rechtsverdreher aus dem Weg räumen ließen? Die Bielefelder meinen, der Hergang passe nicht zu Tätern dieses Kalibers. Wenn aber doch? Wenn zum Beispiel die Herren Jeschow und Orlow einen bezahlten Killer angeheuert haben, der bei uns im ganzen Umfeld unbekannt ist? Stellen wir uns weiter vor, der vermasselt seinen Job vordergründig. Er hat also den Weltermann attackiert, der will fliehen, springt selbst über den Balkon und kommt ums Leben. Dann wäre zwar der Job bezogen auf den Auftrag im Stillen gescheitert, aber im Ergebnis top: Weltermann ist tot. Der Killer zieht sich zurück, reist wieder ab, niemandem ist was nachzuweisen. Fertig!"

Die Mienen in der Runde blieben nachdenklich. „Das ist natürlich ein Hilfskonstrukt, mit dem wir uns operativ über ein paar Tage hinweghelfen können." Stellmacher war mehr als skeptisch. „Sieht auch ein bisschen aus wie ein *Deus ex Machina*, der vom Himmel geflogen kommt und uns wie im Theater einer Lösung näherbringt. Ich weiß nicht, Klaus, ob wir so wirklich weiterkommen." Er schüttelte den Kopf. „Wir sind der Aufklärung im Fall Weltermann nicht wirklich näher gekommen."

Kattenstroht blickte in die Runde: „Wie gehen wir weiter vor? Ich bitte um Vorschläge, meine Damen und Herren!"

Es kamen keine neuen Ideen. Somit beschloss man, alle Befunde noch ein weiteres Mal zu rekapitulieren, und vertagte sich in der großen Runde auf Freitagmorgen.

Im Treppenhaus trennten sich Kattenstroht und Stellmacher. Beide waren ziemlich entnervt und enttäuscht. „Du glaubst gar nicht, Jochen, wie sehr ich mich auf Pfingsten freue. Ich hab' im Augenblick wirklich die Nase voll. Wir fahren Samstag früh alle vier plus Hund nach Norderney und bleiben bis Dienstag. Wir haben da ein Ferienhäuschen von Bekannten. Das konnten wir sogar mit Snoopy kriegen."

Stellmacher nickte: „Ich wünsche euch ein paar schöne Tage. Grüß Betty von mir, sie soll das Spargelessen bei uns übernächste Woche nicht vergessen! Noch eins: Hast du heute Morgen die Todesanzeige Weltermann im Blatt gesehen?" Und als Kattenstroht verkündete, Betty habe ihm die Zeitung mehr oder minder entrissen und zur Schule mitgenommen, ergänzte Stellmacher: „Du kannst vom alten Weltermann sagen, was du willst. Aber Stil hat er! Guck mal rein!"

Im Büro ließ sich Kattenstroht die Tageszeitung von Austrup geben. Er blätterte sie im Beisein von Kathrin Eilers auf und stieß schließlich auf die Todesanzeigen. Der Nachruf auf Ralph Hubertus Weltermann nahm nicht viel Platz ein und fiel zunächst nicht besonders aus dem Rahmen. „Statt jeder besonderen Anzeige" stand darüber. Den Auftakt machte ein Bibelzitat, dann folgten Berufsbezeichnung, der Name, das Geburts- und Todesdatum.

„Das ist aber mehr als knapp!", sagte die Eilers lakonisch. „Kein Text dazu, nur noch ‚Im Namen aller Angehörigen: Dr. Gerhard Heinrich Weltermann, Rechtsanwalt & Notar'. Mehr saß für den eigenen Sohn nicht dran? Und die Beisetzung hat im engsten Familienkreis stattgefunden!"

„Ich bitte Sie: Hier der freundliche Hinweis: Statt freundlichst zugedachter Kränze oder Blumen bitten wir um eine Spende an den Weißen Ring zugunsten von Kriminalitätsopfern. Adresse, Bankleitzahl, Kontonummer. Das war's." Kattenstroht starrte auf das Bibelzitat und las halblaut:

„Es waren deine Hände nicht gebunden
Und deine Füße nicht in Fesseln.
Du bist gefallen, wie man fällt durch böse Menschen.
2 Samuel 3, 33 / 34"

Der Kommissar dachte einen Augenblick nach: „Find' ich ziemlich beziehungsreich. Dazu gehört schon einiges an Bibelkenntnis, um einen solchen Vers zu finden. Zweites Buch Samuel, das dürfte König David sein, der über seinen Sohn Absalom klagt." Kattenstroht überlegte einen Augenblick: „Klar, Absalom wird seinem Vater untreu, erhebt sich gegen ihn und fällt schließlich über seine Eitelkeit. Erinnern Sie sich noch an die Geschichte, Frau Eilers? Er bleibt mit langen Haaren im Baum hängen und wird hinterrücks erstochen. Das passt ja haargenau."

Die Eilers schüttelte den Kopf. „Meine Bibelkenntnisse sind leider rudimentär. In unserem Religionsunterricht mussten wir immer zu weltlichen Themen Wandzeitungen kleben: Waldsterben, Jugendprostitution und", sie warf einen Blick auf den wohlproportionierten Kattenstroht, „Magersucht bei Männern!"

Kattenstroht erwiderte nichts, musste aber innerlich schmunzeln. Gemeinsam planten sie den Rest des Tages. Nach der Mittagspause wollten sie, nach Bereichen geordnet, die Spurenakten erneut drehen und wenden. Kattenstroht, schon wieder besser gelaunt, zog kommentierend einen beziehungsreichen Vergleich: „Unser Aktenstudium kann man vergleichen mit Freien und Heu wenden: Beides, so die Volksweisheit im Münsterland, passiert oft umsonst!"

Erst zur Kaffeezeit kam die Kommission wieder zusammen. Kattenstroht und seine Leute hatten nach der Mittagspause die Akten und zum Teil die Arbeitsplätze getauscht, um einmal aus einem anderen Blickwinkel die Funde und Ergebnisse der Kollegen zu betrachten und vielleicht durch die veränderte Perspektive neue Ideen für die Ermittlung zu gewinnen. Als man in einer Ecke der Kantine zusammensaß und sich beriet, zeigte sich bald, dass zwar der Informationsstand gestiegen, eine neue Spur aber nicht aufgetaucht war. „Es ist wie verhext. Aber je länger das dauert, desto mehr glaube ich, dass wir etwas übersehen haben. Die Lösung muss vor unserer Nase liegen. Ich wette, wir finden sie in wenigen Tagen und dann schlagen wir uns alle vor den Kopf, dass wir sie übersehen haben." So bemühte sich Kattenstroht, die Stimmung seiner Mitarbeiterinnen und Mitarbeiter zu heben. In Wirklichkeit war er selbst ziemlich frustriert und pessimistisch. „Vielleicht ist es ja doch Kommissar Zufall, der uns hilft!", hatte er die Besprechung beendet.

Es war noch nicht Feierabend, aber alle hatten genug Stunden auf ihrem Zeitkonto. Der Regen hatte endgültig aufgehört, eine freundliche Nachmittagssonne kam zum Vorschein und die Stimmung wurde etwas besser. Der Kommissar lud daher die Eilers ein, mit ihm eine kleine Spritztour durch Münster zu machen, danach wollte er sie zu einem Eis einladen. Auf dem Flur kamen ihnen Pötter und Austrup ziemlich missgelaunt entgegen. Wegen eines Krankheitsfalles hatten sie mit einem frischen Dienstwagen die Observation der Nosthoff´schen Villa bis 22.00 Uhr zu übernehmen. Kattenstroht beruhigte sie. Es sei bisher ja nichts passiert und es werde auch zwischen 17.00 und 22.00 Uhr nichts passieren. Die Lage an der Ostfront sei beständig stabil und ruhig, hatte er mit leichtem Sarkasmus zu witzeln versucht: „All quiet at the eastern front!"

Der Kommissar selbst fuhr mit seiner Assistentin an den Südrand der Altstadt, wo er den Dienstwagen unvermutet auf die Garagenauffahrt einer älteren großen Villa steuerte. Ihre weißen Putzflächen hoben sich klar ab, während große, blühende Rhododendren ihre Farbkleckse in die unmittelbare Umgebung setzten.

„Mir kam eben die Idee, dass ich Ihnen mal meinen Onkel Hein Dackmar vorstelle. Vielleicht hat der einen Tipp für uns." Kattenstroht wirkte jetzt viel entspannter, während sich seine Assistentin Gedanken über ihre Arbeitszeitregelung machte. Sie stiegen die breite Treppe unter einem Söller hoch und gelangten zu einer prächtigen Tür, die in einer manieristischen Weise geschnitzt war, ihre Glasscheiben im oberen Teil aber hinter feinen Kunstschmiedegittern verbarg. Eine ältere Dame öffnete nach einiger Zeit, wurde mit Tante Marianne angesprochen, drückte den Klausi und ließ sich seine Begleitung als Kathrin Eilers vorstellen. „Wenn du zu Hein willst, der arbeitet gerade im Garten. Soll ich euch einen Tee machen? Dann geht doch bitte gleich nachher vom Garten aus direkt in die Bibliothek, denn meine Kränzchendamen sind auch da und sitzen im Billardzimmer. Etwas Kuchen ist auch noch übrig!"

Kattenstroht kannte sich offensichtlich aus. Er ging durch den Hausflur, der prächtig gefliest war. An der Wand standen alte Möbel, Schränke und Truhen. Die Bilder schienen aus der Zeit vor dem Ersten Weltkrieg zu stammen und die Flurlampe präsentierte sich als ein Konstrukt aus verschiedenen Stangen von Hirschgeweihen.

„Ist ja ein bisschen viel Prüddel hier, aber die Dackmars sind prächtige Leute!", flüsterte der Kommissar der Eilers zu. Rückwärtig führte die Tür auf eine Terrasse, von der aus man einen Blick in den Garten mit alten und hohen Bäumen hatte. Hinten im Garten arbeitete ein alter Mann mit Rechen und Schippe, wohl um den ersten Rasenschnitt zu verstauen. Er sah den Besuch, zog erst einmal ein riesiges Taschentuch heraus und putzte sich lauttönend die Nase. „Mein Gott, Klausi, was verschafft uns die Ehre! Und hast noch Besuch mitgebracht." Er begrüßte seine Gäste lautstark und herzlich. „Prima, dann kann ich ja hier eine Pause machen. Marianne sitzt mir ja so mit dem Garten im Nacken. Der Regen heute Nacht hat meine Arbeit etwas erschwert. Gestern hatte ich den Rasen so schön geschnitten und war mit dem Abharken nicht fertig geworden. Das hab' ich jetzt davon!"

Kathrin Eilers erkannte den alten Mann. Er war am Himmelfahrtstag in Edelbroicks Hotel am Tisch gewesen und hatte mit Kattenstroht gesprochen. „Onkel Hein, ich darf dir meine Assistentin vorstellen, Frau Eilers! Amtgerichtsrat i. R. Heinrich Dackmar!"

Ein Typ wie für eine Fotosammlung „Kerls und Köpfe", so schoss es der jungen Frau durch den Kopf. Dackmar hatte bestimmt die achtzig schon überschritten, war etwas rundlich, aber, wie sich im Garten zeigte, noch recht agil. Er trug eine von Arbeitsspuren übersäte Manchesterhose, ein weißes Hemd und gewaltige Hosenträger. Dicke, alte Lederschuhe an den Füßen vervollständigten das Bild. Der runde Kopf war jetzt von der Anstrengung gerötet, die wenigen Haare waren verschwitzt, die Augen aber waren hellwach. Das Auffallendste in seinem Gesicht war der gewaltige weiße Schnurrbart: „Mein Gott, er sieht aus wie ein gemütliches Walross!“, schmunzelte die Eilers in sich hinein.

Von der Terrasse rief Tante Marianne, sie habe den Tee in die Bibliothek gestellt, er könne noch zwei Minuten ziehen. „Na, dann will ich mal aufräumen, geht ihr doch schon mal rein!“, schlug der Hausherr vor und begann damit, seine Gartengeräte wegzuschaffen. Kattenstroht und Eilers stiegen die Stufen zur Bibliothek hoch und schauten sich noch einmal um.

„Hein Dackmar ist ein absolutes Original, einer der letzten Juristen, die noch als Grundbuchrichter gearbeitet haben. Das gab es ja früher, bevor die Notare das Geschäft übernahmen.“ Kattenstroht wollte ganz offensichtlich die Zeit nutzen, bis der alte Mann zum Tee und zum Gespräch bereit war. „Hat vorm Zweiten Weltkrieg studiert, sich keinen Deut um Politik gekümmert und ist trotz aller Mühen von Tante Marianne um seine Karriere mit Fleiß und Absicht im Grundbuch hängen geblieben. Die streitige Gerichtsbarkeit war nie seine Sache. Hätte ihn viel zu sehr aufgeregt.“

„Wie ist er denn mit Ihnen verwandt?“, wollte Kathrin Eilers wissen und wunderte sich über die Antwort, denn Kattenstroht schüttelte den Kopf: „Wir sind überhaupt nicht verwandt, aber die Dackmars und meine Eltern waren befreundet. Meine Schwester und ich haben als Kinder hier im Garten gespielt und Onkel Hein und mein Vater, die kannten sich über eine Studentenverbindung, waren enge Freunde und regelmäßige Wanderer in der Geographischen Gesellschaft. Onkel und Tante zu sagen, das ist hängen geblieben. Ich bin hin und wieder noch mal hier. Seitdem meine Eltern tot sind, ist das natürlich seltener, leider!“

„Und was, glauben Sie, kann Ihr Onkel uns erzählen?“ Mit einem leisen Lächeln schaute Assistentin Eilers auf den alten Herrn, der gerade den kleinen Gartenschuppen abschloss und sich auf den Weg zum Haus machte.

„Der Mann hat ein unglaubliches Wissen über die Agrar- und Rechtsgeschichte Westfalens. Das ist ein Gebiet, mit dem sich nur noch wenige Leute beschäftigen. Seine Doktorarbeit hat er zwar über das Apothekenrecht in Münster im 16. und 17. Jahrhundert geschrieben, aber wer sich über Jahrzehnte im Liegenschaftsrecht austobt, hat eine ganze Menge gesehen und kann uns vielleicht doch den ein oder anderen Tipp geben.

Dr. Hein Dackmar stieg inzwischen leicht keuchend die Stufen zur Terrasse hoch und bat seine beiden Gäste in die Bibliothek. Durch die hohe, verglaste Tür folgten Kattenstroht und Eilers ihrem Gastgeber in einen zunächst abweisend dunkel wirkenden Raum, der sich aber schon bald als ein gemütlicher Winkel in dem großen Haus erwies.

Bücherregale erhoben sich bis zur Decke. Die Bücher verrieten durch Farben und Gestaltung ihrer Rücken meist ein höheres Alter. In den Regalfächern waren hier und da Bilderrahmen und Erinnerungsgegenstände verteilt. Ein kleiner Tisch mit zwei Stühlen stand in der Mitte unter einer schmiedeeisernen Lampe. Direkt am Fenster befand sich ein mächtiger Ledersessel, in dessen Nähe ein kleines Schachtischchen gerückt war. Das schien der bevorzugte Platz des Hausherrn zu sein, denn dort nahm er wie selbstverständlich Platz und trug mit natürlicher Autorität – „Wenn Sie mal so nett wären, Fräulein Eilers!“ – der jungen Frau auf, sich um den Tee zu kümmern. Kattenstroht kommentierte erheitert: „Bei euch im Haus stimmen die Rollen noch, Onkel Hein. Tante Marianne macht den Service ...!“ Der Alte unterbrach ihn: „Ja, ja, ja! Und sie hat es auch zu sagen. Müsst ihr den alten Mann immer ärgern?“ Dabei blitzten seine Augen spitzbübisch.

Der Tee dampfte auf dem Stövchen, der frische Apfelkuchen duftete verlockend und so kam man zum Grund des Besuches. „Ich brauche einfach ein paar Gedanken und Ideen, Onkel Hein. Wir kommen bei einem Fall nicht weiter. Es geht um einen Rechtsanwalt, in dessen Mandantschaft einige Grundstücksangelegenheiten eine Rolle spielen. Ich habe so eine Ahnung, dass hier der Schlüssel zur Lösung liegen könnte. Nachbarrecht, Schwengelrecht, Wegerechte? Ich weiß es nicht genau.“

Der Alte schaute nachdenklich, griff in das Regal hinter sich und holte eine kleine Pfeife und einen alten hölzernen Tabakstopf hervor. Umständlich begann er, seine Pfeife zu stopfen: „Da hast du dir ja gleich ein großes Feld andienen lassen, Klaus. Ich hab' ja nun Jahrzehnte damit zu tun gehabt, und ganz kapiert habe ich manches auch nicht. Bei uns auf dem Lande gehen die Wurzeln in solchen Sachen ganz tief, tiefer als die Paragraphen. Aber ich will mal schauen, wo wir ansetzen können." Er zündete sich mit einem Streichholz seine Pfeife an, blaue Wölkchen umgaben ihn und füllten langsam den Raum. Kathrin Eilers fühlte sich belästigt, sagte aber nichts.

„Jungedi, Onkel Hein, immer noch den Krüllschnitt vom Bahndamm 13?" Kattenstroht wedelte mit der Hand durch den blauen Dunst. Der Alte grinste: „Oldenkott aus Ahaus und Nadorff aus Rheine gibt es leider nicht mehr. Ich bin bald 90, Marianne und die Kinder versuchen nicht mehr, mir das Rauchen zu verbieten, und solchen preiswerten Tabak gibt es als holländische Bückware noch hier und da unter der Ladentheke. Gönn mir das mal! Ich kann dann besser denken." Er machte eine Pause und suckelte an seiner alten Pfeife: „Geht es um den jungen Weltermann?" Als Kattenstroht nickte, meinte Dackmar nur: „Eine traurige Geschichte, eine ganz traurige Geschichte für den alten Dr. Gerd Hinrich. – Nu aber mal los."

Mit der Pfeife im Mundwinkel stand der alte Mann auf, orientierte sich vor seinen Regalen und suchte hier und da ein paar Bücher und Schriften heraus, die er auf dem Schachtisch ablegte. Dann goss er sich selbst noch frischen Tee nach und machte es sich bequem.

„Wenn du die Sache grundsätzlich anlegen willst", begann er, „dann musst du sehen, dass der Bauer hier bei uns in Westfalen über 1000 Jahre immer zwischen zwei großen Polen eingebunden war. Da hast du einmal die Herrschaft. Das meint den Grundherren, also den Adel, die Kirche, den Bischof in Münster, das Kloster, was auch immer. Herrschaft meint bei den freien Bauern aber auch die eigenen Rechte am Hof und an den Menschen, die dort leben und arbeiten: Bei den größeren Höfen sind das zum Beispiel die Kötter. Auf der anderen Seite ist der Bauer immer dem zweiten Pol verpflichtet: Das ist die Genossenschaft. Er lebt nie allein, sondern immer in einer Bauerschaft, die Rechte gegen ihn hat, der er verpflichtet ist, auf die er sich im Notfall aber auch verlassen kann. Diese Bauerschaft hat oft eigene Rechtsgrundsätze und eigene Gerichte. Die wurden zwar im Hochmittelalter von den Grundherren meistens eingesackt, aber Relikte blieben doch immer. Es gab noch um 1800 bäuerliche Gerichte unter grünen Bäumen! Könnt ihr mir so weit folgen?"

Kommissar und Assistentin nickten. Der alte Dackmar wollte fortfahren, schaute aber zunächst versonnen auf seinen Tee und holte dann hinter sich greifend eine Flasche aus einem Schränkchen neben seinem Sessel: „Um diese Zeit trinke ich den Tee lieber mit einem Schuss Rum. Wollt ihr auch mal probieren?" Kattenstroht und Eilers bedankten sich für das Angebot, verzichteten aber. Hein Dackmar füllte seine Tasse ordentlich auf:

„Die Sache mit dem Schwengelrecht ist eine ganz merkwürdige Geschichte, die bis heute im Nachbarrecht fortwirkt. Zuvor müssen wir einen zweiten Aspekt beachten: Der Boden spielt eine große Rolle. Der Bauer muss den Boden, den er bebaut und aus dem er die Nahrung gewinnt, achten und pflegen. Deswegen sind Streitigkeiten um Land unter Bauernfamilien immer so bitter. Es geht, ihr mögt das glauben oder nicht, bei solchen Sachen im Kern nicht ums Geld oder ums Recht, es geht ums Land, um den Boden, aber nicht wirklich um die Fläche. Unterbewusst ist der Boden den Leuten auch heute noch etwas Heiliges." Dackmar machte eine kleine Pause: „Ist doch auch ein Wunder, dass die obersten 30 Zentimeter unseres Planeten die ganze Weltbevölkerung ernähren."

Kathrin Eilers merkte auf: „Ich glaube, ich verstehe, was Sie meinen. Wenn mein Onkel in Lahsum im Frühjahr erstmals wieder pflügt, dann ist das für den fast ein Hochamt. Ist er ein- oder zweimal über das Land gestrichen, dann hält er an, greift sich ein paar Hände Erde und steckt erst mal seine Nase rein. Er sagt, es gebe kein schöneres Parfüm!"

„Na ja", wandte Kattenstroht ein, „aber bitte keine Geruchsprobe unmittelbar nach dem Güllefahren!"

„Fräulein Eilers hat recht!", stimmte Dackmar der jungen Beamtin zu. „Dem Boden wird etwas Mystisches zugewiesen, das sich stickum in den alltäglichen Umgang in unserer Gegenwart eingeschlichen hat. Frühlingsbräuche, die es auch heute noch im Münsterland gibt, sind

Fruchtbarkeitsbräuche. Gerade zum 1. Mai oder zu Pfingsten. Es gibt Forscher, die behaupten, in grauer Vorzeit hätten die Bauern an solchen Feiertagen mit ihren Frauen ganz bewusst auf dem Feld geschlafen!“

Kattenstroht konnte sich gerade noch beherrschen, um nicht loszuprusten: „Wie hieß der Schlager noch? Ein Bett im Kornfeld? Aber irgendwie könntest du ja doch richtig liegen, Onkel Hein. Ich kenne noch das Sprichwort: Auf Maitag gesprungen, gibt Lichtmess ´nen Jungen!“

Auch der Alte musste lachen und Kathrin Eilers ging im Stillen den Jahreskalender durch. Tatsächlich: Neun Monate von Mai bis Anfang Februar! Dackmar fuhr fort: „Wenn du dir diese Boden-Mystik ansiehst, dann wird ganz klar, dass man den Nutzen aus dem Boden achten muss. Ich kannte eine alte Frau, die noch vor 20 Jahren ihren großen Garten selbst pflegte. War sie am Ende mit ihrer Arbeit, dann harkte sie die Gartenwege und an der Pforte machte sie mit der Harkenspitze drei Kreuze in den Boden. Sie konnte mir nicht erklären, warum sie das tat. Ihre Mutter hätte es auch schon so gemacht, war alles, was sie dazu sagte.“ Dackmar machte eine Kunstpause, dann erklärte er weiter: „Das ist natürlich ein Abwehrzauber. Das Böse soll den Garten nicht betreten. Über die drei Kreuze kann es nicht gehen. So einfach ist das – und so uralt!“

Kattenstroht und Eilers waren fasziniert. Und Onkel Hein war nun ordentlich in Schwung gekommen: „Jetzt mal zum Pflügen, auf Plattdeutsch übrigens immer nur ‚Bauen‘ genannt: Der Räderpflug taucht bei uns im Hochmittelalter auf. Jetzt ist es zwingend notwendig, dass in der Außenfurche, die das Feld begrenzt, mindestens ein Zugtier und das Rad auf dem Land laufen, das nicht mehr dem Bauern A, sondern schon seinem Nachbarn B gehört. Oft hat man zu genau diesem Zweck Feldraine liegen gelassen. Da war dann die Grenze genau in deren Mitte. War der Boden sehr fruchtbar und begehrt, mussten sich beide einigen und vielleicht auch die Pflugrichtung absprechen.“ Der alte Dackmar schlug ein großes Buch auf und fand nach einigem Suchen Darstellungen der Pflugbahnen. „Man kann einen Acker auseinander- oder zusammenpflügen, man bildete Beete und Ablaufrinnen für das Wasser. So sind die berühmten Wölbäcker entstanden, die man heute noch gelegentlich findet. Da sieht man dann so gleichmäßige Bodenwellen, die aber nur erhalten sind, wenn sie von Wiesen überwachsen sind."

Kattenstroht hatte verstanden: „Also ein gewisser Zwang zur Absprache, zur Zusammenarbeit. Und deswegen eine gegenseitige Rechtseinräumung."

Dackmar nickte. „Richtig, aber übersieh bitte den tieferen Grund nicht. Es ist der Respekt vor dem Land, vor seiner Fruchtbarkeit, vor der Tatsache, dass das Land auch den Mitmenschen ernährt. Es ist eine Art der Diffusion, die zwar Grenzen anerkennt, aber auch beiderseitige Lebensräume achtet. Was habe ich mich als Richter bemüht, streitende Parteien gerade in solchen Fällen zu einem Vergleich zu bewegen. Da war fast nie was zu machen. Solche Sachen gingen fast immer in die Revision zum ‚grünen Senat' ans Oberlandesgericht nach Hamm." Er überlegte einen kurzen Augenblick: „Da hatte ich in den 1960er Jahren eine Sache. Da liegen zwei Höfe nebeneinander, beide nicht besonders groß. Zwischen ihnen liegt ein Interessentenweg, den beide seit unvordenklichen Zeiten benutzen, der aber nicht ordentlich mit Wegerechten ins Grundbuch eingetragen ist. Auf den einen Hof zieht ein junger Schwiegersohn, der irgendwann die Landwirtschaft aufgibt und seine Weghälfte für den Garten nutzen will. Was macht der Mann? Er setzt auf die Wegmitte einen Zaun und erschwert dem Nachbarn die rückwärtige Zuwegung zu seinen Scheunen. Formalrechtlich war da wenig zu machen. Der Weg stand nicht im Kataster. Ich habe Außentermine gemacht, lange Gespräche geführt. Es war der Schwiegersohn, der sich da um die paar Quadratmeter durchsetzen wollte. Ergebnis: Die Sache ging bis nach Hamm. Der Zaun blieb stehen. Der eine Nachbar musste seinen Weg auf eigene Kosten und mit eigener Fläche erweitern. Der Friede in der Bauerschaft war weg. Und das unter sogenannten ‚nächsten Nachbarn'!"

Kathrin Eilers kannte als Kind vom Lande einige der Sitten und Gebräuche: „Und was war bei der nächsten Beerdigung?" Der Richter im Ruhestand nickte anerkennend: „Das war die richtige Frage, Fräulein Eilers. Selbstverständlich hat der eine Nachbar den Kriegszustand für vier oder fünf Tage unterbrochen, als der eine vom gegnerischen Hof tot über Erden stand. Man hatte Nachbarspflichten und die sind nicht zu verweigern. Genauso musst du als Nachbar dem anderen Feuer für die Herdstelle geben oder Wasser aus deinem Brunnen, falls ihm beides ausgegangen ist."

Kattenstroht versuchte, Onkel Heins Ausführungen für sich zu sortieren: „Also ist das ein Problem. Man muss die eigenen Interessen behaupten und die Interessen des Nachbarn, der Gemeinschaft oder gar übergeordnete Interessen berücksichtigen."

Dackmar nickte bestätigend: „Bei uns ist das noch harmlos, schau dir mal die Bauern an der Küste an. Wer sich nicht am Deichbau und der Unterhaltung beteiligen will, muss den Hof aufgeben. ‚We nich will dieken, de mott wieken!' Aber hier", er blätterte in einer Schrift, „habe ich noch einen schönen Fall von Flurzwang gefunden. Ausgerechnet bei euch in Hiltrup. Der Küster an der alten Clemens-Kirche musste auf Anweisung des örtlichen Schulten mit der Glocke das Signal geben, wenn der auf dem Hiltruper Esch mit der Ernte anfing. Erst dann durften auch die andern Bauern die Sensen wetzen. Das hing aber damit zusammen, dass der Esch in Längsstreifen aufgeteilt war und vor den Kopfenden Wallhecken hatte. Also konnte niemand sein Land betreten, ohne das des anderen mit zu benutzen. Wieder das genossenschaftliche Prinzip. Ein schönes Beispiel, das noch vor gut 200 Jahren im Schwange war. Natürlich heute völlig überholt, aber es zeigt doch, worum es geht."

„Und wenn jetzt ein moderner Anwalt aus der Stadt an solche Sachen rangeht, versteht er die tiefgründigen Mentalitäten nicht und macht Fehler, ohne es überhaupt zu merken!", warf der Kommissar ein.

„Das kann durchaus passieren!", bestätigte Hein Dackmar. „Und die Folgen sitzen tief, ganz tief. Denk doch mal an die Vertreibung der Bauern aus den früheren deutschen Ostgebieten. Diese Leute waren durch den Verlust von Heimat, Haus und Hof bis an ihr Lebensende traumatisiert. Die Öffentlichkeit hier bei uns hat das überhaupt nicht ernst genommen. Die Zwangsenteignungen in der früheren DDR: Was hat es da für Katastrophen unter den Menschen gegeben? Oder letzthin die Prozesse um Restitution der 1945/46 in der Ostzone beschlagnahmten Güter. Glaub mal nicht, dass es den Klägern nur ums Geld oder ums Recht geht. Im 19. Jahrhundert haben sich die Bauern mit den Ingenieuren gestritten, die da die Eisenbahnen und Kanäle bauten, in der Gegenwart geht es eben um Flächen für Baugebiete, Autobahnen und Flugplätze. Psychologisch betrachtet ist das für die Bauern ein und dasselbe. Und wenn sie Grund und Boden abgeben müssen, ist aus ihrer Sicht kein Preis wirklich fair!"

Für einige Augenblicke herrschte Stille. Die Eilers goss noch einmal Tee nach. Man hörte Kandis knistern und das Gluckern des Rums, auf den der alte Richter wohl nicht verzichten wollte: „Marianne muss es ja nicht mitkriegen!", hatte er vor sich hin gemurmelt.

Kattenstroht brach das Schweigen. „Was hast du denn sonst an schönen Fällen in deinen Büchern stehen?", wollte er wissen. Der Alte lächelte: „Ich habe euch noch ein Weistum aus dem Jahre1500 rausgesucht, ein Urteil eines ursprünglich bäuerlichen Gogerichtes aus Warendorf. Das ist zu schön. Die Bauern waren zwar gezwungen, miteinander zu arbeiten, aber die Herren wollten sich die kleineren Leute lieber vom Halse halten. Die Äbtissin von Vinnenberg legte dem Gericht die Frage vor, wie weit die Markgenossen mit Hauen, Graben und Mähen von der Grenze zu den Gärten und Kämpen anderer Leute wegbleiben mussten. Das Urteil ist wunderbar: Man muss so weit ‚wegbleiben, wie ein Mann werfen kann mit einem Hammer, womit man eine Sende schärft, wenn er in einem Graben steht und wirft den erwähnten Hammer mit seiner rechten Hand unter seinem linken Bein durch in die Mark hinein!'"

Kattenstroht konnte es nicht lassen, diesen Hammerwurf zu imitieren. Auf einem Bein stand er in Dackmars Bibliothek und schwang immer wieder mit seinem rechten Arm unter dem hoch gehobenen linken Bein durch. Natürlich käme es auf die Tiefe des Grabens an, die Schwere des Hammers und die Kraft des Mannes: „Dieses Urteil scheint mir doch etwas vage zu sein!"

Der alte Richter nickte und blätterte abschließend in einer seiner Mappen: „Der alte Vincke, der erste Oberpräsident von Westfalen, hat 1824 geschrieben: ‚Die Natur selbst hat dem unverrückbaren Boden den Charakter des Beharrlichen gegeben.' Recht hatte er! Das prägt auch den Charakter der Menschen!"

Kattenstroht musste noch eins draufsetzen: „Dann hat Karl Marx wohl bei Vincke abgeschrieben: Der Boden ist das einzige nicht beliebig vermehrbare Produktionsmittel!"

Kapitel 17

In der Eisdiele unterhalb des Dom-Berges an der Aa hatten sie nach kurzer Wartezeit einen freien Tisch ergattert. Kattenstroht wollte großzügig ein Eis spendieren, die Eilers kaprizierte sich jedoch auf einen Joghurtbecher mit Früchten. Der Kommissar selbst beließ es bei seinem geliebten Caffè. Sie kamen noch einmal auf den alten Dackmar zurück und Kattenstroht versäumte nicht, seiner Assistentin aus dem Leben seines Onkels zu erzählen.

„Sie müssen sich vorstellen, dass noch in den 1950er Jahren viele Grundbuchgeschäfte vom Gericht aus gesteuert wurden. Das machte eine eigene Abteilung mit Amtsrichtern. Onkel Hein war so einer und er hat seinen Posten schön ausgenutzt. Damals gab es ja noch den Alt-Kreis Münster, der zwischen 1815 und 1975 bestanden hat. Und Hein war dafür auch zuständig. Auf dem Land gab es in den einzelnen Amtsgemeinden regelmäßige Gerichtstage." Kattenstroht rührte nachdenklich in seiner Tasse und warf wieder mal einen Blick auf die reizende Bedienung, die gerade den Nachbartisch mit Eisportionen versorgte.

„Die Landkreise in Preußen waren so angelegt, dass ein Landrat an einem Tag zu Fuß jede Gemeinde erreichen, seine Aufgaben erfüllen und am selben Tag zu Fuß wieder in seine Kreisstadt zurückkehren konnte. Das Prinzip hat auch unser Hein ausgenutzt. Wenn ein Gerichtstag bei schönem Wetter in einer Gemeinde in den Baumbergen angesetzt war, ließ der Herr Amtsgerichtsrat Dr. Dackmar seine Akten am Vortag bündeln und ein Gerichtsbote brachte die dann zum Überlandbus. Am Zielort holte der Gastwirt, in dessen Haus der Gerichtstag stattfand, das Bündel vom Bus ab oder ließ es sich gegen ein Bier bringen. Am nächsten Morgen stand unser Hein hier in Münster früh um vier oder fünf Uhr auf und wanderte die zwanzig Kilometer oder mehr bis zu seinem Gerichtstag."

Kathrin Eilers schüttelte den Kopf: „Zwanzig Kilometer vor dem Frühstück! Unglaublich!"

„Der kannte die schönsten Wegeverbindungen von Münster aus in das Münsterland. Dem war kein Patt unbekannt. Er zog dann so seine vier Stunden durch Wald und Flur über Land. Im Dorf angekommen ließ er sich dann ein großes Frühstück mit Speck und Eiern servieren. Nach dem Frühstück waltete dann etwa ab 9.00 Uhr die Gerechtigkeit. Nach einem schönen Mittagessen fuhr der Überlandbus zurück nach

Münster und nahm den Richter nebst seinen Akten mit. Die Akten holte der Bote an der Bushaltestelle ab und Onkel Hein hielt zu Hause seinen ausgedehnten Mittagsschlaf. Das war dann ein Arbeitstag des Grundbuchrichters."

„Das waren aber auch Idyllen!" Kathrin Eilers schüttelte ihren blonden Schopf, als wollte sie Kattenstroht von der dunkelhaarigen Bedienung ablenken, die sich jetzt erneut an einem Nachbartisch um die Kunden bemühte. Es war zu eindeutig: Kattenstroht sülzte mal wieder junge Damen an! „Stellen Sie sich das mal unter den Bedingungen des heutigen Datenschutzes vor! Die Akten des Gerichtes lagen doch unbewacht im Wirtshaus herum."

Kattenstroht nickte: „Logisch, gerade der Wirt muss wissen, was im Dorf abgeht." Er winkte der hübschen Bedienung zu, bat um die Rechnung und bezahlte mit einem großzügigen Trinkgeld. Das Rehlein, so pflegte der Kommissar, um die Eilers zu ärgern, gelegentlich junge Damen dieses Schlages zu bezeichnen, strahlte zurück. Die Assistentin ärgerte sich.

Es war Schlag sechs Uhr am frühen Abend und die Glocken der umliegenden Kirchtürme setzten mit dem Angelus-Läuten ein. Kattenstroht studierte die Eisdielenquittung und schien darüber zu grübeln: „Es bediente Sie Joana!", zitierte er leicht gestelzt. „Joana! Portugiesin oder Spanierin?"

Die Eilers stutzte, überlegte, beugte sich dann vor und riss dem verblüfften Kommissar den Kassenzettel aus der Hand. Sie guckte auf den Ausdruck und sagte mit Nachdruck in der Stimme: „Es bediente Sie Herr Szulski! Mein Gott, das war es! Es bediente Sie Herr Szulski!"

Kattenstroht war völlig perplex und versuchte, den Kassenzettel wieder in seinen Besitz zu bringen: „Nein, beste Frau Eilers: Sie nennt sich Joana!" Er wurde kategorisch: „Joana hat uns bedient!"

„Hören Sie um Gottes willen auf zu balzen, Kattenstroht!" Kathrin Eilers kam in Fahrt. „Ich bin mir ganz sicher. Für Edelbroicks Hotel und für den letzten Mittwochnachmittag. Da liegt ein Lieferschein vor für den Tatnachmittag: ‚Es bediente Sie Herr Szulski.' Genau die Schreibweise mit großem S und kleinem z. Ich sehe den Zettel noch ganz genau vor mir. Wirklich!"

Endlich hatte der Kommissar verstanden. „Das ist ja ein Ding! Da müssen wir ran, auch wenn es vielleicht noch mehr Szulskis gibt. Der Zusammenhang ist logisch. Aber erst mal wird's reine Detektivarbeit! Wir sollten heute wenigstens noch die Listen durchgehen. Auf ins Präsidium."

Als sie aufstanden und die Stühle zurechtrückten, bimmelte das Handy. Kattenstroht nahm das Gespräch an, wurde plötzlich hektisch, hielt sich ein Ohr zu und machte den Eindruck, als nehme er eine Reihe von Instruktionen entgegen. Er nickte mehrfach, hatte einige Rückfragen und schien etwas zu bestätigen. Dann steckte er sein Mobiltelefon in die Jacketttasche und hatte es sehr eilig.

„Es wird spannend, Frau Eilers, spannend und gefährlich. Das war das Ungewitter aus Bielefeld. Wir sollen Jeschow und Orlow und ihre Leute umgehend festnehmen. Gefahr im Verzug und sie hat einen Haftbefehl." Kattenstroht rannte fast zum Auto und Kathrin Eilers musste sich anstrengen, um mitzukommen.

„Gleich im Auto erzähle ich mehr. Ich übernehme das Steuer. Ich kenne das Viertel hier. Die Witter alarmiert auch unsere Einsatzzentrale. Ich denke, die schicken das SEK. Sie rufen bitte umgehend Pötter und Austrup an. Gut, dass die da heute stehen. Die sollen bloß aufpassen. Sie sollen im Zweifelsfall mit ihrem Auto die Auffahrt der Villa blockieren." Kattenstroht geriet schon aus der Puste.

Endlich hatten sie ihren Dienstwagen erreicht, den sie in einer Seitenstraße abgestellt hatten. Zum Glück hatte sie niemand zugeparkt. Der Kommissar stieg an der Fahrerseite ein und gab der Eilers Anweisung, das Blaulicht aufzusetzen. „Aber keine laute Musik! Das wäre nun doch zu gefährlich." Vorsichtig setzte er den Wagen zurück und startete zu einer Tour durch das Stadtviertel, mit der die Eilers nicht gerechnet hätte. Der Kommissar hatte nicht übertrieben, er kannte sich bestens aus.

„Heute Vormittag hat es einen Überfall auf die NostRo-Niederlassung in Moskau gegeben. Das hat die Witter gerade durchgegeben. Etwa 50 Leute haben das Gelände gestürmt und den Laden mit Baseballschlägern kurz und klein geschlagen. Ein riesiger Sachschaden, einige Schwerverletzte, aber die russischen Kollegen haben unsere Leute unterstützt. Die konnten die Verbindung zu den beiden Raidern hier nachweisen.

Nun fahr doch schon!", raunzte Kattenstroht unwirsch, als der Wagen vor ihm langsam auf die Kreuzung zurollte, deren Ampel gerade auf Gelb sprang. „Nichts zu machen, mein Freund!", knurrte er, überholte den Autofahrer, der so brav gestoppt und das Blaulicht ignoriert hatte, hielt sichernd auf der Kreuzung und zog dann ab in Richtung Promenade: „Prima, dass wir gerade hier in der Nähe waren."

Die Straße vor der Nosthoff'schen Villa war ruhig. Der Wagen mit Austrup und Pötter stand etwa zwanzig Meter vor der Zufahrt auf der linken Straßenseite, so dass sie nach rechts die Auffahrt und die Haustür überblicken konnten, aber selbst vom Haus aus nur schwer kontrolliert werden konnten. Kattenstroht fuhr seinen Dienstwagen unmittelbar neben den der Kollegen und nahm durch die heruntergelassenen Seitenfenster Kontakt auf.

Austrup saß auf dem Beifahrersitz: „Die wollen türmen. Zwei der Leute waren schon draußen. Die beladen den Wagen. Einige Koffer sind schon drin. Das wird allerhöchste Zeit. Wir sind jetzt aber nur zu viert! Das SEK braucht noch ein paar Minuten."

Die Entscheidung wurde ihnen abgenommen. In der Tür der Villa erschienen Jeschow und Orlow, dahinter die beiden Ausputzer. Offensichtlich war die Gang im Aufbruch. Kattenstroht reagierte: „Zugriff! Es geht nicht anders. Alarmiert die Einsatzleitung. Die sollen schicken, was nur laufen kann, und vor allem rückwärtig die Promenade abriegeln. Ich blockiere jetzt die Straße. Kathrin, Sie steigen aus und halten sich an Pötter. Waffen bereithalten!"

Die Eilers stieg fix aus dem Auto. Kattenstroht gab Gas, zog die schwere Polizeilimousine über die Straße und stellte sie, als habe er sonst nirgendwo einen Parkplatz gefunden, quer vor die Einfahrt der Nosthoff'schen Villa. Der Kommissar stieg aus und bemühte sich, einen ruhigen Eindruck zu machen. Vom zweiten Dienstwagen aus kamen Pötter und die Eilers sichernd heran, Austrup telefonierte noch.

„Guten Abend, die Herren! Wollten Sie noch einen kleinen Ausflug machen?"

Jeschow und Orlow war die Situation sofort klar. Sie konnten allerdings die Lage nicht voll und ganz einschätzen, denn durch die Abendluft hörte man nun verschiedene Polizeisirenen. Es gab einige Anweisungen oder Kommentare in russischer Sprache und wütendem Ton, Taschen wurden fallen gelassen, die Bande stürmte zurück ins Haus. Die Haustür blieb weit geöffnet. Durch das Treppenhaus hallten Schritte und Schreie.

Kattenstroht gab Pötter Anweisung, das Haus nach hinten zu sichern. „Wir müssen es nur schaffen, die Burschen im Haus zu halten; die Kollegen sind gleich da. Nehmen Sie die Eilers mit und sehen Sie nur zu, dass uns keiner nach hinten über die Promenade ausrückt!"

Pötter nickte und winkte der Eilers, ihm zu folgen. Sie zogen vorsichtig um die Hausecke ab. Der weiße Kies knirschte unter ihren Schuhen.

Austrup stieß zum Kommissar. Auch er hatte inzwischen seine Dienstwaffe gezückt: „Die Kollegen sind unterwegs, es kann sich nur noch um Sekunden handeln. Das Viertel wird jetzt schon weiträumig abgeriegelt."

„Dann wollen wir mal Ruhe bewahren! Hoffentlich geht alles gut", murmelte Kattenstroht.

Durch den Hausflur tönten auf einmal drängende Hilfeschreie in deutscher Sprache: Bodo Nosthoff war in Not.

Kattenstroht musste zugreifen: „Wir gehen rein. Sie sichern mich, Austrup! Verdammter Mist. Hoffentlich geht das gut!"

Sie schlichen sich ins Treppenhaus. Durch die antiken Türen mit der bunten Verglasung fielen farbige Flecken auf die weißen Wände. Die Sonne schien durch die Fenster an der Westseite ins Haus und erhellte die großzügigen Räume mit ihrem bunten und edlen Interieur.

Sie hatten das Hochparterre erreicht und kontrollierten die Treppe, die links nach oben führte. Hier schien alles sicher. Wieder waren die Hilfeschreie Bodo Nosthoffs zu hören, jetzt deutlich lauter und erschreckender. Die Flurtür zum großen Wohnraum war geöffnet. Sichernd stieß Kattenstroht sie mit dem Fuß auf. Das Bild, das sich ihm bot, war furchterregend.

Sascha Jeschow stand an der rechten Längsseite des Raumes vor der Sitzgruppe, hatte sich Bodo Nosthoff geschnappt, ihm von hinten den Arm um den Hals gelegt und bedrohte sein Opfer mit einem blanken Stilett. Mit seiner markanten Stimme drohte er nur: „Kommen Sie mir ja nicht näher! Sonst ist er sofort weg!"

Kattenstroht registrierte, dass nur Jeschow bei Bodo im Raum war. Wo waren Orlow und die beiden anderen Männer? Austrup hatte die Situation und ihre Brisanz ebenfalls erkannt. Unsicherheit auf allen Seiten.

Der Kommissar nahm über die vorgehaltene Waffe Kontakt zu Jeschow auf. „Lassen Sie das, Sie haben verloren. Das Geschäft hier geht zu Ende! Geben Sie auf und lassen Sie den Mann frei, Jeschow!"

In den Augen des Raiders erkannte Kattenstroht eine Brutalität, die ihm in dieser Ausprägung bisher noch nicht begegnet war: „Zu Ende ist noch lange nichts, Herr Kommissar!"

Auf der Terrassentreppe registrierte Kattenstroht Bewegung. Mit vorgehaltenen Waffen kamen Pötter und Kathrin Eilers mehr als behutsam an die Gartentür: „Nummer drei und vier sind gesichert!", rief die Assistentin dem Kommissar zu. Dem fiel ein Stein vom Herzen. Bodo Nosthoff zappelte unter dem festen Zugriff Jeschows und wimmerte erneut um Hilfe.

„Lassen Sie den Mann los, Jeschow, es ist vorbei! Machen Sie es nicht noch schlimmer, als es ohnehin schon ist."

In einem Nebenraum fiel etwas um. Alle horchten auf. Mit einem Kopfnicken signalisierte Kattenstroht dem Kollegen Austrup, die Nebentür, die offensichtlich zur Küche führte, zu kontrollieren. Der ging vorsichtig in die angewiesene Richtung. Alle vier Männer im Raum, die beiden Polizisten, Jeschow und Nosthoff, fixierten sich in höchster Anspannung. Von der Gartentür aus versuchten Kathrin Eilers und Pötter die Lage zu sichern.

Mit der Weisung an Austrup, die Küchentür zu kontrollieren, hatte Kattenstroht seine eigene rückwärtige Sicherung aufgegeben. Wie auf Samtpfoten schlich jetzt Orlow mit vorgehaltener Pistole durch die Flurtür und befand sich somit in Kattenstrohts Rücken. Da die Eilers vor der Gartentür links stand, konnte sie das Erscheinen des zweiten Raiders beobachten, nicht aber Pötter, dem die Hauswand im Winkel den Blick verstellte.

Jeschow sah seinen Kollegen und lächelte. Kattenstroht spürte die Gefahr.

Die Eilers schrie: „Kattenstroht – volle Deckung!" Der Kommissar ließ sich fallen.

Zwei Schüsse knallten in Sekundenbruchteilen hintereinander.

Austrup hatte sich auf den Schrei der Eilers blitzartig umgedreht. Kattenstroht lag schon am Boden und der Schuss Orlows knallte irgendwo in eine Wand. Orlow aber fiel im selben Augenblick um, getroffen von einem Projektil aus der Dienstwaffe von Kathrin Eilers.

Austrup stürzte sich sofort auf Orlow, um den Verletzten und seine Waffe unter Kontrolle zu bekommen. Ebenso blitzartig hatte sich Kattenstroht wieder aufgerichtet.

Pötter und die Eilers standen jetzt mit vorgehaltenen Waffen im Raum.

„Sie sehen, Herr Jeschow, es ist vorbei. Lassen Sie jetzt Herrn Nosthoff frei und geben Sie auf. Wir haben einen Haftbefehl gegen Sie."

Im Treppenhaus waren Schritte zu hören. Auf der Straße fuhren offensichtlich einige Einsatzwagen auf. Uniformierte betraten, wie durch die Terrassentür zu sehen war, sichernd den Garten.

Sascha Jeschow lächelte. Er lächelte den Kommissar an. Dann eine blitzartige Bewegung. Nosthoff, noch immer in die Armbeuge des Raiders gezwungen, bäumte sich auf. Das Gesicht des Firmenerben schien zu erstarren, sein Mund öffnete sich und ein Blutschwall ergoss sich über den Arm und die linke Hand Jeschows.

Der lächelte immer noch, schaute die Polizisten triumphierend an und ließ den sterbenden Bodo Nosthoff kaltschnäuzig auf den Boden sinken.

Jeschow ließ sich festnehmen, ohne weiteren Widerstand zu leisten. Der Raum füllte sich mit den Ärzteteams und weiteren Beamten.

Kathrin Eilers stand noch in der Nähe der Gartentür. Kattenstroht warf einen Blick in den Garten, wo die beiden Helfer der Raider mit Handschellen aneinandergekettet auf dem Rasen lagen. „Da haben Pötter und ich nur Glück gehabt! Und mein Karate-Training hat doch seine Vorteile!", kommentierte die Assistentin.

„Ist dir eigentlich klar, Kathrin, dass du mir das Leben gerettet hast?", fragte Kattenstroht.

Die Eilers strahlte ihn an: „Ach Klaus, das war aber nur dienstlich!"

Erst am späten Mittwochvormittag konnten sie die „Spur Szulski“ wiederaufnehmen. Der Abend und die Nacht waren noch anstrengend genug gewesen. Die Ereignisse in der Villa Nosthoff hatten sich überschlagen. Bodo Nosthoff war den Notärzten unter den Händen weggestorben, Orlow war schwer verletzt und lag in einem Gefängniskrankenhaus. Jeschow und seine beiden Helfer waren längst dem Haftrichter vorgeführt worden und in sicherem Gewahrsam. Da von Schusswaffen Gebrauch gemacht worden war und es einen Toten gegeben hatte, wurde die Sache von Kollegen aus einem anderen Bezirk untersucht. „War das eigentlich der erste Mensch, auf den du geschossen hast?“, hatte Kattenstroht seine Assistentin gefragt. Kathrin Eilers hatte stumm genickt. Sie konnte, obwohl sie nun schon mehr als neun Monate mit ihrem Chef zusammenarbeitete, mit seinem schrägen Humor nur schwer umgehen. Mit Blick auf einen berühmten Massenmörder, hatte er nämlich bemerkt, könne er nur auf das Zitat verweisen: „Der Erste ist der schwerste!“

Kathrin Eilers' Blick war eisig und der Kommissar zog es deshalb doch vor, erst mal nichts weiter zu sagen. Genauen Bericht aber musste er dem Präsidenten erstatten und angesichts des Medienechos lud der zu einer Pressekonferenz am Nachmittag ein, an der auch das Team Kattenstroht teilnehmen sollte. Der Kommissar aber hatte keine Lust und überließ das Feld lieber dem Präsidenten, Stellmacher und der Witter. Es sei doch besser, wenn die operativen Kräfte nicht zu häufig in der Zeitung zu finden wären, hatte er gemeint.

Am frühen Morgen waren sie noch einmal zur Villa Nosthoff gefahren, in der die Spurensicherung ununterbrochen tätig war. Es gab eine Menge zu untersuchen und zu sichern. Die Bielefelder waren mit einem großen Team angerückt und wie die Witter, die ebenfalls durch Haus und Garten stolzierte, erklärte, könne man möglicherweise an dem Fall Jeschow und Orlow eine Menge typischer Verhaltensweisen der Raider analysieren und einige ihrer Verbindungen für weitere Fahndungserfolge nutzen.

Auch Kattenstroht fand wieder zu sich selbst. Als man feststellte, dass die Kugel aus der Waffe Orlows ausgerechnet den großen Adler nach Baselitz über dem Sofa direkt ins Herz getroffen hatte, war seine Gemütslage wieder im Lot. Das sei doch ein besonderes Zeichen, das er sich merken wolle. Wenn das Bild wirklich nur eine Reproduktion war, wolle er mit den Erben Nosthoff versuchsweise über einen Erwerb verhandeln. Ein solches Asservat könnten gewiss nur wenige Beamte vorweisen. Dann setzte er noch eins drauf. Als sie beide ins Auto stiegen, bat er die noch immer mürrische Kathrin Eilers: „Nun sei doch mal so lieb und verlasse bitte den Maul-Modus!“ Da musste die Eilers losprusten und der Tag schien gerettet.

Sie wandten sich der erfolgversprechenden Spur „Szulski“ zu. Der Fehler, den das Team gemacht hatte, war eigentlich ganz simpel. Sie hatten die langen Namenslisten der Leute, die sie im Hotel und dessen Umfeld erfasst und befragt hatten, nicht in einer Gesamtliste mit den Namen aus den anderen Ermittlungskomplexen kombiniert. Dann hätte man mit einigen Tastenschlägen paralleles Erscheinen dokumentieren können. „Die Bereiche erschienen mir persönlich auch zu weit voneinander entfernt“, hatte Mia Kunsleben selbstkritisch geäußert. „Bin ich selbst nicht drauf gekommen.“ Dennoch hatte sie auf Bitten des Kommissars seit den frühen Morgenstunden versucht, Fakten über Szulski zusammenzutragen. Im Büro führte die Büroleiterin ihnen die Internetseiten der Firma „Das frische Münsterland“ vor. Ein ansprechendes Logo, viele appetitliche Bilder, erlesene Speisen und Getränke präsentierten sich dort verheißungsvoll auf dem Bildschirm. Sie hatte auch schon bei Edelbroick angerufen, der ihr die Angaben bestätigt hatte. Der Frischdienst war am Nachmittag im Hotel gewesen, der Fahrer war ein gewisser Herbert Szulski. Als solcher stand er auch im Telefonbuch von Brinkbergen und auf der Mandantenliste vom jungen Weltermann.

„Ich habe mal ein bisschen recherchiert. Ich kenne ‚Das frische Münsterland‘ schon lange, nur bei uns im Viertel und im Volksmund überhaupt ist das ‚Schmand-Meyer‘. Meine Mama hat mir noch erzählt, dass die früher mit Pferdewagen durch die Straßen gezogen sind und Milch literweise verkauft haben. Die gab es aus der großen Kanne, aber auch Schichtkäse und Sahne haben sie verkauft. Joghurt und so etwas gab’s da noch nicht. Damals saßen die noch auf Mauritz, heute haben sie einen großen Betrieb in Mecklenbeck." Sie klickte ein paarmal auf verschiedene Buttons: „Da ist auch was über die Geschichte und da sind die Pferdewagen mit der alten Aufschrift."

Kattenstroht war interessiert, fragte aber trotzdem nach der Gegenwart. Mia Kunsleben klickte weiter: „Das wird Sie interessieren: die Mannschaft!"

Auf dem Bildschirm tauchte ein typisches Werbefoto auf. Mehrere Auslieferungswagen mit Kühleinrichtungen standen auf einem Platz vor einer modernen Halle. Aus den Autos guckten fröhlich winkende Fahrerinnen und Fahrer, davor standen weitere Mitarbeiter und Betriebsangehörige.

„Ich brauche Ihnen ja nicht zu sagen, dass die alle Blau tragen!", bemerkte die Kunsleben süffisant.

„Tja, auch das passt!", bestätigte Kattenstroht und las laut vor: „Das frische Münsterland! Münsterlandweit der Service für vollendeten Genuss! – Aber die beliefern doch nur noch Fachbetriebe, Hotels, Gaststätten und so?

„Richtig, aber auch nur im oberen Segment. Da kann man lebende Hummer kriegen und toten Fisch, Austern und Kaviar, eben teures Edelzeug! Die Wagen sind übrigens nach den Produktgruppen strikt getrennt. Das Kerngeschäft scheinen noch immer die Milchprodukte zu sein." Die Büroleiterin rief das Sortiment auf. „Und das hier sind die Chefs: Paul und Victoria Meyer. Der Betrieb ist noch immer im Familienbesitz. Ich drucke das jetzt mal aus, dann können Sie gleich an die Arbeit gehen." Der Drucker summte und Kattenstroht zog sofort mit dem Ergebnis und mit seiner Assistentin ab.

Sie fanden das Betriebsgelände des Frischdienstes am Südrand der Stadt in der Nähe der Autobahn. Da sie sich telefonisch angekündigt hatten, gab es keine Verzögerung und bald saßen sie im Büro des Chefs. Paul Meyer mochte um die vierzig sein und trug trotz der modern gestalteten Umgebung einen schneeweißen Kittel mit auffallendem Firmenlogo. Der erfahrene Kaufmann spürte Kathrin Eilers' erstaunten Blick ob seines professionellen Aufzuges: „Lachen Sie nicht, das ist Gewohnheit. Wenn der Kunde sieht, dass alles blitzblank ist vom Lager bis zum Chef, dann hebt das die Stimmung. Der Kittel ist täglich frisch! Was meinen Sie, was wir allein für die Berufskleidung unserer Fahrer an Geld ausgeben? Das einheitliche Blau mit Logo ist eigens für uns entworfen und genäht worden." Der Chef wies auf eine gemütliche Besprechungsecke: „Tja, was kann ich für Sie tun? Wie wäre es mit einem Glas wunderbar frischer Milch von glücklichen Kühen oder darf es etwas vollfette Sahne mit Kaffee sein?" Sie ließen sich beides bringen und nahmen Platz.

Kattenstroht eröffnete vorsichtig und bat zunächst um absolute Diskretion. Dann nannte er den Grund des Gespräches, die Sache Weltermann im Hotel Edelbroick im Brinketal. Man müsse leider sehr umständlich fast 100 Personen überprüfen, die an dem besagten Nachmittag im Hotel gewesen seien. Die Eilers musste angesichts dieser Übertreibung innerlich grinsen: Natürlich hatte der Kommissar den Kirchenchor vom Niederrhein mitgezählt.

Dementsprechend, so führte Kattenstroht weiter aus, sei natürlich auch der Frischdienst auf die Liste gekommen. Es sei doch richtig, dass am vergangenen Mittwoch ein Wagen von „Schmand-Meyer" bei Edelbroicks vorgefahren sei?

Paul Meyer grinste von einem Ohr zum anderen. Offensichtlich freute er sich, dass der Kommissar den uralten Namen seiner Firma kannte und erwähnte. „Klar waren wir da: Wir sind seit Jahrzehnten Lieferanten bei Edelbroicks. Und da Donnerstag Himmelfahrt war und viele Leute Lieferprobleme haben, waren wir mit Sicherheit am Mittwoch da. Ich kann das schnell nachschauen." Er öffnete ein paar Dateien im Computer und bestätigte: „Mittwochnachmittag. Natürlich. Herbert war da, Herbert Szulski."

„Darf ich fragen, was Sie sonst noch über den Computer rauskriegen können?", fragte Kathrin Eilers weiter.

„Was wollen Sie wissen? Wir haben ein voll integriertes System. Unsere Waren sind per Barcode gekennzeichnet und werden bei der Auslieferung vom Fahrer entsprechend erfasst. Die Fahrer haben einen kleinen Computer dabei, der alles genau aufzeichnet. Der Kunde bestätigt per Unterschrift mit Spezialstift auf einem Display den Empfang und er bekommt einen Quittungsausdruck als Lieferschein. Am Abend stellt der Fahrer seinen Computer auf eine Station im Büro, die alle Daten direkt in unseren großen Rechner überträgt. Der schreibt sofort die Rechnungen und die Abbuchungsbelege für die Bank. So haben wir immer eine Übersicht, können unmittelbar Tagesstatistiken machen und die Einkäufe optimal steuern."

„Das heißt aber auch", überlegte Kattenstroht laut, „dass Sie Ihre Fahrer sehr genau kontrollieren können."

„Das ist richtig, bei Herbert Szulski aber nicht erforderlich. Wir können natürlich an den Daten sehen, wann wo welche Geschäfte getätigt wurden. Die Firmen geben ja täglich ihre Anforderungslisten herein, die besseren Häuser mit richtig guten Köchen kaufen selbst regelmäßig im Großmarkt. Oft ergeben sich aber noch Geschäfte vor Ort, an der Wagentür gewissermaßen. Deshalb brauchen wir gute Leute und wir haben sie." Meyer klopfte mit einem Fingerknöchel auf die Tischplatte. „Herbert Szulski ist mein bester Mann. Er hat am vergangenen Mittwoch um genau 16.48 Uhr seinen Beleg für Edelbroicks Landhotel ausgedruckt. Die Waren werden Sie nicht interessieren, aber die Zeiten des Tages kann ich Ihnen natürlich auch über die Fahrer-Card ausdrucken."

Meyer stand vom Computer auf und setzte sich wieder zu den Ermittlern. Er nahm ebenfalls einen Schluck Kaffee und meinte dann zu Kattenstroht und Eilers: „Ich will Ihnen ja nicht ins Handwerk pfuschen, aber wenn Sie unseren Herbert näher betrachtet haben, können Sie getrost zum nächsten Verdächtigen übergehen. Für den Mann lege ich meine Hand ins Feuer."

Ob Meyer das bitte etwas näher ausführen könne, bat Kattenstroht.

„Das frische Münsterland" setzte seine Kaffeetasse ab: „Wissen Sie, in unserem Gewerbe kommt man viel unter die Leute. Da lernt man was über die Menschen. Herbert Szulski gehört gewissermaßen zum Inventar unserer Firma. Ich kann Ihnen gerne seine Personalakte zeigen." Als Kattenstroht den Kopf schüttelte und um einfache Erklärungen bat, ergänzte Meyer: „Herbert Szulski arbeitet bei uns seit mehr als 25 Jahren. Sein Vater belieferte uns schon mit Eiprodukten und Brathähnchen, da dachte noch niemand an frei laufende Hühner oder die ökologisch-biologische Fütterung. Als die Familie damals die Hühnerfarm in Brinkbergen aufgab, kam der alte Szulski eines Tages und fragte meinen Vater, ob wir nicht seinem Jungen Arbeit geben könnten. Das hat er getan. Personaltechnisch eine der besten Entscheidungen, die meine Familie je gefällt hat."

Kathrin Eilers überlegte: „Der Mann ist doch jetzt an die fünfzig, noch als 25-Jähriger betreute ihn der Vater?"

Meyer war offen: „Mal ganz ehrlich, der hellste Kopf ist unser Herbert nicht. Der Vater war ein starker Typ. Der Sohn ist eine treue Seele, ausgesprochen zuverlässig, sauber, pflichtbewusst. Wir haben so viel von dem Mann, das glauben Sie gar nicht. Er ist beliebt bei den Kollegen, weil er – er ist ja immer noch Junggeselle – ohne zu murren Wochenenddienste schiebt, an Feiertagen Lieferungen ausfährt oder für kranke Kollegen einspringt. Das Blöde ist dabei, dass er das meiste Überstundengeld an das Finanzamt abgibt. Und wenn ich überhaupt mal die Chance habe, ihm etwas außer der Reihe zuzustecken, dann lehnt er das ab. Es kann Ihnen passieren, dass er Ihnen dabei die Bibel um die Ohren haut. Ein Frommer ist das, ein Ostpreuße. Einen Berg von Urlaubstagen schiebt er natürlich auch vor sich her." Meyer hielt einen Moment inne. „Ich will Ihnen mal was sagen, so einen Typ von Arbeitnehmer, den gibt es fast nicht mehr. Mein Vater benutzte immer das Wort ‚rechtschaffen' für die Familie Szulski. Genau das sind sie: rechtschaffen."

Jetzt stellte Kattenstroht behutsam und nicht ohne noch einmal um strikte Diskretion zu bitten, die entscheidende Frage: „Sagen Sie mal, Herr Meyer, würden Sie dem Mann eigentlich eine Gewalttat zutrauen, ich denke da zum Beispiel an eine Affekthandlung, eine Art von Gefühlsexplosion – oder etwas in der Richtung?"

Der Frischdienst-Chef guckte den Kommissar völlig verständnislos an: „Eine Affekthandlung? Von unserm Herbert? Sie haben Sie ja nicht alle ... Entschuldigen Sie bitte, Herr Kommissar!" Er schüttelte den Kopf. „So etwas halte ich bei meinem Mitarbeiter Herbert Szulski für ausgeschlossen. Der Mann ruht sozusagen in sich. Der lebt wie ein alter Belgier-Gaul, der vor dem Pflug ganz gleichmäßig übers Feld zieht. Ich glaube, es gibt nichts, was den aus der Ruhe bringt. Er hat alles, was er braucht. Da sind Haus und Garten in Brinkbergen. Seine uralte Mutter lebt auch noch. Am Sonntag geht er in seine Kirche und hinterher an den Stammtisch. Dann hat er uns, Schmand-Meyer: Wir sind seine Großfamilie."

Auch später war der Kommissar noch ganz beeindruckt. „Dieser Meyer steht ja wirklich hinter seinen Leuten." Sie standen auf dem Parkplatz und Kattenstroht spielte mit den Autoschlüsseln. „Was würdest du sagen, Kathrin, wenn wir uns die Pressekonferenz wirklich klemmen und schön aufs Land fahren? Nachdem die NostRo-Erbschaft geregelt ist, auf eine etwas unglückliche Weise, wie ich zugeben muss, lade ich dich zu einem Spargelfestessen ein. Betty meinte auch, ich hätte wohl allen Grund, einen Schein auf den Tisch zu legen. Ich soll dich übrigens schön von ihr grüßen."

Die Eilers freute sich und nahm dankend an. Kattenstroht schlug vor, das Angenehme mit dem Nützlichen zu verbinden und bei Edelbroicks zu essen. Das sei dienstlich gedeckt, da sie ja der Spur Szulski nachgehen müssten. Die Kunsleben wolle er telefonisch über die Dienstfahrt unterrichten. „Das machen wir aber erst, wenn wir auf dem Hotelparkplatz sind!", entschied Kattenstroht und stieg in den Wagen.

Der Kommissar fuhr selbst und wählte den direkten Weg über Autobahn und Bundesstraße. Unterwegs gestand Kathrin Eilers ihrem Chef, dass die Schießerei vom Vorabend sie doch mächtig mitgenommen hätte. „Ich konnte gar nicht schlafen. Da habe ich ein bisschen rumgeblättert und mich mit dem Zitat in der Todesanzeige für den jungen Weltermann beschäftigt. Du hattest übrigens unrecht. Das Zitat bezieht sich nicht auf Absalom, der sich gegen seinen Vater erhebt, sondern auf Abner, einen Feldherrn von König David, der bei einer Blutrache erstochen wird. Die Absalom-Geschichte ist zwar im selben Buch Samuel, kommt aber einige Kapitel später. Übrigens wird die Geschichte von Absalom heute ganz anders verstanden, als du das meintest. Absalom hatte ja wohl einigen Grund, gegen die eigene Familie vorzugehen!"

Kattenstroht nickte. „In der Bibel und im wirklichen Leben geht's manchmal ziemlich rund zu. Interessant, was du rausgefunden hast. Will ich auch mal nachgucken."

Kathrin Eilers zog ein Blatt aus ihrer Handtasche. „Ich habe das Zitat ausgedruckt. Wichtig ist, finde ich, dass der alte Weltermann die erste Zeile weggelassen hat. Dadurch fehlt der Bezug auf den Abner, der ermordet wurde. Das mit dem Fallen ist ja schon schlimm genug, klingt aber doch etwas milder." Sie faltete das Blatt auseinander.

„Lass mal hören!", bat Kattenstroht. Kathrin Eilers zitierte:

„Musste Abner sterben, wie ein schlechter Mensch stirbt?
Deine Hände waren nicht gefesselt
Und deine Füße lagen nicht in Ketten.
Du bist gefallen, wie man unter der Hand von Verbrechern fällt!"

Der Kommissar überlegte: „Ist das wirklich derselbe Text wie in der Anzeige? War da nicht von bösen Menschen die Rede?"

„Das ist richtig! Was hast du bloß für ein gutes Gedächtnis! Der Text weicht ein ganz kleines bisschen ab. Der Sinn ist derselbe. Das hier, was ich gefunden habe, ist die moderne Einheitsübersetzung. Der Text auf der Todesanzeige klingt für mich altertümlicher."

„Weißt du, Kathrin, das weckt mein philologisches Interesse. Darf ich vielleicht den Text haben? Ich suche mir die andere Vorlage. Vielleicht lerne ich noch was daraus." Kattenstroht bekam das Papier und ließ es sofort in seiner Brusttasche verschwinden.

So erreichten sie nach einer Fahrt von fast 55 Minuten das Feinschmecker-Hotel im Brinketal, wo sie der Chef zunächst leicht erschreckt, dann aber angesichts der bekundeten Speisewünsche doch erleichtert begrüßte und persönlich betreute.

Der Spargel war umwerfend, der Schinken treffend würzig, die Kartoffeln so jung wie versprochen. Der kleine Schoppen trockenen Edelzwickers war in Verbindung mit viel Mineralwasser auch für ein Polizei-Duo im Dienst ebenso angemessen wie erlaubt.

Klaus und Kathrin hatten im Restaurant einen Zweiertisch in der Nähe der Theke gefunden. Von dort aus konnten sie das Leben und Treiben in Edelbroicks Restaurant diskret verfolgen. Der Service war auch hier erstklassig. Zur Einstimmung gab es kleine frische Brötchen mit Butter und Griebenschmalz. Die Getränke waren genau richtig temperiert. Als der Spargel kam, waren die beiden großen Teller erhitzt und jeweils mit einer neusilbernen Kuppel bedeckt, die die Bedienung, zwei junge Damen im Hotel-Look, wie in einem Ritual an ihrem dicken Knauf gleichzeitig abhoben. Das Essen präsentierte sich wie ein kleines Gemälde.

Sie aßen und unterhielten sich dabei in aller Ruhe über sie beide gemeinsam berührende Themen aus der letzten Zeit. In der Woche seit dem Tod des Ralph Weltermann hatten sie sich immer auf den Fall konzentrieren müssen, jetzt kamen auch ihre Familien, die Pläne für das Wochenende und für die weitere Zukunft wieder zur Geltung. „Ab Samstag dann auf Norderney!", strahlte Kattenstroht. „Ich freue mich so auf die vier Tage mit meinen Jungs. Die sind wirklich viel zu kurz gekommen in der letzten Woche!" Kathrin Eilers schwärmte von einer Gartenmesse, die sie mit ihrem Thomas und seinen Eltern besuchen wollte. „Wir müssen allmählich daran denken, was wir demnächst im Forsthaus im Reckhölter Hagen machen wollen. Im Herbst ist unsere erste Pflanzzeit."

„Ach ja, das Forsthaus!", schmunzelte Kattenstroht. „Junge Leute, Liebesleute!"

Zum Nachtisch hatte Kattenstroht höchst eigennützig sein Lieblingsdessert vorgeschlagen, das er zu seiner Freude auf der Karte entdeckt hatte: Stippmilch – Westfälische Quarkspeise mit Zimt, Pumpernickel und Rosinen. „Pumpernickel und Rosinen muss man einige Zeit in Rum einlegen. Wir haben immer so ein Glas mit Rosinen unter Rum im Kühlschrank. Die sind immer richtig!", schwärmte der Kommissar von den kulinarischen Künsten seiner Betty.

Nachdem sie gerade die Stippmilch genossen und schon den abschließenden Kaffee bestellt hatten, erschien Edelbroick am Tisch. Der Hotelier pflegte den Brauch, sich zu den Hauptmahlzeiten immer mal wieder im Restaurant sehen zu lassen, Anwesenheit zu demonstrieren und sogar unterstützend in den Service einzugreifen.

„Respekt", hatte Kattenstroht geknurrt. „Ein guter Chef! Wie sagt doch die Schrift: Das Auge des Herrn macht die Kühe fett und füttert das Vieh!"

Edelbroick erkundigte sich nach der Qualität des Essens und machte einige verbindliche Bemerkungen. Kattenstroht sah die Chance gekommen, unauffällig seine Ermittlungen voranzutreiben. „Lieber Herr Edelbroick, wir müssen doch noch einmal bei den Verhören von der letzten Woche ansetzen. Wir sind bisher noch nicht wirklich weitergekommen. Ob die Gang, die wir gestern Abend in Münster festgesetzt haben, auch unseren Weltermann auf dem Gewissen hat, wissen wir noch nicht. Das wird gerade von den Kollegen untersucht. Wir müssen auf jeden Fall hier vor Ort weitersehen. Ich hätte da noch ein paar Fragen."

Der Hotelier ließ sich nicht Bange machen, rückte einen Stuhl zusätzlich an den Zweiertisch und ließ sich auch einen Kaffee kommen. „Dann legen Sie mal los, Herr Kattenstroht!"

„Wir machen uns noch Gedanken um das Personal in Küche und Lager und um die Lieferanten. Eher zufällig sind wir dabei auf den Herbert Szulski gestoßen. Können Sie mir über den was sagen?"

„Ob ich Ihnen was über Herbert erzählen kann? Wo soll ich da anfangen? Der kommt zu uns ins Haus, da war ich als junger Spund noch unter unserm Vater hier tätig. Der fährt ja seit ewig und drei Tagen für Schmand-Meyer. Irgendwie gehört der zu der Mannschaft dahinten dazu. Er legt seine Touren oft so, dass er bei uns als letzter Station aufläuft. Wenn der Wagen leer ist, muss er ja nicht umgehend nach Münster zurück. Hat er Ware im Wagen, die dauerhafter ist, fährt er am Abend nach Brinkbergen und hängt sein Auto mit dem Kühlaggregat da an die Steckdose. Also hat er dann Zeit und hält mir die Leute hinten bei Laune."

„Wird er denn nicht lästig und lenkt die Leute von der Arbeit ab?", wollte Kathrin Eilers wissen.

„Wissen Sie, Frau Eilers, die Gastronomie ist ein ganz schwieriges Geschäft und die Leute müssen in einem Laden wie dem unseren noch immer einen menschlichen Umgang haben. Die Kunden sind wahnsinnig anspruchsvoll, wir müssen immer zu Diensten sein, der Gast hat immer recht. Also wird auch viel geschluckt. Deswegen ist es für die Stimmung wichtig, dass es da so etwas wie einen Ausgleich gibt. Herbert Szulski schafft das. Der ist total gutmütig, hat für jeden ein gutes Wort, flirtet als alter Junggeselle mit den Mädchen und ist absolut zuverlässig. Der ist für uns auch schon mal nach Münster zurückgefahren, nur um Frischware zu holen, deren Lieferung unser neuer Küchenchef beim Konkurrenzunternehmen bestellt hatte. Szulski hat ihm an einem Abend gezeigt, auf wen man sich verlassen kann: auf ihn und Schmand-Meyer! Sicher, er ist manchmal etwas verschlossen, aber unter dem Strich eine Seele von Mensch."

„Kennt er eigentlich das Haus über den Bereich von Küche und Lager hinaus?", wollte Kattenstroht wissen.

„Natürlich!", nickte Edelbroick. „Als ich die Hütte neu gebaut habe, habe ich ihm jede Woche stolz die Fortschritte gezeigt. Der konnte sogar manchmal noch Tipps geben. Der Mann fällt nicht über Arbeit, im Gegenteil, der sieht sie. Als wir in der letzten Woche vor dem Bezug des Neubaus mit dem Aufräumen und Reinigen nicht klarkamen, ist Herbert in seinem Urlaub vorbeigekommen und hat mit angepackt. Noch heute wartet der Hausdiener manchmal, wenn er etwas auf die Etagen zu transportieren hat, dass ihm am Nachmittag oder frühen Abend Herbert zur Hand geht. Der funkt ihn dann an, Herbert kommt und hilft. Gut, er kriegt dann hier mal ein Abendessen, eine Flasche Wein oder Obst für seine Mutter. Viel lieber geht er außerhalb der Gästezeiten dann bei uns im Hallenbad schwimmen. Da reden wir gar nicht drüber."

„Er scheint ja wirklich eine Seele von Mensch zu sein!", hatte der Kommissar festgestellt und Edelbroick beeilte sich zu bestätigen, die Polizei möge gerne Gott und die Welt verdächtigen, aber bitte nicht den Herbert Szulski.

„Dann wollen wir das auch mal lassen!" So hatte Kattenstroht den Hotelier bestätigt und sich seine eigenen Gedanken gemacht. Im Vorgarten fragte er Kathrin Eilers: „Was sagen Sie denn jetzt zu unserem Gutmenschen?"

„Mich beschleicht allmählich ein sehr komisches Gefühl. Der Szulski war zur Tatzeit nachweislich hier, er war Mandant des Rechtsanwalts Ralph Weltermann, er trägt im Dienst üblicherweise blaue Kleidung und er kennt offensichtlich das Hotel mit seinen Treppenhäusern und Aufzügen in- und auswendig!", resümierte Kattenstrohts schöne Assistentin.

„Dann müssen wir uns mal nach einem Motiv umsehen, das unseren Szulski hätte beflügeln können, Herrn Ralph Hubertus Weltermann fliegen zu lassen!" Kattenstroht überlegte und ließ dabei seinen Blick über die Fassade des Hotels gleiten. Die Kuppel des Hallenbades war zumindest äußerlich repariert. Er grübelte vor sich hin.

Schließlich entschied er sich und griff zum Handy. Er bat Mia Kunsleben um Hilfe und wollte zwei Aufträge loswerden. Die Büroleiterin ließ den Kommissar zunächst gar nicht zu Wort kommen. Der Chef sei stinksauer, dass Kattenstroht und Eilers nicht zur Pressekonferenz erscheinen wollten. Der tat geheimnisvoll und bat seine „liebe Mia", einmal selbst zu Schmand-Meyer zu fahren und sich – bitte mit äußerster Diskretion – eine der Dienstjacken aus dem Bestand Szulskis geben zu lassen. Das Labor sollte dann bitte gleich Textilproben zu diversen Vergleichen nehmen. Zudem sollte sie einen IT-Mann hinzuziehen und sich die Daten von der Fahrer-Card des Brinkbergener Ostpreußen herunterziehen. „Aber alles bitte ganz diskret! Lassen Sie nirgendwo raus, dass wir einen konkreten Verdacht gegen den Szulski haben. Routine zu betonen ist das Gebot der Stunde!" Die Kunsleben versprach es.

„Was ist denn genau die Fahrer-Card?", Kathrin Eilers hatte eine Wissenslücke.

„Vertrauen ist gut, Kontrolle ist besser!", klärte Kattenstroht sie auf. „Bisher erfolgte die Kontrolle der Berufsfahrer bei Wagen über 3,5 Tonnen über die Tachoscheiben. Lenk- und Schichtzeiten müssen passen und die gesetzlichen Pausenzeiten eingehalten werden. Wegen der Unfälle mit LKW und Bussen wird das immer schärfer kontrolliert. Der letzte Schrei ist ein Chip auf einer Plastikkarte, die auf jeden einzelnen Fahrer persönlich zugeschnitten ist, von ihm im Auto in einen kleinen

Terminal geschoben und mit einer Geheimnummer freigeschaltet werden muss. Sonst springt der Wagen nicht mal an. Das Ding ist unglaublich genau und kann bei allen Kontrollen auch von den Kollegen gelesen werden. Hat sich was mit Betrügereien! Und Schmand-Meyer sagte ja, dass er die Fahrer-Cards im Computer habe."

Kattenstroht schaute noch einmal über die Hotelanlage, als wolle er sich von diesem Ort inspirieren lassen. Er regte an, von der Rezeption um das Haus zu schlendern und sich einen Eindruck von den räumlichen Gegebenheiten des Umfeldes zu verschaffen. „Ich weiß nicht, Kathrin, ich kriege allmählich ein Bild davon, was hier abgelaufen ist. Wir sollten aber jetzt im Haus nicht weiter fragen. Wenn Szulski eben doch der Täter war, müssen wir einen Blick auf das Motiv werfen. Das finden wir am ehesten, denke ich, in Brinkbergen."

„Sollten wir versuchen, seine alte Mutter zu befragen?" Kathrin suchte nach Möglichkeiten, neue Anhaltspunkte zu finden.

„Das lassen wir schön bleiben!", entschied der Kommissar. Er ging noch einmal ins Hotel, ließ sich die Kreisausgabe des Telefonbuches geben und rief bei Bovenbadde in Brinkbergen an. Ob man den Bauern noch einmal kurz befragen könne. Der Angerufene zeigte sich sehr kooperativ. Es sei immer noch die Zeit zwischen Säen und Mähen. Dementsprechend habe er Zeit bis zum Füttern. Wenn der Herr Kommissar sich schnell auf die Socken mache, könne er auch noch einen Kaffee auf der Terrasse bekommen.

Kattenstroht tat wie ihm empfohlen. Schweigend steuerte er den Wagen die Bundesstraße durch das Tal die zwanzig Kilometer nach Brinkbergen hinauf und hing seinen Gedanken nach. Plötzlich sagte er ohne jeden Zusammenhang: „Den Schlüssel für unseren Fall hatte der Hausdiener in der Hand! Natürlich! Der Hausdiener! Ich Idiot!" Kathrin Eilers schreckte auf und wollte Näheres wissen. Aber ihr Chef blieb verschlossen. „Lass uns erst mal nach einem Motiv suchen. Wir sollten gleich auch noch Stellmacher anrufen. Wenn der seine Jubel-Pressekonferenz beendet hat, bringen wir ihm vielleicht die richtigen Ergebnisse."

Auf der malerischen Brücke über die Brinke hielt der Kommissar kurz an und informierte Stellmacher detailliert über die Verdachtsmomente gegen Szulski. Der Staatsanwalt fragte nach, ob er sich schon um einen

Haftbefehl bemühen sollte. Kattenstroht bat um etwas Geduld: „Ich möchte lieber die Sache wirklich rund machen, das Motiv haben und ihn, wenn es eben geht, mit Geständnis überführen. Der Mann ist nicht der Typ, zu verduften oder sich was anzutun."

Auf Bovenbaddes Hof trafen sie unmittelbar den Hausherrn. Auf dem Tisch stand der versprochene Kaffee. Der Hund Ben begrüßte vor allem Kathrin Eilers und sprang erfreut um sie herum. „Ein Bauer im Münsterland weiß, was sich gehört, wenn so hohe Leute aus Münster zu ihm kommen!", hatte der Bauer ironisch bekundet. „Was kann ich nun noch für Sie tun?"

Sie hatten vorher im Auto vereinbart, dass Kathrin Eilers dieses Gespräch führen sollte. „Was wir hier betreiben, ist reine, geduldige Routine, Herr Bovenbadde. Wir gehen jeder Spur nach und sind nach einer Woche noch nicht viel weiter. Deshalb wird jedes Blatt noch einmal umgedreht. Dazu gehören eben auch die Mandanten des verstorbenen Herrn Weltermann!"

„Also auch ich!", konterte der Bauer leicht amüsiert.

„Also auch Sie!", begegnete ihm Kathrin Eilers mit einem strahlenden Lächeln. „Wir wollen aber nicht bei Ihnen anfangen, sondern bei Ihren Mitstreitern. Sie haben bei unserem Besuch am Montag, also vorgestern, gesagt, von den Leuten Ihrer gemeinsamen Initiative dürfte keiner einen realen Grund gehabt haben, den Weltermann umzubringen. Richtig?"

Der Bauer nickte nachdrücklich und die Ermittlerin setzte nach: „Kann es sein, dass es – nur ein Beispiel – bei Ihrem Nachbarn Wittover oder bei Szulski Gründe gab, sich über den Rechtsanwalt zu ärgern?"

Der Bauer schüttelte nachdrücklich den Kopf und meinte, Wittover sei zu gut erzogen und Szulski zu ärgern sei glatt unmöglich. Den Mann und seine Geschichte könne man sich wirklich mal begucken.

Kattenstroht war sehr angetan von der Art und Weise, wie seine junge Assistentin den Bovenbadde zum Sprechen brachte. „Was hat es denn mit Szulski eigentlich auf sich?", ermunterte sie den Hofherrn, wobei sie reichlich auffällig den jungen Hund tätschelte.

Wilm Bovenbadde, der offensichtlich gerne mal ein Schwätzchen hielt, lehnte sich zurück und holte aus. Er landete prompt in den ersten Nachkriegsjahren. „Die Familie Szulski kam mit der großen Welle der Vertriebenen aus den Ostgebieten 1946 oder 1947 nach Brinkbergen: Vater, Mutter, eine Tochter, ein weiterer Sohn. Herbert ist schon hier auf dem Hof geboren worden. Da waren die Ostpreußen nämlich einquartiert. Szulski heute, das ist der alte Hof der Nederbaddes. Franz und Elisabeth Nederbadde hatten keine Kinder und auf einmal Leben im Haus. Ostpreußen und sogar evangelisch. Das war damals noch etwas Besonderes vor Ort!"

„Pech für die Flüchtlinge! Würde ich heute sagen." Kathrin Eilers zeigte sich einfühlsam.

„Diesmal irren Sie sich, Frau Eilers. Es klappte mit den beiden Familien. Franz Nederbadde und Fritz Szulski verstanden sich komischerweise. Die waren irgendwie aus einem Holz, richtige Bauern waren das, beide! Natürlich waren die Nederbaddes älter. Mein Vater hat mir oft erzählt, wie das Dorf kopfstand, als Franz und Elisabeth mit den Szulskis einen Erbvertrag machten. Damals hatten die Bauern ja faktisch keine Rente. Nur das bisschen von der Alterskasse. Konnte man ja auch vergessen. Früher haben sich eben alle auf die kommende Generation verlassen. Nederbaddes hatten aber keine Kinder und nur ganz entfernte Verwandtschaft. Also haben die Szulskis einen Verrentungsvertrag unterschrieben, den Hof übernommen und die beiden alten Leute bis an ihr Lebensende wirklich rührend versorgt."

Kattenstroht hörte konzentriert zu, als seine Assistentin weiterfragte: „Kamen die denn im Dorf überhaupt an, so als zugezogenes Volk aus Ostpreußen?"

Der Bauer lächelte: „König in der Bruderschaft sollte Fritz ja nun wohl nicht werden, das wollte er auch gar nicht. Aber als er seine guten Jahre mit der Hühnerfarm hatte, da hatten alle Respekt. Auf seinen Wiesen da unten", Bovenbadde zeigte in Richtung des Dorfes, „standen fünf oder sechs große Hühnerhäuser. Und er war damit wirklich erfolgreich. Für die Vertriebenen war er einige Zeit im Gemeinderat und er hat die kleine evangelische Gemeinde mit aufgebaut." Bovenbadde machte eine Pause und sagte dann nachdenklich: „Unsere Mutter hat mal gesagt, der Szulski wäre evangelischer als Martin Luther selbst. Ein richtiger Preuße, korrekt durch und durch. Der feierte noch immer den Geburtstag vom Alten Fritz!"

Kattenstroht zog nun doch das Gespräch an sich: „Die Szulskis sind also ein Musterbeispiel an Integration im angeblich integrationsunfähigen Münsterland! Schau mal einer an!"

Der Bauer aber blieb am Thema: „Als der Vater Szulski alt wurde, waren der erste Sohn und die Tochter weiter weg verheiratet. Herbert ist ein Herbstgeselle geblieben, ein Einspänner, wie man bei uns sagt, nen eenschläöprigen Mensken! Er hat auch nicht das Zeug zur Führung eines eigenständigen Betriebes. Da hatte der Vater schon recht. Die Szulskis haben die Hühnerfarm aufgegeben, Herbert hat dann bei diesem Frischdienst in Münster angefangen, bei Schmand-Meyer. Das ist bestimmt 25 Jahre und mehr her, der hat die Arbeitsstelle auch nicht einmal gewechselt in der ganzen Zeit. Typisch für ihn."

„Hat er denn in Ihrer Initiative gerne mitgemacht?", hakte Kathrin Eilers noch einmal nach.

„Gerne bestimmt nicht, denn für Herbert Szulski ist keine Obrigkeit so nicht von Gott! Der zitiert Ihnen die Luther-Bibel rauf und runter. Aber es ging um sein Land. Und die Familie ist bis heute nicht über den Verlust ihres Hofes im Osten weggekommen. Das sitzt ganz tief. Der ist bei uns in der Bürgerinitiative nur eingestiegen, weil er eine gewaltige Angst hatte – wie nennt das meine Tochter noch mal, die studiert Psychologie –, eine Phobie! Ja, eine Phobie, er könnte das Land, alles verlieren, was seine Eltern unter solchen Mühen hier wieder erworben haben."

Der Kommissar war hellwach geworden: „Können wir uns noch einmal die Grundstücke ansehen? Von der Mauer dort drüben hat man doch einen so schönen Blick auf das Dorf."

Bovenbadde war einverstanden und zu dritt gingen sie, umtänzelt von dem Hund, zum Aussichtspunkt. Der Bauer erklärte ihnen die Situation im Detail: „Von der Kreisstraße beginnend gehören die Wiesen zwischen Brinke und Dorf uns. Sie können das genau an der Linie der Zäune erkennen. Die langen, geraden Zäune auf die Brinke zu sind wirklich die Grenzen der alten Hufen. Der erste Hof in der Dorfreihe unten und damit der Besitzer des zweiten Längsstreifens ist dann schon Nederbadde, heute eben Szulski. Der hat glatt dreieinhalb Hektar da unten liegen. Jetzt schauen Sie sich die Dorfreihe da unten mal an! Das sind Szulski, Buldermann, Tendiek und Maes. Alles so mittlere Höfe, die heute höchstens noch etwas im Nebenerwerb machen. Fällt Ihnen was auf?“

Kattenstroht und Eilers fixierten die Häuser südlich der Kirche, deren Gärten unmittelbar an die Flößwiesen im Brinketal anstießen. Die Wiesenflächen gingen tatsächlich harmonisch in die Gärten und Hofflächen über. Kattenstroht entdeckte schließlich die kleine Anomalie: „Zwischen Szulski und seinem Nachbarn da, ist das ein Weg? Das sieht so aus, als lief da früher ein Patt zur Brinke!“

„Richtig gesehen, Herr Kommissar. Da unten in der Brinke war früher eine Schwemme für die Pferde. Da hatten die Dorfkötter ein gemeinsames Wegerecht. Der ausgetretene Patt war tatsächlich noch vor 30 Jahren öffentlich und der Weg führte aus dem Dorf vom Kirchplatz da in die Wiesen hinein. Als die Pferde ausgemustert wurden und der Patt keinen Nutzen mehr machte, wollte die Gemeinde nichts für die Unterhaltung tun und hat dem Szulski die Fläche um ein paar D-Mark abgetreten. Der alte Fritz war ja versessen auf jeden Quadratmeter. Den Weg am Hof entlang zu Buldermanns herüber, den haben sie im gegenseitigen Interesse gelassen. Deshalb ist dort wegen der Grundstückzuschnitte und der bestehenden Bebauung die einzige sinnvolle Möglichkeit, ein Baugebiet in den Flößwiesen an den alten Ortskern anzubinden. Wenn ich nicht will und Herbert auch Nein sagt, wird da unten gar nichts passieren. Meine Fläche ist aber sowieso die kleinere. Ob ein Baugebiet im Brinketal entsteht, das entscheidet sich letztlich an der vernünftigen örtlichen Anbindung und an der Fläche von Herbert Szulski.“

Der Kommissar hatte die Witterung aufgenommen. „Was kostet denn hier das normale Ackerland in Dorfnähe überhaupt?“ Der Bauer wiegte seinen Kopf bedächtig hin und her. „Natürlich muss man die Qualität berücksichtigen, also die Bodenwertpunkte. Dann die Größe und die Parzellierung, die Lage und Verbindung. Im Schnitt werden hier in Brinkbergen so zwischen 3,80 und 4,50 € bezahlt. In den letzten Jahren geht es leicht nach oben. Seitdem der Autobahnanschluss da ist, schauen sich doch zunehmend Leute hier in der Gegend um. Das steigert die Nachfrage nach schönen Baugrundstücken.“

Kathrin Eilers wollte es genauer wissen: „Und wenn eine Fläche in die Bauleitplanung rutscht als, wie heißt das doch noch gleich, ja, als Bauerwartungsland: Wie sieht dann der Preis aus?“

„Der geht natürlich nach oben wie Schmitz' Katze. Bauerwartungsland bringt bei uns in Brinkbergen im Augenblick zwischen 30 und 35 € pro Quadratmeter. Die Gemeinde kauft zu diesem Preis, erschließt dann in eigener Regie, zieht die 30 Prozent Gemeinbedarfsflächen für Straße, Gehweg und Grünanlagen ab und legt die Strukturumlage für die gemeindlichen Anlagen obendrauf. Am Ende kostet ein Quadratmeter erschlossenes Bauland leicht 150 € oder mehr und macht dem Bauherren die ersten echten Schulden."

Kattenstroht blieb hartnäckig. „Mal zurück zu den Flößwiesen. Klare Frage, klare Antwort: Als reines Ackerland, was ist die Wiese da unten pro Quadratmeter wert?"

Bovenbadde hatte kein Problem: „Wegen der Dorflage sind schon 4,20 € geboten worden! Und bevor Sie weiterfragen: Unser Hof hat knapp 1,5 Hektar da unten liegen. Rohwert ungefähr 65.000 €. Das wollten Sie doch wissen!"

„Und als Bauerwartungsland?", blieb der Kommissar verbissen am Ball.

Bovenbadde grinste: „Neunmal so viel! Fast 600.000 €!"

„Und dieselben Zahlen für Szulski?", bohrte Kattenstroht.

Die Unterhaltung zwischen den beiden Männern hatte etwas von einem Pingpong-Spiel, fand Kathrin Eilers.

Bovenbadde zeigte keinerlei Schwäche. „Wir wissen, wovon wir reden, Herr Kommissar. Szulskis Land ist als reines Acker- oder Wiesenland etwa 150.000 € wert, als Bauerwartungsland 1,3 Millionen €. Da können etwa 50 bis 60 schöne, kleine Bauplätze entstehen. Das sind die Fakten. Es sind natürlich Rohpreise, brutto. Von Steuern und so rede ich nicht."

„Also ist unser Frischdienstfahrer bei günstiger Mitwirkung der Kommunalpolitik ein waschechter Millionär, ein reicher Junggeselle!", zog Kattenstroht einen Strich unter die Ergebnisse.

„Das ist er", bestätigte Bovenbadde. „Ich hoffe nur, dass er klug damit umgeht. Er hat leider nicht den Kopf vom alten Fritz Szulski."

Kathrin Eilers und der Bauer gingen zurück zum Kaffeetisch. Kattenstroht blieb noch zurück. Er stand an der Mauer und blickte herunter ins Brinketal. Er dachte nach.

Gespannt tauchte Kathrin Eilers am nächsten Morgen im Präsidium auf und fand Kattenstrohts Zimmer leer. „Dein Klaus läuft heute Morgen nur im Stand-by-Modus, oder wie ihr eure Befindlichkeiten seit Neuestem so nennt!", murrte Mia Kunsleben und verwies auf das große Besprechungszimmer. „Seine Merkwürden, der Herr Kriminalhauptkommissar, haben geruht, es sich dort bequem zu machen. Auch das Telefon ist umgestellt und für spätestens 9.00 Uhr – was ist das überhaupt für eine Zeitangabe? – hat er eine große Runde angesetzt."

Kathrin Eilers überzeugte sich mit einem Blick durch die Tür. Tatsächlich fand sie Kattenstroht bei der Lektüre der Morgenzeitung. Er hatte einen Sessel ans Fenster zur Gartenseite gerückt, seine Beine auf das Fensterbrett gelegt und studierte intensiv die Morgenpresse. Neben ihm auf dem Tisch stand ein Kännchen Kaffee. Über die Zeitung weg begrüßte er seine Assistentin freundlich, ließ sich aber auf kein weiteres Gespräch ein.

Die Stellwände mit allen Motiven rund um die Sabotage im Mais und die Gang Jeschow & Orlow waren in die Ecke gerückt. Die Pinnwände zu den Komplexen rund um Ralph Weltermann waren offensichtlich neu angeordnet und zwei große Flipcharts wie auch der Beamer waren dazugestellt worden. Das Gerät lief bereits und schickte ununterbrochen einen Vers über die Leinwand an der Längsseite des Raumes. „Nur der Betrug entehrt, der Irrtum nie!" (Georg Friedrich Lichtenberg)

Kathrin Eilers war ziemlich angenervt: „Chef, was soll das hier? Sind Sie etwa für diesen Killefitt schon um 6.00 Uhr hier aufgelaufen?"

Kattenstroht machte auf cool: „Ach du gute Kathrin – wir duzen uns übrigens seit meiner wunderbaren Errettung aus den Fängen Orlows durch deine schöne Hand. Ab etwa halb neun ist hier Show-down angesagt. Du bist auch herzlich eingeladen. Heute machen wir den Sack zu und dann geht es ab ins Wochenende. Ich mit Betty und den Kindern nach Norderney und du mit den Schwiegereltern und Thomas auf die Gartenmesse. Ich habe die Nase nach zehn Tagen gestrichen voll." Dann wandte er sich wieder seiner Zeitung zu.

Die Eilers schüttelte nur den Kopf. Entweder hatte Kattenstroht die Lösung wirklich in der Hand oder er pflegte eine seiner Marotten. Seine

Sicherheit indes war erstaunlich. Der Kommissar tat überhaupt nichts und blieb ruhig im Besprechungsraum sitzen, las die Zeitung, hörte Radio und wartete einfach ab.

Das Team war zu neugierig. Tatsächlich saßen schon um 8.25 Uhr Kunsleben, Austrup, Pötter, die Eilers und drei weitere Leute aus den Ermittlungsgruppen im Besprechungsraum herum. Ab 8.30 Uhr wurde Kattenstroht aktiver. Er rückte seinen Sessel an den großen Tisch und kümmerte sich um einige Notizen und seinen Laptop: „Nun wollen wir uns noch ein letztes Mal in Geduld üben, meine Damen und Herren."

Um 8.40 Uhr bimmelte das Telefon. Kattenstroht ging doch zu zackig an den Apparat, um noch gelassen zu wirken, und begrüßte am anderen Ende den Kollegen Schücking in der Kreisstadt. Natürlich stellte er das Telefon nicht auf Lautsprecher, so dass die gebannt zuhörenden Mitglieder der Kommission nur die eine Seite des Dialogs mitbekamen. „Typisch männliches Herrschaftsgehabe!", dachte Kathrin Eilers.

Das Telefonat klang belanglos. Schücking hatte auf Kattenstrohts Bitte jemanden aufgesucht und ein Dokument in Kopie erhalten. Das müsse jeden Augenblick bei ihm als Fax-Mail auf dem Rechner sein. Die Papier-Kopie komme umgehend auf dem Dienstweg. Offensichtlich erhielt der Kommissar einige Details, zu denen er sich Notizen machte. Kattenstroht bedankte sich überschwänglich, stand auf und griff zum Filzstift.

„Ich habe seit gestern Abend, glaube ich wenigstens, den Fall im Griff. Bitte halten wir uns noch mal vor Augen, was im Brinketal so alles passiert ist."

Er zog die Schutzkappe vom Edding und fing auf einem Flipchart unten an: „Mittwoch vor Himmelfahrt: Weltermann kommt ums Leben!" Kattenstroht notierte das Datum und hinter den Namen Weltermanns setzte er ein dickes Kreuz.

Am Montag just dieser Woche hat der Gemeinderat von Brinkbergen die Variante 1 der Umgehungsstraße geknickt!" Kattenstroht schrieb neben das Datum nur das Stichwort „Umgehungsstraße" und strich es dünn durch.

„Drei Tage zuvor fand eine Klausursitzung der Mehrheitsfraktion statt. Und Bürgermeister Koberg, ich erinnere an unser Gespräch, Kathrin, hat verlauten lassen, die hätten drei Tage strikt den Mund gehalten. Auf dieser Sitzung haben die Ratsleute ihren bisherigen Kurs für die Variante 1 geändert. Ich habe mich erkundigt, die Sitzung war am Freitagabend im Hause des Stellvertretenden Fraktionsvorsitzenden." Der Kommissar notierte den Freitag mit Datum und schrieb das Stichwort „Fraktionsklausur" auf das Flipchart.

Dann ließ er eine große Lücke in seiner Auflistung und schaute auf einen Vermerk, der an seinem Platz lag. „In der Vorwoche zu den hier genannten Ereignissen, also ziemlich genau 14 Tage vor Himmelfahrt, war der Ortsparteitag der Mehrheitspolitiker. In der Pressemappe, die uns der Beigeordnete Wesener mitgegeben hat, war auch ein Bericht darüber und über den Putsch von Bovenbadde und seinen Leuten, mit dem die Rebellen von den Badden-Kämpen ihre bisherige örtliche Parteiführung gestürzt haben." Kattenstroht notierte nun das Stichwort „Parteitagsputsch" und das zugehörige Datum.

Er guckte nun zufrieden auf sein Werk. „Ach, ich habe noch was vergessen, die Aufhebung des Beschlusses über die Variante 1 der Umgehungsstraße stand erst an dem Mittwoch vor Himmelfahrt in der Zeitung, an dem Weltermann ums Leben kam. Das behaltet bitte mal im Kopf."

Der Kommissar setzte sich an sein Laptop und öffnete eine Datei. Er stellte aber absichtlich ein Buch vor die Linse des Beamers. „Was ist in der Zwischenzeit passiert, in der den Kommunalpolitikern rundum klar geworden war, dass die Variante 1 fallen würde? Nach dem Putsch auf dem Ortsparteitag, der Entmachtung der Frau Fraktionsvorsitzenden und dem Rauswurf der Befürworter der Variante 1 aus dem Parteivorstand war die Brinkbergener Welt nicht mehr dieselbe." Kattenstroht machte eine Pause. „Ich bin erst gestern Abend richtig drauf gekommen. Schücking hat noch um 18.00 Uhr auf meinen Wunsch versucht, das Katasteramt wild zu machen. Aber seitdem die dort den alten Bouillon pensioniert haben, hat sich das mit großzügigen Service-Zeiten erledigt. Heute Morgen war Schücking rechtzeitig da und das hat er gerade gemailt."

Kattenstroht nahm das Buch weg und auf der Leinwand tauchte das Deckblatt einer Notarsurkunde auf. „Um es nicht noch spannender zu machen, meine Damen und Herren, am Montag der Vorwoche von Himmelfahrt, eine Woche nach dem Ortsparteitag, aber – bitte passen Sie auf – eine Woche vor dem Ratsbeschluss, die Variante 1 nicht zu bauen, beurkundet der Notar Rudolf Buchlohe hier in Münster den Verkauf von fast 3,5 Hektar Land, das sind Parzellen der Flößwiesen im Brinketal an die Bauträgergesellschaft „Stadt- und Landbau", auch hier in Münster. Verkäufer ist ein gewisser Herbert Szulski. Die Käufer werden vertreten durch einen gewissen Bernd Hagenkötter. Szulski bekommt 3,80 € pro Quadratmeter und trägt auch noch alle Kosten des Verfahrens!"

„Die haben den doch reingelegt! Das sind doch Gauner allesamt!", empörte sich Kathrin Eilers. „Die haben ihn um sein Land betrogen!"

„Richtig: Ich nenne das auch Betrug. Denn in dem Augenblick, wo die Variante 1 der Umgehungsstraße fiel, wurde aus dem Wiesenland ruckzuck Bauerwartungsland. Der Wert stieg also von etwa 4,50 € ortsüblich auf etwa 35 € pro Quadratmeter. Einen ganz schönen Schnitt wollten die Herren machen. Wie man damit juristisch umgeht, soll die Staatsanwaltschaft mal regeln und danach meinetwegen die zuständige Standesorganisation der Rechtsanwälte. Ich bin aber noch nicht am Ende. Die weiteren Bedingungen des Vertrages können wir in Ruhe noch durchsehen. Ich schicke Ihnen das auf den Rechner, Frau Kunsleben. Stellmacher soll auch einen Fachjuristen dran setzen."

Mia Kunsleben machte sich Notizen. Kattenstroht wickelte seinen Faden weiter ab. „Ich habe erst gestern am späten Nachmittag und Abend die Zusammenhänge gesehen. Es schadet ja nie, einen Blick in die Zeitung zu werfen. Es soll ja Leute geben, die sich weigern, Todesanzeigen zu lesen. Ich studiere die mit Wonne. Da kann man viel lernen und erfahren. Wohlan denn: Diese Anzeige stand vorgestern im Blatt, einen Tag nach der Anzeige des Vaters Weltermann. Meine Betty hat mich drauf aufmerksam gemacht." Kattenstroht projizierte einen Auszug aus der Tageszeitung:

„Für mich ist Spiel und Tanz vorbei!"
Unserem Freund
Ralph Weltermann
zum Gedächtnis.

Wir werden dich nie vergessen.
Rölfi und Siggi van der Lohse
Bernie und Fritzi Hagenkötter
Chris und Biggi Krechter
Rudi und Mary Buchlohe"

Kattenstroht machte wieder eine Kunstpause und ließ die Anzeige wirken. Kathrin Eilers bewies als Erste, dass sie Akten gelesen und zugehört hatte: „Siggi van der Lohse, das ist doch die gestürzte Fraktionsvorsitzende aus Brinkbergen. Mit bürgerlichem Namen Sigrid genannt! Unglaublich. Buchlohe, das ist doch der Notar. Die anderen Namen? Die sagen mir auf den ersten Blick nichts!"

„Mir aber! Und ich hätte eher auf diese miese ‚Küsschen-hier-Küsschen–da-Fraktion' mit den vielen i-Namen kommen müssen. Am letzten Freitag haben wir uns ja schnell verabschiedet, weil du so eilig zu deiner Verlobung mit Familientag nach Lahsum aufbrechen musstest. Ich bin danach noch allein zu dem Anwalt gefahren, in dessen Kanzlei der junge Weltermann einsteigen sollte. Dieser Jurist heißt Bernd Hagenkötter. Rolf van der Lohse ist Diplom-Finanzwirt und Steuerberater, seine Frau Sigrid war bis vor drei Wochen pikanterweise die Vorsitzende der Ratsmehrheit in Brinkbergen. Die Familie wohnt übrigens als Einzige im Ort. Die anderen wohnen alle in Münster." Kattenstroht zeigte mit dem Cursor des Computers auf die einzelnen Namen. „Buchlohe ist der Notar, der passt eigentlich nicht in die Reihe rein, ist älter und gilt nach Auskunft eines Bekannten als solide. Krechter ist der Architekt. Und wenn ihr es jetzt ganz rund haben wollt" ..., er drückte wieder einige Tasten am Computer und ein neues Bild erschien an der Wand: „ ... das sind die Firmenschilder unserer Trauergemeinde. Das Foto habe ich heute Morgen um 7.00 Uhr geschossen. Was lernen wir daraus? Die feinen Herren und Freunde des verblichenen Weltermann arbeiten alle unter einem Dach! Sie sind auch im selben Golf- und Land-Club und haben einen gemeinsamen Stammtisch!"

Die Schilder neben dem Portal des Hauses hatte Kattenstroht schon am letzten Freitag gesehen: Der Rechtsanwalt, der Finanzwirt, der Notar, der Bauträger „Stadt und Landbau" und der Architekt präsentierten sich gemeinsam im modernen Design.

„Die haben vor nichts Respekt. Eine Betrügerbande ist das! Das Zitat aus der Freundschaftsanzeige ist für den Ralph Weltermann ganz treffend: ‚Für mich ist Spiel und Tanz vorbei!'" Kattenstroht hatte sich ordentlich in Rage geredet. „Ich habe es nachgeschlagen. Das stammt von Johann Martin Miller, steht im Göttinger Musenalmanach von 1773 und ist ausgerechnet das ‚Klagelied eines Bauern'! Eine Saubande ist das." Kattenstroht schob seine Notizen zusammen und schlug den Aktendeckel zu. Er blickte in die Runde und meinte abschließend: „Mein Vater pflegte zu sagen: Der Spieler ist von Gott verachtet, weil er nach fremdem Gelde trachtet!"

„Damit haben wir sogar ein Motiv, wenn wir Szulski weiterhin als möglichen Täter in Betracht ziehen!", meinte Pötter nachdenklich. „Müssten wir den nicht gleich festnehmen?"

Kattenstroht zögerte: „Ich denke, wir holen uns den heute nach Feierabend." Er wirkte ein wenig hilflos. „Ich habe das Gefühl, wir schlachten das falsche Schwein: Der richtige Gauner ist tot, denn Weltermann muss aufgrund seiner Verbindung zu Szulski das Geschäft eingefädelt haben. Hagenkötter hat den Vertrag entworfen, van der Lohse hat die Info und die Verbindungen besorgt, Krechter schon mal Pläne gemalt. Ich wette, die ‚Stadt- und Landbau' gehört denen allen gemeinsam. Die Geschichte kommt raus und Szulski sind die Sicherungen durchgegangen. Wenn das alles so passt, kann man es ja sogar verstehen, oder etwa nicht?"

Er schaute in die Runde. „Szulski, dieser Idiot, warum hat der sich nicht einfach bei uns gemeldet und gestanden? Jetzt müssen wir ihn abholen und einbuchten. Der geht, egal was herauskommt, erst mal für einige Tage in den Bau. So wie der gestrickt zu sein scheint, wird er gestehen, ist vielleicht sogar ganz erleichtert, dass wir ihn haben. Wir müssen das umgehend mit Stellmacher besprechen. Der Herr Kapitaldezernent soll dann mal zügig ausdifferenzieren, ob er über Totschlag, einen minder schweren Fall des Totschlags oder gar über fahrlässige Tötung geht. Wie gesagt", Kattenstroht zuckte mit den Achseln, „bei mir bleibt das Gefühl, dass wir das falsche Schwein schlachten müssen."

Die Mitglieder der Kommission sortierten ihre Gedanken. Man schien Kattenstroht zuzustimmen. Eine kurze Zeit herrschte Stille im Raum, dann wandte sich der Kommissar an Kathrin Eilers: „Der Szulski hat doch noch seine alte Mutter bei sich auf dem Kotten wohnen. Wir müssen uns um eine Betreuung kümmern. Ich kann doch nicht den Sohn aus dem Haus holen und die Mutter ganz allein zurücklassen. Könntest du dir vorstellen, mit der Kirchengemeinde oder einer Sozialstation Kontakt aufzunehmen? Ich fahre da nicht hin, bevor das nicht geregelt ist. Bovenbadde als Nachbar wäre auch eine Idee."

Kathrin Eilers versprach, sich darum zu kümmern. Kattenstroht verteilte nun weitere Aufgaben. Pötter sollte sich mit „Schmand-Meyer" in Verbindung setzen, die Tagestour von Szulski abfragen und ihn beschatten. Kunsleben und Austrup sowie einige Helfer übernahmen es, das Firmengeflecht um die „Stadt- und Landbau" zu entwirren und insbesondere beim Gericht die Gesellschaftsverhältnisse zu klären.

Für den Mittag wurde der Termin bei der Staatsanwaltschaft angesetzt. Kattenstroht wollte Stellmacher vorschlagen, wegen Verdachts des Betruges und der arglistigen Täuschung das ganze „Mausenest" am Aasee auszunehmen.

Er selbst und Kathrin Eilers machten sich daran, einen Abschlussbericht zu entwerfen und die Vorgänge für die Staatsanwaltschaft zu strukturieren. Sorgfältig ordneten sie die Spurenakten nach den einzelnen Komplexen, hefteten Vermerke und Hinweise ab und stöberten noch einmal im Gesamten.

Dann schrieb jeder von ihnen auf Anforderung des Chefs einen ausführlichen Bericht über die Vorgänge vom Dienstagabend in der Villa Nosthoff. Die Untersuchung musste zügig abgeschlossen werden. Natürlich sollte jeder Verdacht unnötigen Waffengebrauchs von der Polizei genommen werden.

Als Kathrin Eilers wegen einer Unterlage in Kattenstrohts Dienstzimmer kam, lächelte der seine Assistentin über den Bildschirm hinweg milde an: „Wenn man das so liest, Kathrin, könnte der Eindruck entstehen, dass wir doch nicht so harmlos sind, wie wir tun."

Kapitel 21

Am Mittag informierte Kattenstroht die Staatsanwaltschaft ausführlich über die Verdachtsmomente gegen die Gruppe um die „Stadt- und Landbau GmbH & Co KG". Seine Leute hatten sie „reingelaugt" und so konnte er auch die kompletten Besitzverhältnisse nachweisen. Mit Ausnahme des Notars waren die in der Freundschaftsanzeige genannten Eheleute samt und sonders Teilhaber der Firma. Noch am Nachmittag fand eine Durchsuchung der diversen Geschäftsräume statt, schwärmten mehrere Ermittler aus, um möglichst alle Beteiligten an dem Komplott um die geplante Bebauung im Brinketal zu vernehmen und Spuren zu sichern.

Pötter rief zwischendurch an und informierte über Szulskis Bewegungsprofil. Der Frischdienstfahrer hielt sich an seinen Plan und klapperte die besseren Gaststätten und Hotels der Umgebung ab. Es hatte den Anschein, dass er nichts ahnte.

Gegen 16.30 Uhr teilte Pötter mit, Kattenstroht könne, wenn er wolle, die Observation übernehmen oder in etwa einer Dreiviertelstunde in Brinkbergen zugreifen. Szulski habe seinen Kühlwagen in Münster abgestellt, habe abgerechnet und sei jetzt auf dem Weg nach Hause. Der Kommissar überlegte einen Augenblick, dann antwortete er: „Ich bin mir sicher, der fährt nach Hause. Machen Sie mal Schluss, Pötter, ich fahre jetzt gleich mit Kathrin zum Szulski. Den Haftbefehl haben wir da, die Betreuung der Mutter ist dankenswerterweise auch geregelt. Fällt mir schwer genug, das Ganze. Geht aber nicht anders!"

Sie fuhren auf einer Nebenstraße in Richtung Brinketal. Der Frühling hatte in den vergangenen zehn Tagen gewaltige Fortschritte gemacht und die Natur im Münsterland prahlte und protzte mit ihren Schönheiten. In einem Ort stießen sie auf Gruppen junger Leute, die die Fähnchen für das Schützenfest aufhängten. Der Kommissar hatte Spaß: „Pass mal auf, Kathrin, heute schießen die Jungbüllekes hier die Kuh tot!"

Sie kamen in Brinkbergen an und fuhren auf den Hof des Anwesens Szulski. Ein schönes Fachwerkhaus erinnerte an die Geschichte des früheren Hofes Nederbadde. „Das ist ja ein Klassiker!", bewertete Kattenstroht das Haus und hatte Spaß sich an dem schönen Vorgarten. Sie schellten. Eine alte Frau öffnete ihnen die Tür und hieß sie freundlich willkommen.

„Wenn sie nur wüsste, weshalb wir hergekommen sind“, schoss es Kathrin Eilers durch den Kopf. Sie hatte mit der Frauenhilfe der Kirchengemeinde eine Betreuung vereinbart. Sollte es gleich schwierig werden, konnte sie den Pastor unmittelbar anrufen. Der wollte sich in Bereitschaft halten.

Der Junge sei im Garten, hatte die alte Frau bemerkt und führte die Besucher nun durch den Flur des Hauses zur gegenüberliegenden Gartentür. An der Garderobe bemerkten die Ermittler im Vorbeigehen eine blaue Jacke von „Schmand-Meyer“. Die alte Mutter Szulski zeigte auf das Ende des Garten-Patts: „Da hinten hat unser Herbert seinen Lieblingsplatz. Da sitzt er jetzt und raucht. Das sollte er doch besser sein lassen, oder was meinen Sie?“

Kattenstroht und Eilers gingen den langen Patt entlang, vorbei an größeren Rasenflächen und einigen hübsch angelegten Beeten. Blumen und Gemüse standen gut, die den Garten umgebende Hainbuchenhecke war bereits im frischen Grün. Am Ende des Gartens führte ein Weg in die weiten Flößwiesen. An der Außenseite der Gartenhecke stand eine Bank, auf der Herbert Szulski saß und ein Zigarillo rauchte. Er schien die Besucher erwartet zu haben, denn er reagierte fast überhaupt nicht auf den Gruß und die Polizeimarken. Er rückte einfach an das eine Ende der Bank und bot den Beamten aus Münster mit einer Handbewegung Platz an.

Kattenstroht fragte: „Sie wissen, Herr Szulski, weshalb wir gekommen sind?“

„Na klar, weil mir der Advokat Weltermann vom Balkon gefallen ist!“, antwortete der Mann in einem breiten, ostpreußisch gefärbten Dialekt.

„Genau deswegen, Herr Szulski, genau deswegen sind wir hier. Wir wissen schon eine ganze Menge, aber Sie können uns und sich selbst sehr helfen, wenn Sie uns alles erzählen, der Reihe nach.“

Der Mann, breit und schwer und offensichtlich auch langsam im Denken und Reden, zeigte auf die Wiesen, die sich von der Gartenhecke aus bis zur Brinke und den Badden-Kämpen erstreckten. „Darum ging es den feinen Herren aus der Stadt: Die haben mir das Land weggenommen, unser Land."

Kathrin Eilers schaute über die friedlich in der späten Sonne liegenden Matten. Offensichtlich hatten einige der Wiesenbesitzer mit dem ersten Schnitt begonnen. Der typische Duft von frisch gemähtem Gras lag in der Luft.

„Wir wissen, dass die ‚Stadt- und Landbau' an Ihre Wiesen kommen wollte, und wir wissen auch, dass es den Streit um die Umgehungsstraße gegeben hat!"

„Und die wird ja gar nicht gebaut, hier ganz bestimmt nicht!", empörte sich Szulski. „Der Weltermann hat mich belogen und betrogen. Der hat mir gesagt: ‚Glauben Sie mir, die Umgehungsstraße kommt. Und wenn ich mir den ganzen Ärger sparen will, hat er gesagt, dann soll ich nur auf ihn hören und das Land an diese Gesellschaft da aus Münster verkaufen. Er ist extra noch auf einen Abend hergekommen und hat mir gut zugeredet. Und dann haben wir uns beim Notar getroffen wegen der Urkunde, da am Aasee."

„Was war denn mit Bovenbadde und den andern Nachbarn? Warum haben Sie sich denn nicht an die gehalten?", fragte Kattenstroht.

Szulski ließ seinen Zigarillo fallen, trat den Stummel mit dem Absatz aus und sagte entschieden: „Die meinen uns kleine Flüchtlinge doch gar nicht, die meinen uns nicht! Die dicken Bauern, so ein Bovenbadde oder ein Egemann oder ein Schiwe. Wenn die was von uns wollen, wollen die nur ihren eigenen Vorteil! Die meinen uns nicht!" Er schüttelte nachdrücklich den Kopf: „Musst du gar nicht drauf hören, hat schon unser Vater gesagt!"

„Ist Ihnen denn klar, dass Ihnen ein Verlust von etwa einer Million Euro droht?", fragte Kathrin Eilers. Sie wollte das Gespräch sachlicher werden lassen.

„Ja sicher, aber was soll ich mit so viel Geld? Bruder und Schwester bekommen was, ich habe ein Patenkind. Wir teilen in unserer Familie. Ja, aber verlasse dich auf den Advokaten, dann bist du verlassen!" Der Mann schwieg verbittert.

„Dann will ich mal weitermachen", übernahm der Kommissar die Gesprächsführung. „Sie sind übrigens, Herr Szulski, hier Beschuldigter und ich werde Sie gleich auch nach Münster in die Untersuchungshaft bringen lassen. Wenn Sie uns alles erzählen, geht alles leichter und schneller. Deshalb möchte ich unser Gespräch hier sofort aufnehmen." Kathrin stellte ein Aufnahmegerät auf die Bank und schaltete es ein. Sie sprach schnell Datum, Uhrzeit und die Namen der Beteiligten auf: „Es kann losgehen!"

„Wir gehen mal zurück in die letzte Woche auf den Mittwoch vor Himmelfahrt. Sie waren auf Tour und hatten als letzte Station an dem Abend Edelbroicks Landhotel auf der Liste."

Szulski nickte und ergänzte: „Das mache ich immer so, dass ich zuletzt bei Edelbroicks bin. Da kann ich mit Karl, dem Hausdiener, das ist mein Freund, noch ein bisschen quatern. Ja, ich war da, so gegen halb fünf Uhr."

„Das läuft ja gut an", meinte Kattenstroht. „Und nach der Warenauslieferung, was haben Sie da gemacht?"

„Ich habe mit der Anna und dem Koch noch ein bisschen geredet. Die Anna kommt ja auch von drüben, ist aber erst seit kurzem hier, also eine richtige Polin. Da kann ich gut mit sprechen. Der Koch, der Toni, war auch dabei und wir standen hinten im Vorraum zum Lager und guckten nach draußen in den Regen." Szulski unterbrach sich, holte noch ein Zigarillo heraus, zündete es an und inhalierte: „Da kommt auf einmal der gelbe italienische Wagen von dem Advokaten Weltermann vorbei – und der Karl, der sitzt am Steuer und bringt den Wagen in die Garage. Ich denke nur, da ist der Ganew jetzt hier im Hotel, den hat dir der Himmel geschickt. Und da geht bald das Telefon und die Anna kriegt den Auftrag, dem Weltermann ein Kännchen Kaffee nach oben zu bringen, in die Wohnung 302. Da wusste ich, wo er saß. Ich habe mich verabschiedet, die Anna ist mit dem Kaffee zum Aufzug und ich habe meinen Kühlwagen um die Ecke gefahren. So 200 Meter weg, dass man den vom Hotel aus nicht sehen konnte. Dann bin ich zu Fuß zurück."

Der Kommissar nickte: „Nach den Daten Ihrer Fahrer-Card stimmt das genau. Der Wagen ist keine zwei Minuten gelaufen. Erzählen Sie mal weiter. Sie sind zurück ins Hotel und haben den kleinen Aufzug nach oben genommen, richtig?"

„Richtig!", bestätigte Szulski.

„Oben haben Sie dann an die Tür von Zimmer 302 geklopft, der Weltermann machte auf – und wie ging es dann weiter?“

Szulski redete sich warm: „Der hat sich so was von erschreckt, der Kerl. Ich in die Bude rein und habe ihn ausgeschimpft, dass er mich betrogen hat mit dem Land, der Straße und dem Geld. Und alles das ist weg, was unser seliger Vater hat mit seiner Hände Arbeit, mit Mühe und Schweiß und den Hühnern zusammengekratzt. Das habe ich ihm vorgehalten und das, was in der Zeitung stand den Tag. Da wurde der Kerl irgendwie wütend: Ich sollte mich doch nicht so haben, kriegte ich doch 130.000 € für die nassen Wiesen. Ich dagegen: Das hätten werden können 1,5 Millionen! Sagt er wieder: Was ich Dummkopf mit so viel Geld denn wollte. Das sei nichts für einen Mann wie Szulski, so viel Geld und Land. Sollt' ich lieber an die kleinen Kinderlein denken, wo da neue Häuser hätten mit ihren Eltern. So was hat der mir immer erzählt, als müsste Szulski immer Gutes tun für andere Leute und für ohne Geld!“ Der Mann atmete jetzt schwer. Er stand offensichtlich schwer unter Druck.

„Dann ging es weiter: Ich dagegen und sage, ich will mein Land zurück und du Liederjan kriegst dein Geld zurück. Da hat er sich nicht drauf einlassen wollen. Vertrag sei Vertrag und unterschrieben sei unterschrieben. Er hätte damit sowieso nichts zu tun und sei nur Berater. Und ich sollte fort. Er hätte was Wichtigeres zu tun, als sich mit einem so dummen Bauern zu streiten. Hören Sie, da nimmt er mir mein Land, bescheißt mich und nennt mich obendrein einen dummen Bauern. Szulski, ein dummer Bauer, wo in Rokitten der größte war und kein Pächter! Da habe ich ihn mir gepackt, so beim Hemd, und habe ihn geschüttelt und habe ihn ordentlich hauen wollen. Der weicht aus auf den Balkon, ich hinterher und habe ihn so geboxt!“ Szulski drückte seine Arme mit geballten Fäusten gegen einen imaginären Gegner. „Und auf einmal auf dem Balkon rutscht er aus, der lange Kerl, und fällt mir über das Balkongeländer herunter und Krach, ist er unten.“ Tief atmend rang der Frischdienstfahrer nach Luft. „Ich bin dann sofort weg, weil ich mich so erschrocken habe. Ich bin die Feuerleiter runter, leise aus dem Hotel und bin weggefahren. Erst an Himmelfahrt habe ich dann im Fernsehen gehört und gesehen, dass er gleich tot war, der Mistkerl, der böse.“ Er seufzte tief. „Aber nun ist das Land weg, alles, was Vater und Mutter hier erworben haben. Das bisschen Geld dafür. Und ich bin ein Mörder und muss ins Zuchthaus." Er begann zu weinen.

Der Kommissar versuchte, ihn zu trösten: „Was passiert ist, lässt sich leider nicht mehr rückgängig machen. Weltermann ist tot, aber deswegen sind Sie noch lange kein Mörder. Das muss alles das Gericht entscheiden. Erst mal haben Sie ein Geständnis abgelegt, und das ist wichtig und richtig. Bleiben Sie dabei, bleiben Sie bei der Wahrheit, dann werden Sie mit dieser Geschichte auf ein gewisses Verständnis stoßen. Wären Sie doch nur gleich zu uns gekommen!"

Kattenstroht hatte den zuvor schon angemeldeten Wagen kommen lassen, um Herbert Szulski in die Untersuchungshaft bringen zu lassen. Der Pastor war mit einer Dame seiner Frauenhilfe erschienen und betreute die Mutter, die inzwischen um die Dinge wusste und weinend in der Küche saß.

„Mir ist speiübel, wenn ich bedenke, was so ein gemeiner Rechtsverdreher mit seinen Hilfstruppen für ein Unheil über diese schlichten Menschen gebracht hat. Das alles nur wegen der Kohle. Heulen könnte man." Selbst der so abgeklärte Kattenstroht schien reichlich mitgenommen. ‚Gerechtigkeit der Erden, o Herr, hat dich getötet!' So heißt es doch in einem alten Kirchenlied."

Kapitel 22

Am Freitagvormittag wurde Szulski nach seiner ersten Nacht im Untersuchungsgefängnis dem Haftrichter vorgeführt, der zunächst die Fortdauer der Untersuchungshaft anordnete und auf eine beschleunigte Untersuchung der Staatsanwaltschaft drängte. Alle Beteiligten hatten das unangenehme Gefühl, in der Sache nicht richtig zu liegen.

Der Polizeipräsident bat gegen Mittag zu einer abschließenden Besprechung, an der neben Kattenstroht, Eilers und Kunsleben auch Stellmacher teilnahm. Die Polizisten hatten sich beeilt, möglichst eine klare Aktenlage zu schaffen und somit der Staatsanwaltschaft Gelegenheit zu geben, zügig zu einer Beurteilung zu kommen. Der unglückliche Frischdienstfahrer, dies war unausgesprochen das Ziel aller, sollte keinen Tag länger in Untersuchungshaft sitzen als nötig.

Der Polizeipräsident eröffnete und bewies zur Überraschung aller, dass er tatsächlich einmal die Vorgänge gelesen hatte. Er referierte kurz den Gang der Entwicklung des Falles seit dem Mittwoch vor Himmelfahrt, skizzierte die beiden Stränge der Untersuchung, die Sache NostRo und die Sache Weltermann, und meinte dann: „Im Grunde haben wir auch Zeit dadurch verloren, dass in der Person des Ralph Weltermann zwei Tatkomplexe verbunden waren oder zumindest verbunden schienen. Ich freue mich sehr, dass es nach Klärung dieser Sachlage so schnell gelungen ist, die Dinge mit klassischen Methoden aufzulösen. Wir haben, wenn auch leider nicht geräuschlos und mit dem Verlust eines Menschenlebens, in Zusammenarbeit mit Bielefeld den Fall der Raider aus Russland gelöst. Da geht das Verfahren weiter, das machen aber die Kollegen aus Bielefeld und eine Abteilung aus Dortmund, weil ja unsere eigenen Leute hier aus dem Haus betroffen waren. Das sieht aber schon ganz erfolgversprechend aus.“

Er lächelte Kathrin Eilers zu und meinte dann: „Und Ihnen sind wir besonders dankbar, Frau Eilers, denn ohne Sie säße vielleicht unser Herr Kattenstroht nicht mehr hier. Ich habe schon einen Vermerk über den Vorgang und Ihr besonnenes und richtiges Handeln verfasst. Der geht zur Personalakte und zum Leistungsbericht. Ich sehe übrigens nach Fristablauf Ihrer Festanstellung zum kommenden Jahr gelassen – oder besser gesagt freudig – entgegen. Ich denke, wir können von einer Planstelle hier im Hause ausgehen. In den Kreisen ist übrigens auf absehbare Zeit nichts frei."

Die Eilers guckte etwas sparsam, aber Kattenstroht grinste breit, als der Präsident fortfuhr: „Ich möchte Sie gerne hier in Münster behalten. Ich beobachte Sie schon fast ein Jahr. Und besonders die Beurteilungen von Herrn Kattenstroht waren von Anfang an positiv."

Stellmacher hüstelte: „Das hatten wir doch alle gleich gemerkt, nur der Betroffene selber nicht! Tja, wir müssen uns nun mit Szulski befassen. Er hat heute Morgen sein Geständnis von gestern in allen Details wiederholt und einzelne Sachlagen noch genauer beschrieben als in seiner Aussage gestern Abend. Er hat auch schon einen Anwalt. Da ist tatsächlich noch gestern spät einer der Top-Leute aus der Sozietät Weltermann im U-Gefängnis erschienen. Er hat Mandat erhalten und hat das klare Ziel, den Mann herauszuboxen. Ich wusste gar nicht, dass die in der Sozietät überhaupt Strafrecht machen. Der Vortrag heute schien mir in Ordnung und der Richter will sehr bald entscheiden. Ich frage mich nur, wer ausgerechnet Weltermanns Leute hierzu ermuntert hat. Ist ja doch irgendwie ungewöhnlich, oder?"

Der Polizeipräsident und Kattenstroht schauten sich bemüht gleichgültig an.

Stellmacher fuhr fort: „Wir sehen den Tatbestand so: Die bisherigen Aussagen Szulskis widersprechen den Analysen am Tatort nicht. Das kann bis ins Detail tatsächlich so abgelaufen sein. Auch die Aussage des Zeugen Fritz Weischer passt, sehen wir mal von der fehlenden scharfen Brille ab. Szulskis Geständnis über die Zugänge zum Tatort und den Fluchtweg deckt sich zu hundert Prozent mit den Ermittlungen. Der zeitliche Ablauf ist durch die Computer des Hotels, die Belegdrucke von „Schmand-Meyer" und die Fahrer-Card gesichert."

Stellmacher rieb seinen Dreitagebart: „Und dann ist da noch der Täter-Typ. Es reicht ja fast ein Blick, um die Einordnung zu vollziehen. Ich stelle mir nur vor, der wäre am Tatort geblieben und hätte sich gleich gestellt. Der hätte uns allen und vor allem sich selbst eine Menge Unannehmlichkeiten erspart."

Kattenstroht wollte es nun genau wissen: „Wohin werdet ihr denn beim Haftrichter plädieren?"

Stellmacher demonstrierte seine juristischen Fachkenntnisse und legte wie aus der Pistole geschossen los: „ Mord nach 211 Strafgesetzbuch fällt aus. Die Tat geschah nicht aus Mordlust, zur Befriedigung des Geschlechtstriebs, aus Habgier oder aus sonstigen niedrigen Beweggründen, sie war nicht heimtückisch oder grausam! Grausam? Da mache ich dann doch eine Einschränkung. Sie geschah aber nicht mit gemeingefährlichen Mitteln und sollte auch nicht eine andere Straftat ermöglichen oder verdecken: eindeutig kein Mord: Das ist schon mal klar."

Stellmacher machte eine Pause und schob seine Kaffeetasse hin und her. „Totschlag, ja Totschlag nach 212 StGB wäre denkbar, aber 213 StGB als ein minder schwerer Fall des Totschlags wäre auch drin. Der Totschläger wurde, wie wir die Dinge bisher sehen", Stellmacher ratterte den Text tatsächlich aus dem Kopf herunter, „ohne eigene Schuld durch eine ihm oder einem Angehörigen zugefügte Misshandlung oder schwere Beleidigung von dem getöteten Menschen zum Zorn gereizt und hierdurch auf der Stelle zur Tat hingerissen." Der Staatsanwalt dachte laut: „Ja, das könnte passen, sehen wir davon ab, dass er den Wagen wegfuhr und sich dann gezielt ins Hotel geschlichen hat. Er hatte ja offensichtlich den Vorsatz, den Weltermann zu stellen und ihn tüchtig zu verhauen. Freiheitsstrafe von einem Jahr bis zu zehn Jahren. Das ginge auch bei Körperverletzung mit Todesfolge, das ist 227 StGB, also auch von einem Jahr bis zu zehn Jahren. Bei einer Freiheitsstrafe von bis zu zwei Jahren sitzt natürlich auch Bewährung drin! Aber da müssen wir noch dran arbeiten. "

Stellmacher langte nun nach einem Kaffeekännchen und goss sich umständlich nach. „Stünde er allerdings vor den Schranken Heinrichs des Gnädigen am Landgericht Münster, könnte es dem guten Szulski passieren, dass der Richter auf fahrlässige Tötung nach 222 StGB entscheidet, und dann geht sogar eine Geldstrafe!" Der Staatsanwalt ließ ein Zuckerstückchen in den Kaffee plumpsen. „Und an Geld ist bei Szulski ja wohl demnächst kein Mangel mehr!"

„Was wird denn jetzt überhaupt aus dem Verkauf der Wiesen im Brinketal an die ‚Stadt- und Landbau'?", wollte Kathrin Eilers wissen.

„Wir eröffnen ein Verfahren gegen den ganzen Verein da am Aasee wegen Betruges und arglistiger Täuschung. Die werden sich umgucken, die fixen Jungs! Das geht auch vor die entsprechenden Kammern. Allerdings, der Kaufvertrag über die Flößwiesen im Brinketal, der ist natürlich zunächst gültig. Die Szulskis sind gut beraten, den wegen arglistiger Täuschung anzufechten. Jedes normale Gericht entscheidet das im Minutenverfahren und die Szulskis haben ihr Land zurück. Was die übrigen Dinge angeht, Geldstrafen und Schadenersatz, zum Beispiel an das Hotel für die zerdepperte Kuppel, das muss sich im weiteren Verlauf dann zeigen. Unterm Strich glaube ich, dass unser Täter mit den Folgen wird leben können. Wegdiskutieren kann man das Geschehene schließlich auch nicht. Es ist ein Mensch ums Leben gekommen. Es war vielleicht eine Verkettung unglücklicher Umstände – von den falschen Schuhsohlen, den nassen Fliesen über das zu niedrige Geländer. Die wesentliche Verantwortung für den Absturz und Tod Weltermanns trägt aber in jedem Fall Herr Herbert Szulski!"

Der Chef bedankte sich bei dem ganzen Team und insbesondere bei der Büroleiterin für die Qualität der Berichte. Man verabschiedete sich voneinander und wünschte sich gegenseitig schöne Pfingsttage. Die Akten wurden zusammengestellt und durch Boten an die Staatsanwaltschaft weitergeleitet.

Kattenstroht und Eilers räumten ihre Büros auf, die nach dem Abschluss des Falles eine Grundreinigung wirklich dringend nötig hatten. Während sie im großen Besprechungsraum die Bögen der Flipcharts und der Stellwände zerrissen, sicherheitshalber waren sie noch einmal digital fotografiert worden, maulte Kathrin: „Du bist doch ein Schlitzohr, Kattenstroht: Mit der Stelle hier in Münster, das hast du doch so gedreht und mit dem Präsidenten ausgekaspert. Dann kannst du mir ab dem kommenden Winter aber auch einen Spritkostenzuschuss zahlen, wenn ich jeden Tag aus Reckhölter nach Münster fahren muss. Dabei war ich mir mit Schücking wegen einer Stelle in seinem Kreis eigentlich schon einig."

„Ach Kathrin", erwiderte der Kommissar gönnerhaft, „Väter sind dafür da, dass es den Töchtern gutgeht! Da kann ich dich doch nicht in den Kreis entlassen. Münster ist doch viel schöner und wir haben doch so viel auf dem Land zu tun. Pass auf, das klappt schon!"

Am frühen Nachmittag trennten sich ihre Wege.

Kapitel 23

Im ganzen Wohngebiet herrschte abendlicher Frieden. Die Familienkutsche der Kattenstrohts stand betankt, aufgerüstet und vollgepackt auf der Einfahrt. Am frühen Morgen sollte es nach Norderney gehen. Betty, Klaus, Sebastian und Benedikt hatten erstmals seit Tagen wieder zusammen zu Abend gegessen, der Vater hatte mit seinen Jungs sogar noch Fußball auf dem Bolzplatz gespielt. Mit Verweis auf den frühen Aufbruch um 5.00 Uhr hatte die Mutter ihre Söhne schon gegen 20.30 ins Bett komplimentiert, aber in Vorfreude auf die Reise schliefen die beiden noch nicht, sondern beschäftigten sich oben in ihren Zimmern. Gelegentlich hörte man sie lachen.

Betty hatte in der gemütlichen Familienküche zwei Windlichter aufgestellt und zwei Weingläser aus der Vitrine geholt. Sie zu füllen, dafür sollte – bitte schön – der Hausherr sorgen. Kattenstroht war daraufhin in den Keller gestiefelt und hatte einen vorzüglichen trockenen Kaiserstühler Roten geöffnet, der als leichter Nachttrunk vor Urlaubsantritt gut geeignet war. Inzwischen war es Snoopy oben wohl doch zu bunt geworden, jedenfalls kam die kleine Jack-Russell-Hündin die Treppe heruntergehoppelt. Snoopy suchte Trost und Nähe bei Kattenstroht, der es sich mit seinem Weinglas am Küchentisch bequem gemacht hatte.

Draußen dämmerte es mehr und mehr. Betty hatte inzwischen ihren Lieblingsplatz eingenommen. Sie pflegte sich mit besonderer Vorliebe auf eine der Anrichten zu setzen und dabei die Beine auf einen Stuhl zu stellen, so dass sie aus erhöhter Position umso besser in den Garten schauen konnte. Das Gespräch der Kattenstrohts drehte sich um die Erlebnisse der letzten Tage, die Schule, die Jungen und die Planungen für die Sommerferien. Betty stöhnte noch ein bisschen über ihre Klassen und Kurse, das neue Schulgesetz, die Korrekturen der letzten Klassenarbeiten und die so unfruchtbaren Diskussionen über Zensuren. Schließlich kamen sie doch auf den Fall Weltermann zu sprechen.

Irgendwie war es Betty zwar lästig, aber schließlich stand sie doch auf und ging an ihren Schreibtisch zu ihrer Schultasche. Sie kam mit zwei Zetteln wieder: „Du hattest mir doch am Mittwochabend diesen Zettel mit dem Bibelzitat aus der Todesanzeige für den Ralph Weltermann gegeben."

Kattenstroht, der gerade Snoopy auf dem Schoß hatte und sie ordentlich kraulte, hob den Kopf: „Ja und? Habt ihr was rausgekriegt?“

Betty nickte: „Ich habe den Zettel von Kathrin Eilers mal an Dr. Christian weitergegeben, unseren Theologen. Der fand das ganz interessant.“ Sie schob den Stuhl an den Tisch und setzte sich neben ihren Mann. Der Hund fühlte sich gestört und jaulte protestierend, als sein Herrchen ihn vom Schoß nahm und auf den Boden setzte. Betty Kattenstroht schob die kleinen Windlichter an die Tischkante, auch Weinflasche und Gläser mussten weichen.

Dann faltete sie die beiden DIN-A4-Blätter auseinander und legte sie nebeneinander auf den Tisch.

„Hier noch einmal das Blatt in der Version von Kathrin. Mit der ersten Zeile, die nicht in der Anzeige stand:

(Musste Abner sterben, wie ein schlechter Mensch stirbt?)

Deine Hände waren nicht gefesselt

Und deine Füße lagen nicht in Ketten.

Du bist gefallen, wie man unter der Hand von Verbrechern fällt!“

2 Samuel 3, 33 / 34“

Kattenstroht las noch einmal den alten Text nach: „Ja, aber der Text in der Todesanzeige entstammte einer anderen Übersetzung!“

Betty bestätigte: „Das stimmt! Die erste Fassung hier ist aus der neuen Einheitsübersetzung. Der alte Weltermann hatte aber eine ganz andere Übersetzung gewählt oder hatte sie zufällig zur Hand. Der Text der Todesanzeige stammt, so die freundliche Mitteilung meines lieben Theologenkollegen, aus der Übersetzung des Alten Testamentes von Henne-Graef aus den 1930er Jahren.“

Sie legte Kattenstroht das zweite Blatt vor, faltete aber die erste Zeile einfach ab. „Und das guck dir jetzt mal an.“

Kattenstroht las und sagte überzeugt: „Genau diese Fassung stand in der Zeitung.“

Betty nickte und deckte dann die erste Zeile auf, Kattenstroht las, pfiff durch die Zähne und griff nach seinem Rotweinglas. „Deubel noch mal! Zweimal dieselbe Bibelstelle, aber in der Übersetzung ein radikal anderer Sinn.“ Nachdenklich nahm er einen Schluck. Dann meinte er: „Ich weiß nicht, was der alte Weltermann wirklich über seinen Sohn dachte.

Aber der Spendenaufruf für Kriminalitätsopfer, der hatte doch auch schon was. Wahrscheinlich war ihm klar, dass der eigene Sohn kriminell war. Also wollte er auf diese Weise wohl für einen kleinen Täter-Opfer-Ausgleich sorgen."

„Ein Tor, ein Narr also, das war Ralph Hubertus Weltermann auf jeden Fall." Betty tippte mit dem Zeigefinger auf das Blatt. „Lass uns mal gemeinsam zusehen, dass das mit unsern beiden Jungs besser klappt."

Klaus Kattenstroht nickte nur. Aber er konnte seinen Blick kaum von dem Originalzitat abwenden:

So wie ein Tor stirbt, musste Abner sterben:
Es waren deine Hände nicht gebunden
Und deine Füße nicht in Fesseln.
Du bist gefallen, wie man fällt durch böse Menschen.
2 Samuel 3, 33 / 34

Er war doch beeindruckt: „Ein Tor, der eigene Sohn. Wenn das die Lebensbilanz war?"

Die Kattenstrohts tranken schweigend aus, löschten die Windlichter und schlossen das Haus.

Pfingsten stand vor der Tür.

Landwirtschaftsverlag GmbH, 48084 Münster

Titelmotiv:	„Lebenslast", Heike Gütting, 2007
Lektorat:	Sabine Deing-Westphal, Rhede
Gestaltung:	KreaTec – Grafik, Konzeption und Datenmanagement im Landwirtschaftsverlag GmbH, Münster
Druck:	LV-Druck im Landwirtschaftsverlag GmbH

ISBN 978-3-7843-3439-4